と夜の蜜

杉原理生

幻冬舎ルチル文庫

CONTENTS ✦目次✦

妖精と夜の蜜

✦カバーデザイン＝小菅ひとみ（CoCo.Design）
✦ブックデザイン＝まるか工房

イラスト・高星麻子✦

妖精と夜の蜜

Ⅰ　狩人の憂鬱

凍《い》てついた空気のなかで、鉛色の空とは対照的に庭の薔薇《ばら》は甘い匂《にお》いを漂わせながら艶《あで》やかに色づいた花弁を見せていた。

律也《りつや》の〈浄化者〉としての能力のせいなのか、家の薔薇は春から麗しい姿で咲き誇ったまま
まだ。

白い息を吐きながら外出から帰ってきて、居間の大きな窓越しに華やかな薔薇の園を見ると、律也はいまでも不思議な気分になる。

いつまでも薔薇が散らないので、昨年の十二月には櫂《かい》や東條《とうじょう》たちと花を愛《め》でるお茶会を開いたほどだ。我ながら呑気《のんき》なことをしていると思うが、アドリアンの城での一件が終わり、いまは小休止の時間が与えられているように感じていた。

自分を取り巻く、途方も知れない大きな流れのなかで、予期せぬなにかが起きる前の――。

二月になっても薔薇は奇妙なほどに鮮やかに咲いている。

昨年の春までは、花木《はなき》律也はどこにでもいる普通の大学生に過ぎなかった。少し変わり者の童話作家の父親にのんびりと育てられて、ひとならざるものが見えたりしたものの、少な

くとも人間ではあった。

けれども二十歳《はたち》の誕生日を機に、幼い頃からの想いびとである国枝《くにえだ》櫂の伴侶《はんりょ》となってからすべてが一変した。櫂は夜の種族——ヴァンパイアの貴種だ。そして律也自身も〈浄化者〉という存在であり、夜の種族たちにとっては特別な意味をもつ。

もっとも律也自身は最初は以前とさほど変わった意識はなかったが、夜の種族たちにかかわる様々な出来事を経て、いまでは考えずにいられない。〈浄化者〉の存在、そしてその末路について——。

「……おかえり、りっちゃん」

居間に入ると、叔父《おじ》の慎司《しんじ》がぐったりとソファに寝そべっていた。まだ二十七歳の若い父方の叔父は、人間ではなくオオカミ族だ。甘く整った顔立ちに似合わず、ざっくばらんな性格をしているが、そのアンバランスさも魅力的ではある。どうやら仕事で徹夜したらしく、いつもは後ろでくくっている長めの髪もおろしていて、目の下にはクマができていた。

慎司は人界のオオカミ族のネットワークを生かして仲間と調査会社を経営しているため、かなり不規則な時間で生活をしている。事務所に泊まりきりのこともあれば、自分の部屋にこもって報告書などの書類仕事をしていることもある。

「慎ちゃん、やつれてるね……。仕事、一段落ついたの？」

「ああ。ややこしい調査だったもんでね。さすがに疲れた。……ちょっと休んだら、会合にいかなきゃいけないし」

慎司は起き上がるとだるそうに眉間《みけん》を指で押さえながら首を振った。

一週間ほど前から、慎司は仕事の都合で家をあけていた。耀と律也が伴侶の契約を交したあと、慎司は家を出て行くことも検討していたが、いまではその話も立ち消えになっている。耀はつねに人界にいられるわけではないし、警護役のレイが監視の目を光らせているとはいえ、律也をひとりで生活させるのは不安だという理由からだった。当初はどこか剣呑《けんのん》とした雰囲気だった耀と慎司も、律也を心配することでは意見が一致しているらしく、いまは互いに譲歩しているかたちだ。

耀が長く人界にいるあいだは慎司は気をきかせて事務所に寝泊まりするし、くわえて律也自身も最近では夜の種族たちの世界に赴く日が多くなったせいもあって、わざわざ慎司が引っ越す必要性もなくなった。

「そっか、お疲れさま。いまお茶淹《い》れるね。美味《おい》しそうなケーキがあったから、買ってきたんだ」

律也がキッチンに行こうと踵《きびす》を返したとき、首にさげている語り部の石のペンダントが、衣服の下で熱をもつのが感じられた。

「アニー?」

律也がペンダントを引っぱりだして問いかけるや否《いな》や、石から赤い光が噴きだして床に光の球体をつくる。その光の球が跳ねたかと思うと、小さな赤毛の子狼《こおおかみ》の姿に変身して、ソファに座っている慎司の膝《ひざ》のうえに飛び乗った。

語り部の石の精霊であるアニーは、最初に律也の前に現れたときは赤毛の美貌《びぼう》の青年だったのだが、いまでは普段石からでてくるときはほとんど子狼の形態をとる。

おかげで皆のペットと化しているが、アニーは本来偉大な精霊で、律也を主《あるじ》とする守り神でもあるのだ。子狼の姿を好んでいるせいか、律也の周囲にいる人物のなかではオオカミ族の慎司に特になついていた。

『慎司。疲れてるなら、俺を愛でろ。存分に癒《いや》されるといい』

「おう、アニー。ぬくいなあ」

疲れているだろうに、慎司はいやな顔を見せることもなく、アニーを「よしよし」となでながら抱きしめる。アニーはご満悦な様子で「もっとだ。首の後ろもなでてくれ」と尻尾《しっぽ》を振った。そんなふたりを横目にして、律也は口をへの字に曲げる。

一応、自分が主のはずなのだが、アニーは律也に対しては『俺は偉大な精霊だから』と上から目線の態度をとる。しかし、子狼の姿のときはともかく、立派な青年の姿になっても「頭をなでろ」と要求してきたり、かわいらしいところもあると知っているので、その傲慢《ごうまん》さも普段は気にならない。むしろ毛むくじゃらの丸っこい姿で偉ぶっている様子には微笑《ほほえ》ましさすら覚える。とはいえ、慎司との対応の差を目の当《ま》たりにするとさすがに自分が軽んじられているような気持ちになるのだ。ちょっと慎ちゃんにだけいい顔をしすぎじゃないか？　と。

『律也、おまえ——なにを突っ立ってるんだ？　お茶とケーキを用意するんだろう？　早くしてくれ。俺の腹もそれをご所望だ』

慎司の腕のなかで甘えながら、アニーはドアの近くに立っている律也に命令する。主としての無力さに口許《くちもと》をひきつらせながら、律也は「はいはい」と返事をしてキッチンへと向かった。

アニーにいわせると、ひとによって態度が変わるのには精霊なりの理屈があるそうだ。慎司のそばは、なにも警戒しなくていいからリラックスできるらしい。精霊も相手の感情や考えを自然に読みとるのか。獣は基本的に単純な生き物だから、わかりやすい。そのまっすぐな性質は、精霊にとって心地よいらしかった。自然の生き物としては正しい生き方だから。

それとは反対に、アニーが極端に警戒する相手も存在する。律也の伴侶の櫂とは、アニーは互いに敬意を払い合って、それなりに良好な関係を築いている。同じくその部下のレイとは仲は悪いけれども、あれは単純にアニーがレイの攻撃的な性格に怯《おび》えて尻込《しりご》みしているだけだ。そういう性格的な相性の善し悪《よあ》しではなく、不思議とアニーがなぜか拒否反応を示す相手がいる。向こうからは熱烈にラブコールされているのにもかかわらず（それが鬱陶《うっとう》しいという意見もあるが）、アニーが抱っこされるのもいやがって寄せつけない人物。それは
——。

「りっちゃんはもう春休みに入ってるんだっけ？」

お茶を淹れて居間に戻ると、慎司がアニーを膝に抱きかかえたままたずねてきた。

「うん。一昨日《おととい》から」

大学の春休みは長い。二月初旬からはじまって三月の終わりまで、ほぼ二か月の休みだ。

「なにか予定はあるのか？　バイトとか、旅行とか」

予定を聞かれると、人間の友人がほぼ皆無の律也としては辛《つら》い。昔から不思議なものが見えていたせいで普通の子どもとは感覚が違っていて、その事情を知らない相手とは親しくなりにくかった。もともと外見のせいで遠巻きにされやすいこともあって、とにかく律也の人間関係は乏しいのだ。

そう――律也は見た目だけならば日本人離れした目鼻立ちと色素の薄い肌や髪をもつ美しい容姿をしている。さらさらの亜麻色の前髪の下の目許は甘く綺麗《きれい》に整っていて、女性からはよく「王子様みたい」と評される。しかし残念なことに本人にはその自覚はなく、おまけに美しい夜の種族たちを見慣れているせいで感覚が麻痺《まひ》していて、自身の外見にはほとんど興味がない。

この美点を生かせていたら対人関係で得られるものも多かったのかもしれないが、律也自身がそれに気づく前に人間としての時間の流れを捨ててしまった。幼い頃から櫂のそばにいることだけが望みだったから、その選択を悩んだことも後悔したこともなかったけれども。

「バイトとかの予定はないんだけど、俺は春休みのあいだ、あっちの世界に行こうかと思ってるんだ。耀のところに」

「りっちゃん、最近はよく耀のとこに自分から行くもんな」

慎司が「なるほど」と頷《うなず》いてから、意味ありげな視線を投げてきた。「仲いいな」と笑われて、律也は「なんだよ、いやな笑い」と唇を尖《とが》らせる。

以前は耀の訪れを待っていることが多かった。しかし、アドリアンの城での事件以来、律也から時間ができれば耀の元に赴くようにしている。

なによりも耀のそばにいたいから――いまは向こうが「夜の季節」で、夜の種族たちの欲望がことさら強くなる時期だから伴侶としてはなるべく一緒に過ごしたいのだ。それに、律也自身が夜の種族たちの世界に深く関わる運命なのだと自覚したせいもある。

慎司は夜の季節の事情を知っているだけに、訳知り顔をされるといまさらながら羞恥《しゅうち》を覚える。以前は律也に求婚したこともあったのに、すっかりその思いは断ち切っているらしく、やけに理解があるからなおさらやりにくい。

「いいよな、春休み長いもんな。そうか、大学はすでに休みか。……実は昨日、仕事先で偶然東條くんに会ったんだけどさ」

「東條さんに？」

東條忍《しのぶ》は律也の大学の先輩だ。夜の種族の狩人《かりうど》でもある。黄金の翼をもち、世界の調整役であるという種族――自分の〈浄化者〉という立場もそうだが、狩人もよくわからない存在だった。

「ああ。思いがけないところにいたもんで、気になったんだが」

慎司が険しい表情になるのは、仕事の調査と関係しているためらしかった。本来、慎司は仕事の話をめったにしない。人間相手のいわゆる普通の案件と同時に、人間界で生活している夜の種族たちのトラブルの解決なども請け負っているらしい。オオカミ族は群れのネットワークから情報を得やすい。

「思いがけないって？　慎ちゃん、どんな仕事だったの？」

東條とは大学で会えば学食で食事をともにしたりもするが、ここ最近はご無沙汰《ぶさた》だった。年末年始で忙しい時期だけに気にとめなかったが、かれこれ一か月は姿を見ていない。電話をしても留守電だし、メールには「最近大学に行く時間がない」という返事が返ってくるのみだった。

「今回は人間相手の仕事じゃなかったんだ。仲間内のトラブルというか、うちとは遠縁にあたる群れで挙動がおかしくなったやつがいるっていうので様子を見に行った。逃げ回ってるから捕まえたいけど、腕っぷしが強くて群れのやつが誰も適《かな》わないから、助っ人をだしてくれっていわれたんでね。で、その男がなんでおかしくなったのか原因もさぐってくれって頼まれて」

「おかしくなった？」

「契約するのでもなく、人間をあっちの世界に攫《さら》ってるって話だったんだ。本来、それは御法度だ。その樋渡《ひわたし》って男は人間界ではジムのトレーナーの仕事をしていてうまくこっちに根付いて生活していた。でも、つい先日、そこの会員が続けて行方不明になる騒ぎがあった。群れの長老たちがあいつがやったんじゃないかっていいだして——本人に事情を聞こうとしたら逃げられた。そのときの形相《ぎょうそう》がいつもと違っていて、変な薬でもやってるふうだったらしい」

人間を攫う——と聞いて、律也はごくりと息を呑《の》んだ。

「その樋渡ってひとは、捕まえられたの？」

「いや、駄目だった。向こうの世界に渡ってしまったから、いったん捕獲作戦は中止。いまはどうして樋渡がおかしくなったのかを調べてる。調査したら、ほかの地域でも似たような事件が起こってたんだ。みんな、今回のやつと同じように興奮状態になって形相が変わってたって。こっちにいる夜の種族たちのあいだで変な薬か、奇病でも流行《はや》ってるのかって疑っているところだ。もうそいつだけの問題じゃないだろうってことで、今日は近隣の群れの代表が集まってる。これからそのための会合なんだ」

物騒な話だった。向こうの世界ならともかく、人界にいても夜の種族たちのトラブルが起きるとは。

「大丈夫なの？　すごく大事《おおごと》みたいだけど」

慎司は「うーん」と唸《うな》った。

「大事には違いないけど……若いやつが薬でラリってるっていうのなら、初めてのことじゃないんだ。時々、妙な麻薬が流行るから。向こうの世界には人界とは異なる、不思議な効力をもつ植物があったりするからね。普通は契約なしで人間を攫っても、若者のパーティの悪乗りみたいな感じで、すぐに人界に返すんだ。契約なしで普通の人間が長く向こうにいると、悪影響があるからね。だから今回は勝手が違う。……それに、ほかにも気になる要素があって」

意味深に聞こえたので「なに？」とたずねたら、慎司は「まだ調査段階だから」と言葉を濁した。オオカミ族の問題だから迂闊《うかつ》に外部に漏らすことができないのかもしれない。

「――で、東條さんにどこで会ったの？」

「ああ、そうだ。その話だったよな。いや、ジムで行方不明になった子のマンションを訪ねていったら、そこにいたんだ。事件に関係あるのか、たまたま知り合いが住んでいたのかどうかもわからないが」

慎司の話では、行方不明者のひとりが居住していたマンションの階でエレベーターを降りた途端に、東條が目の前に突っ立っていたらしい。

「それで？」

「彼はいつもの調子で『やあ、慎司さん、お仕事お疲れさまです』とかいって、俺たちと入れ替わりにエレベーターに乗って去っていったよ」

「なにも聞かなかったの？　どうしてここにいるのかってたずねればよかったのに」

「聞けるわけないだろ。一緒にいる仲間なんて『狩人だ』ってパニック寸前になってたのに」

ああ——と律也は納得する。オオカミ族と狩人は天敵なのだ。狩人は繁殖が容易で増えやすい獣の数を調整する役割をもっていて、定期的に狩りをする。素行が悪い群れを狙《ねら》うとはいえ、文字通り根絶やしにされてしまうのでオオカミ族にしてみれば恐るべき強敵でしかない。

「それって……やっぱり狩人の仕事できてたのかな」

「樋渡の群れの連中は、次の機会に自分たちが標的にされるんじゃないかって畏《おそ》れてるけどな。そうじゃないといいんだが」

憂鬱《ゆううつ》そうにためいきをつく慎司の膝の上からアニーがむくりと起き上がって律也をじっと見つめる。

『律也——あの狩人は空腹なのか』

「東條さん？　彼は覚醒《かくせい》したすぐあとに、ひとつの群れを食っているはずだから……自分で『空腹ではないから、いい狩人だ』っていってるけど」

『そうか。なら、問題ない。慎司、おまえの遠縁の群れは心配しなくても大丈夫だぞ。腹を空かせてないなら、オオカミ族の周辺を調査していても食うためじゃない』

「断言できるのか？　ほかの狩人のための下見かもしれないじゃないか」

律也もそこが気になった。狩人の習性は謎《なぞ》につつまれている。長く生きていて夜の種族の事情に詳しいレイでさえも、彼らのことは得体が知れないという。東條が危機に陥ったときに仲間の狩人がどこからともなく現れたこともあるので、仲間同士で連携しているのは明らかだ。

『――説明はできん。ただわかってしまうんだ。俺は偉大だからな』

えっへん、と偉そうにふんぞりかえったあと、アニーは再び慎司の膝に寝そべった。期待はしていなかったが、律也はがっくりと肩を落とし、慎司も気が抜けたように笑う。

狩人がオオカミ族の群れを狙っているのではないとしても、最近会っていない東條の動向は気になった。

慎司の膝から離れてケーキにかぶりつくアニーを横目に見ながら、律也は携帯をとりだしてご機嫌伺いのメールを打つ。

『お久しぶりです。春休みに入ったけど、東條さんはどうしてますか』

電話にはでなくても、不思議と東條はメールにはすぐに返事を寄こす。待ち構えていたのではないかと思うほどの即レスがつねだったのだが、その日は違った。

『おまえ、食わないならそのケーキもらってもいいか』

アニーが律也の隣へとやってきて、かわいらしく鼻をならし、腕をとんとんと叩《たた》くように手を伸ばす。

こちらの世界で生活するようになってから、アニーは律也に負けず劣らず食べものに執着するようになった。本体は石の精霊のくせに、いったい口から入れた食料はどこに消えているんだ、異次元ポケットか、と突っ込みたいところだが、食する姿がなかなか愛らしいので好きに食べさせている。本来、精霊に食欲などないはずだから最初は心配だったが、櫂に相談したらあっさりと「律が主だから、そうなるんだろう」といわれた。要するに「俺はおまえたちの鏡だ」の理論らしい。律也のことを映すと、ものを食うようになるのか。食い意地が個性と認識されていることにいささかの不満が残る。

「半分ならいいよ」

律也がケーキをわけてやると、アニーは満足そうに皿に前足を伸ばした。以前は、こんな精霊らしからぬ性格にしてしまったのは自分の落ち度なのかと考えて、偉大な精霊になるように再教育しようと心に誓ったこともあったが、いまはアニーのしたいようにすればいいと思っている。

彼が以前の主の〈浄化者〉と一緒にいたときのように哀《かな》しい思いをしないですめば、それだけで……。

律也が頭をなでると、アニーは心の内が通じたかのように心地よさそうに鳴いた。

アドリアンの城での事件は、アニーの過去を明らかにすると同時に、律也の〈浄化者〉としての未来の一端も垣間見させた。それは決して明るいものではなく、悩まなかったといったら嘘《うそ》になるけれども、いまはだいぶ落ち着いて考えられるようになった。櫂やアニー、慎司、レイ——律也はひとりではなく、そばにいてくれる皆が力を貸してくれるとわかっているから。

ごく普通の人間から狩人に覚醒した東條も、律也にしてみれば同じような経験をしている心強い仲間であるはずなのだが……。

律也は携帯のメール画面を見つめる。

結局、その日、東條から返事はこなかった。しょっちゅう連絡をとりあっているわけでもないし、忙しいだけで心配することもないのだろうが、少しだけ引っかかった。

薔薇の香りがふわりと鼻先をかすめていく。甘く、背すじを痺《しび》れさせる芳香には覚えがあった。幾度もその香りに抱きしめられたことがあったから。

闇色《やみいろ》の天鵞絨《ビロード》のカーテンに閉じられたような夜の静寂《せいじゃく》のなか——月光のように美しい光を放つ存在が律也のベッドのそばに佇《たたず》んでいた。浅い眠りからふわりと抱きあげられるように目覚めて、律也は瞼《まぶた》を開ける。

「――律」

たった一言、名前を呼ばれるだけで、からだの奥が甘く蕩《とろ》けていく。

ベッドの端に腰かけて、律也の寝顔を見下ろしているのは、国枝櫂だった。ヴァンパイアの貴種であり、七氏族のうちのひとつ〈スペルビア〉の長《おさ》。律也の子どもの頃からの想いびとで、愛《いと》しい伴侶。

「櫂……」

闇色の瞳《ひとみ》と髪に彩られた美貌はひとめで相手を魅了する。一分の隙《すき》もなく整った容姿は近づきがたさを感じさせるのに、律也を前にしたときだけはどこか冷ややかな瞳にやわらかな笑みがにじむ。夜の種族の麗しさをその身をもって体現しているような櫂は、姿かたちはもちろん、その眼差《まなざ》しや吐息、律也の髪をかきあげる指先の動作までもが優雅で美しく、存在しているだけで完成されたひとつの芸術作品のようだった。

闇のなかで光り輝く宝石を見たときのように、律也は毎度のことながらしばし見惚《みと》れてぼんやりしてしまった。

「……櫂？　どうしたの？　俺、明後日《あさって》にでも夜の種族たちの世界に行こうと思ってたんだ。春休みだから、今度は長くいられる。レイにも伝えたのに」

「聞いたよ。少し時間ができたから、待ちきれなくて律の顔を見にきた」

そういってもらえるのはうれしかったが、結局負担をかけたみたいで複雑な気持ちになる。

「――なぜ拗《す》ねるんだ」

唇に指を押し当てられて、律也は自分が口を尖らせていたことを知った。

「拗ねてない。ただ櫂は最近忙しそうだから、無理しないでほしかったんだ。俺からそっちに行くのに」

「明後日だろう？　数日でも、我慢できないこともある」

耳もとに低く囁《ささや》かれて、律也は頰《ほお》を火照《ほて》らせた。

甘い芳香とくすぐるような吐息――その悩ましい薔薇の香りの体臭が、律也を欲しがっているると伝えてくる。幼い頃から一緒にいた記憶があるせいか、櫂は律也にヴァンパイアの欲望をぶつけるのを躊躇《ちゅうちょ》している節があるが、夜の季節になってからは以前よりも激しく求められることが多くなった。

「――律」

抱き寄せられて、こめかみに軽くキスされただけで、律也は真っ赤になって硬直した。そんな様子を見て、櫂はおかしそうに笑いを漏らした。ますます恥ずかしくなって、律也はむっと眉根《まゆね》を寄せる。

「笑うことないのに」

「律があまりにもかわいいから」

普段は平気なのに、こうして甘いムードになって櫂の顔を見ると、いまだに心臓が高鳴って落ち着かなくなるのだから困ったものだった。

「律の大学は春休みに入ってるのか。明日からすぐにこれない理由は？　なにか用事があるのか」

「うん……ほんとは春休みに入ったらすぐに行くつもりだったんだ。でも、慎ちゃんがちょうど仕事で家を留守にしてたから。今回は向こうに長く滞在するつもりで、一応直接事情を話してからにしようと思って帰ってくるのを待ってたんだ」

「慎司はいま家にいるだろう？　気配がする」

「今日帰ってきた。春休みに櫂のところで過ごすって伝えたよ。だけど、ほかにちょっと気になることができて――」

慎司が家に戻ってきたあと、すぐに夜の種族の世界に行かなかったのは、オオカミ族の事件が気になったからだ。群れの会合から帰ってきた慎司にどうなったのか話を聞いたが、いまのところは進展がないらしい。

行方不明者のマンションにいたという東條も気にかかる。メールの返事がなかったことから、律也は向こうに行く前に東條の部屋を訪ねようと考えていた。オオカミ族の事件を狩人たちが調べているのなら、世界のバランスを崩《くず》すような出来事が起きる畏れがあるということだ。狩人は世界の調整役なのだから。

「慎ちゃんから聞いたんだ。契約してない人間をあちらの世界に攫ってるオオカミ族がいるって。樋渡っていう、こちらの世界で生活してる男らしいんだけど。どうやらそいつ、薬かなにかをやってて正気じゃないみたい。そういうことって、よくあることなのか？」

櫂に事件を話すことは、すでに慎司に確認済みだった。

律也はヴァンパイアの伴侶としての立場上、下手《へた》にオオカミ族の問題に首を突っ込めないのだが、ひとが攫われた事件はやはり放っておけない。

「オオカミ族が……？　慎司の群れか？」

「ううん。遠い縁戚《えんせき》らしいけど。その男が勤めてた同じジムから何人か消えて騒ぎになってるそうだから、かなり問題だと思うんだけど」

櫂は「ああ……」と気難しそうに目を伏せた。

「律にはあまり聞かせたい話じゃないな。契約せずに攫ってくるのは、オオカミ族に限らず、ヴァンパイアにもいる。語り部の石の前の持ち主の浄化者――クリストフの人生を、ヴェンデルベルトの記憶で律は一部見たんだろう？」

そう――アニーの前の主のクリストフもヴァンパイアに契約なしで攫われてきたのだ。

律也が〈世界の境目〉で見たのはヴェンデルベルトの視点だったから詳しい事情はわからないが、クリストフは攫われてきた当初は酷《ひど》い目に遭っていたようだった。だから、ヴァンパイア嫌いになって、初めは〈アケディア〉の長のラルフを拒絶していたのだ。

「どうして攫ったりするんだ？　なんのために？」

「理由は様々だ。人界に契約者をつくらない氏族だったり……そうでなくても夜の種族は欲望の抑えがきかない者もいるから――」

夜の種族の残忍な一面をのぞかせるものだからか、櫂は言葉を濁した。

しかし律也もいまでは人間とは異なるヴァンパイアの事情を理解しつつある身だ。残酷な事実でも知っておかなければ何事も判断できなくなってしまう。

「そういう勝手なオオカミ族やヴァンパイアのせいで、人界で騒ぎになったことはないの？　ひとが消えてしまうんだから」

現実問題としてそこが気になった。ヴァンパイアやオオカミ族にしてみれば、人間をかどわかすのは造作もないかもしれないが、後始末はどうするのだろう。

「普通はうまく選ぶんだ」

「選ぶ？」

「ヴァンパイアの場合に限るけど……これは契約して伴侶として連れていく場合でも、契約なしで攫うときも同じなんだが――こちらの世界で縁が薄い者を選ぶんだよ。具体的にいうと、親がいなくて天涯孤独だとか、周囲とつながりがなくて消えても騒がれない人間を見つけて誘うんだ」

「でも……いくらそういうひとだって、消えてしまったら、さすがに誰かが気づくだろ？」

「そう、騒ぎになる。だから関わる人間の記憶は消してしまう。その処理のために、縁が薄い人間のほうがやりやすいんだよ。対処する範囲が少なくてすむからね。もちろん例外はいくらでもあるけど」

櫂には記憶を操作する能力もあるのだと思い出した。再会する前、律也自身も櫂のことを忘れさせられそうになっていたのだから。

「……オオカミ族はヴァンパイアと違って記憶をどうこうする能力はないから、そういう場合は術師の力を借りるはずだ。もっとも彼らはお祭りのノリで満月の夜にハメをはずして人間を攫っても、祭りが終わるとすぐに戻す。麻薬を使って、夢でも見たというふうにしてね。人間を長期にわたってかどわかした例は聞かないな」

麻薬――薬でもやっているみたいに形相が変わっていたという男。ハメをはずしすぎて人間を攫った？

しかし、慎司も今回はいつもと違うパターンのようないいかたをしていた。人界に溶け込んでいたなら揉《も》め事は避けたいはずなのに、どうなっているのか。

「そうか……オオカミ族でも妙なことが起こってるんだな」

櫂がぼそりと呟いた。

「オオカミ族でもって？　櫂のところでもなにかあるのか」

「いや――そういう事件ではないが、異変の報告がある。明後日、律があちらにきたら詳しく話すよ。ちょうどその場所を訪問したいと考えていたところだから」

「なに？　いま説明してくれればいいのに」

「俺自身も、情報をきちんと得られてないんだ。今夜はその件もあって、俺は向こうに戻らなければならない」

「そんなこといわれたら、気になる。ヒントだけでも」

好奇心むきだしで食い下がる律也に、櫂は仕方ないなといいたげに小さく息をついた。

「――薔薇が枯れた」

え――と律也は目を丸くする。

「櫂の城の薔薇が？」

「いや、俺のところじゃない。別の氏族の土地だ。七氏族のうちのひとつ〈グラ〉の地で」

グラ――というのは名前に覚えがあった。櫂の氏族〈スペルビア〉と友好的な氏族だ。アドリアンの〈ルクスリア〉、ラルフの〈アケディア〉と接近する前から、〈グラ〉とは仲がいいのだと説明された記憶がある。

夜の種族のヴァンパイアたちの地に咲く薔薇は精気を宿した特別な薔薇だ。枯れたというのは一大事ではないのか。

「大変じゃないのか」

「たまにあるんだ。その土地の大地の力がなくなったとか、それこそ植物が単純に病気にかかったのかもしれないし、呪術《じゅじゅつ》関係で枯らされる場合もある。俺も詳しい報告は受けてないから、それ以外はなんとも……ひとつの小さな庭が枯れただけなのか、大規模なのかも報告待ちだ」

人界のオオカミ族で気になる事件があると思ったら、夜の種族の世界でもそんな異変が……。

向こうに行ったら事件を起こしたオオカミ族の男の行方をひそかにさぐろうかと思っていたが、〈グラ〉の地を訪問するというのなら時間的に厳しいかもしれなかった。

「ところで、律……まだ答えを聞いていない。春休みに入ってもすぐにこなかったのは慎司が帰ってくるまで待っていたからだというのはわかった。オオカミ族の事件が気になったことも。でも、いますぐ向こうの世界にこられないのは何故《なぜ》なんだ？　明日はなんの予定が？」

行方不明者のマンションに現れた東條が気になるから様子を見に行く――正直にそう告げたら「駄目だ」と止められてしまいそうで返答に詰まる。

「それは、その……ちょっと大学の友達と会おうと思ってて」

嘘はついていない。東條は大学の先輩だ。

「――そうか、なら仕方がない。つきあいは大事だ」

ほっと胸をなでおろしたものの、櫂の観察するような視線がすべてを見透かしているように感じられて、律也は落ち着かなくなって目をそらした。

「時間もないから、本題に入ろう」

櫂がふいに律也の腕をつかんで引き寄せる。

「え――」

とまどいながら見上げる律也に、櫂は艶《つや》っぽい笑顔を向けてきた。

「今夜ここにきたのは、待てないからだといったはずだ」

低く響く声に滲《にじ》む色気に、律也は再び頬を熱くした。

明後日には行くとレイに伝言を頼んだのに、わざわざ櫂が今夜たずねてきたのは律也を欲しいから――。

これまで幾度となく抱かれていて、櫂の薔薇の香りにすぐ淫靡《いんび》な眩暈《めまい》を覚えるのに、律也はいまだにこうして引き寄せられただけで羞恥に身をこわばらせてしまう。普通の人間だったら、ヴァンパイアに誘惑されればなにも考えられないほど淫《みだ》らになるという話だけれども……。

櫂は律也の耳もとに唇を近づける。東條の件で小さな嘘をついてしまったからか、いつにもまして落ち着かなかった。

心臓が破れそうなほど高鳴って、膝のうえで握りしめた手が震える。間近で見る櫂の憂いと熱っぽさが綯《な》い交ぜになった表情は魅力的で、頭がくらくらとしてくる。

「そうやって初心《うぶ》なところを見せて――律はいつも俺を焦《じ》らす」

燿は苦い笑いを漏らした。

「わ……わざとじゃないし、焦らしてない。俺もできることなら解決法を知りたい」

「解決法？」

「――燿にドキドキしなくてもすむ方法。燿が格好いいのはわかってるし、いいかげんその顔も見飽きてもいいはずなのに、おかしいじゃないか。燿は前に耐性がつくっていったけど、まったく慣れないんだ。夜の季節のせいで、燿のフェロモンが異常なのがいけないんだと思う」

きっぱりといいきる律也を、燿はしばらく真顔で見つめていたが、やがて堪《こら》えきれないように声をたてて笑いだした。

「笑いごとじゃない。俺は真剣に……」

「――そうだな。笑ってばかりもいられない。こうやって話しているのは楽しいけれども、俺ももう待てない」

燿の細められた目には笑みが含まれたままだった。さらに引き寄せられて、律也はなにかいいかえそうと開きかけていた口を閉じる。燿の腕がゆっくりと律也のからだをからめとるように押さえつけて、パジャマの上から肌をさすった。

「律……」

薔薇の香りが先ほどよりも濃くなっている。燿の芳香に抱かれていると、全身が性感帯にでもなったような気がしてくる。興奮しすぎて心臓が止まってしまうのではないかというような畏れはもうないが、夜の季節に入ってからあきらかに催淫効果が以前よりも強まっている。

櫂の匂いに支配されていく。まるで違う生き物になってしまうみたいに……。

吐息ひとつで、指先で軽くふれられただけで、甘ったるい刺激が淫らな熱となって下腹に集中していく。

「あ……」

「律――いい子だ。答えて」

耳もとに囁かれて、律也はぼんやりと櫂の顔を見上げた。

「明日、どこに行く予定があるんだ？　俺にほんとうのことをいわない理由は？」

「――――」

やりすごしたと思っていたのに、どうやら先ほどの返答で納得してもらえるほど甘くはないようだった。

熱が一気に失《う》せて表情をこわばらせる律也のこめかみに、櫂が唇を落としてくる。

「俺にだまっていても、どうせ明日になったらレイが全部きみの行動を見てる。嘘なんてつかないほうがいい」

「な、なんで嘘だって……」

「律は子どものときから、嘘をつくときに同じ顔をする。一瞬目線が宙に浮いてから、相手の顔を熱心に見るんだ」

父親が放任主義ゆえ、律也は実質的に櫂にしつけられて育てられたようなものだから反論できなかった。

櫂はさらに耳朶《じだ》を甘噛《あまが》みしながら律也のからだに手を伸ばしていく。

胸もとに這《は》わされた手がパジャマの布越しに突起をとらえて刺激する。いったんは嘘を見抜かれた驚きで冷めたはずなのに、小さく尖ったそこから、一気に甘い疼《うず》きが全身に広がっていった。からだの奥に淫靡な熱が灯《とも》る。

律也が真っ赤になってもぞもぞと動くと、櫂は耳もとに「——律？」と深みのある声で問いかける。

「や……櫂、そこ」

「どこ？」

わかっているくせに——と律也は唇を噛みしめる。櫂の指先はやんわりと布越しにしこった乳首をさすする。

「……そ、そこ、あんまりいじらないで……」

「なぜ？　まだ直接さわってもいない」

「だって櫂がいつもいじるから……そこ、おかしくなってるんだ……だから」

櫂とからだを重ねるまでは、男だから胸など意識したこともなかった。抱かれるたびにしつこく吸ったり舐《な》められたりするせいで、そこはシャツの摩擦でもむずかゆく感じるような敏感な場所になってしまっているのだ。

こうしてわずかに刺激されただけでも、背すじにぞくりと甘いものが走って、からだをよじらせずにはいられなくなる。

「律はここを弄《いじ》られるのが好きだと思ってた。かわいい声をあげるから」

嘘をついたお仕置きなのか、櫂の声にはからかうような意地悪さが含まれていた。さらに濃厚になる薔薇の香りに鼻をくすぐられて、律也はまともにいいかえせない。

「き、嫌いとかじゃなくて……あ……」

硬くなったそこを布越しに指でつままれて、こらえきれずに喘《あえ》ぎをもらす。「ほら――」というようにすかさず櫂がパジャマの裾《すそ》から手を入れてきて、じかに肌にふれる。吐息が甘く溶けた。

「……んっ」

恨みがましいような気持ちで櫂を見上げようとした途端、視界がくるりと回った。火照ったからだがベッドに押し倒されて、櫂がゆっくりとのしかかってくる。

悔しいような気持ちと、制御しきれない熱に浮かされる興奮が混ざりあって、かすかに目許に涙が滲む。それを吸い取るように眦《まなじり》に櫂の唇がよせられた。

そのまま頬から口へと唇は移動してきて、律也の吐息をからめとる。やさしく唇を合わせて吸ったあと、深いところまで舌が入り込んできて、ねっとりと結びついた。蜜《みつ》が混じりあうたびに、互いの呼吸がひとつになる。

「――律？」

唇を離したあと、櫂は問いかけるように名前を呼んだ。

嘘を責められたり、厳しく問い質《ただ》されはしなかったが、間近で美しい夜そのもののような瞳に見つめられた瞬間に、律也は観念した。こんなに魅力的な夜の種族を目の前にして、欺きとおすなんて無理に決まっている、と――。

律也が首に腕を回して抱きついたときには、すでに降参していると相手にも伝わっているはずだった。その証拠に、櫂は微笑みながら甘くとろけるような極上のキスをしてきた。すべて許すというように。

翌朝、目覚めるとすでに櫂の姿はなかった。

最近は向こうの情勢が変わりつつあるから多忙なのだ。それなのによけいな詮索をさせてしまった――と自分のからだにつけられた濃厚な愛撫《あいぶ》のあとをたしかめながら、律也は深く反省した。

行方不明者のマンションに東條が出現していたこと、最近姿を見ていないし気になるので明日は東條の部屋を訪ねるつもりだということ——昨夜のうちに律也は櫂に話した。というよりも、白状させられた。あんなふうに抱きしめられて、ひたすら甘い眼差しを向けられたら抵抗できる人間がいるわけがない。

幼い頃から、櫂は律也を注意するにも決して声を荒げたりしない。ただ静かに諭すように見つめられるだけで、律也のほうが大人《おとな》しくなってしまうのだ。我儘《わがまま》し放題の子ども時代から、ひたすらこの美しいひとに嫌われたくないと思ってしまう。おまけに顔にすぐでるとか、食べ物に弱いとか、櫂は律也の弱点かつ操縦方法を心得ているのだから、所詮喧嘩《しょせんけんか》にもならない。

櫂は最近では律也を対等なパートナーとして扱ってくれているから、必要なことは隠さずに話してくれるし、律也の判断を大切に受け止めてくれている。

だから、東條の様子を見にいきたいのだと伝えたときも、櫂はあきれたように嘆息したものの反対はしなかった。「慎司や東條に関係あるから気になるんだろうけど、ひとりでよけいな首を突っ込まないように。もし必要ならこちらでも調査するから」といってくれたのだ。

そう——櫂はもう単なる保護者ではなく、伴侶として、浄化者として不思議な運命を担っているかもしれない律也の立場をきちんと認めてくれるから、頭ごなしにやることを止めたりはしない。

律也のほうが昔からの癖で怒られるのではないか、過保護に対応されるのではないかと先回りしてしまうのだ。これはよくない傾向だった。以前は櫂がなにも話してくれないのが不満だったくせに、いつのまにかこちらが隠しごとをするようになるなんて。

どうせ櫂には嘘をつけない。幼い頃から律也の喜怒哀楽を見てきた彼には、生半可なごまかしなどすぐに見抜かれてしまうのだから、下手に嘘などつかないほうがいいのだ。

でも――いまの律也には櫂にも明かせない秘密がひとつだけある。

アドリアンの城の事件の前に、湖沼地帯で出会った人魚からもらった〈七色の欠片《かけら》〉。人魚がくれたときには虹《にじ》色に光る鱗《うろこ》だったのに、律也が手にした途端に虹色の薔薇の花びらに変化した。それを与えるものにしか話してはいけないといわれたから、櫂にも告げてはいない。〈アケディア〉の長のラルフの目を治したことから、あれが特殊な力をもっているのは事実だ。他言したら、きっと効力は失われてしまう。

あの人魚は浄化者だったクリストフが生まれ変わった姿なのか。なぜ律也に〈七色の欠片〉を渡したのか。

〈わたしが手にすれば鱗でも、あなたが手にするときは薔薇の花びらになる。世の中の事象は見るひとによって異なる。〈七色の欠片〉はその象徴――〉

人魚のこの世のものとは思えぬ美貌と澄んだ声を脳裏に甦《よみがえ》らせるたびに、律也はぞくりとする。未知のものと対峙《たいじ》する不安。櫂がそばにいてくれれば、どんなことでも乗り越えられると思っていた。でも、櫂をあてにできないこともある。これが律也が向きあっていかなければいけない現実……。

「——律也様があちらの世界に行くのが遅れたのは、あの狩人のせいですか。あんな変人のために櫂様をないがしろにするなんて感心しませんね」

東條の部屋を訪れるために家を出たところ、いつも見えないところから監視しているレイが「わたしもお供します」と姿を現した。

律也と並んで歩くために現代ものの服を着ている彼は、外見でいえば律也よりも年下の美しい顔をした少年に過ぎない。ヴァンパイア特有のなにもかも悟りきったような目をした、冷めた美貌が特徴的だ。数百年生きているらしく、律也の護衛役兼世話係、そして口うるさいお目付け役でもあった。たとえ櫂になにも注意されなくても、律也の伴侶としての行動はレイによって細かく駄目だしをされる。

仕えるもののヴァンパイアとして一番階級が高い〈一の者〉であるレイはプライドが高いと同時に、氏族の長である櫂に対しての忠誠と心酔は絶対的だった。

「べつに櫂をないがしろになんてしてない。東條さんがオオカミ族の事件を知っているのか気になったから。レイだって狩人の動向には興味があるだろう？」

「興味があったとしても、ほかの狩人にします。やつは人間くささが抜けてないから、狩人としては未熟です。わたしが気にする価値もない。そこらへんの犬でも見ていたほうがまだ意義がある」

気持ちいいほどの高慢なものいいに、律也は弱々しく笑うしかなかった。櫂と律也には忠実に仕えてくれるのに、その他との扱いの落差がすさまじい。

最初はもっともヴァンパイアらしいヴァンパイアと評されるレイを理解するのは難しかったが、いまでは律也にとって櫂の次に信頼できる相手であり、思ったことをなんでもいえる大切な友人でもある。

「前から思ってたけど、レイはなんで東條さんに喧嘩腰なの？　東條さんはレイにそれなりに親しみもってると思うけど」

「わたしの顔を見れば、『ドSくん』と呼んでくるあの態度が親しみをもっているといえるのなら、わたしの奴に対する態度だって限りなく慈愛に満ちているといえるのでは？」

「いや、だってそれは……」

ドSってのは当たってるじゃないか——と血生臭い戦闘になると生き生きするレイの様子を頭に思い浮かべたが、口にするのは控えた。それにしても東條の言葉など右から左へ流していると思っていたが、『ドS』と呼ばれるのは一応気にしていたのか。

「狩人に嫌悪を抱《いだ》くのは、わたしだけではないですよ。やつらは夜の種族を狩るのですから。律也様の叔父上のオオカミ男だってそうでしょう？」

「まあ慎ちゃんは天敵だから仕方ないけど」

「あの赤い毛むくじゃらだって例外ではない。狩人は得体が知れないんです」

レイはちらりと律也の胸もとに目をやる。シャツの下には語り部の石のペンダントがあるから、「赤い毛むくじゃら」とはアニーのことだろう。

たしかにアニーは、東條から熱烈な好意を寄せられているのにつれない態度を示す。東條は血生臭いことが嫌いだし、害があるようには見えないから、律也ですらなぜなのか理解できない。アニーはその理由を、狩人はなにを考えているかが読めないからだといったことがある。

「わたしはあの狩人と律也様が親しくするのを好ましいとは思っていない。できることなら距離をおいていただきたいほどです」

「なぜ？」

普段通りの毒舌というより、重々しい響きの言葉が気になった。

「先ほどもいったように、狩人は夜の仲間を狩るからです。主に獣に限られていますが、それがいつ変わるかはわからないでしょう？　やつらの行動は世界の調整のためだというのが理屈で、天界の意図を汲《く》み取って動く種族だといわれています。だから得体が知れないが、同時にわかりやすい面もある。律也様が友人だと思ってつきあっているのは人間時代の東條忍なのでしょうが、いつまでもそのままではない。若い狩人なのでまだ人間の個性が色濃く残っていますが……狩人は所詮天界の意志をそのまま実行するだけの器だとわたしは考えています」

「……天界の意志を実行する器——」

狩人の存在に対する解釈としてはなかなか興味深かった。

狩人として覚醒したあとも、東條は以前と変わらない。知り合ってそれほど時間は経《た》っていないし、彼のことを深く知っているともいいがたいが、少なくとも律也にとっては大学の先輩として初めて現れたときから彼の印象はなにも変化していない。いきなり夜の種族たちの世界に入った自分と同じような経験をした仲間だと思っている。

東條がいままでどおりだからこそ、律也はだいぶ救われた部分もあるのだ。それなのに……。

動揺が顔にでていたのか、レイが意外なことに頭をさげてきた。

「申し訳ありません。律也様にとっては、あの者は人界と夜の種族の世界の両方を知る貴重な交流相手だというのは理解しています。……ですが、やはり狩人というのは特殊なのです」

「あ……いや。レイが謝らなくてもいいよ。俺は知らないことが多いから、きちんといろんな角度から見た意見も必要だし、気にしてない。むしろレイははっきりいってくれるから助かる。ありがとう」

レイは東條についてまだなにかいいたいようだったが、律也の心情を慮《おもんぱか》ったのか口にしなかった。

人間の頃の個性がもしもなくなったら？　東條が東條でなくなる……？

東條の部屋を訪ねたいと思ったのはオオカミ族の件だけではなく、単純にここ最近会っていない彼がどうしているのか気になったからでもあるのだが、妙に重苦しい心持ちになってしまった。

東條のマンションに着くと、エントランスを入ったところで、「わたしがいてはやっと話しにくいでしょう。ほかの場所から見てますから」といってレイは姿を消してしまった。耀から今日は隣にいるようにといわれていたはずだが、レイなりに気を遣ってくれたらしい。

今日もここにくる前にメールを送ったが、返信はない。部屋にいない確率も高かった。もし留守にしているとなれば、律也には東條の所在を知るすべはない。

直前のレイとの会話のせいもあって、律也はいささか緊張しながら部屋のインターホンを押した。

「――律也くん？　珍しいな。いきなり僕の部屋にくるなんて」

予想に反してすぐに反応があってドアが開いた。相変わらずの飄々《ひょうひょう》とした対応に、律也は身構えていたぶんだけ拍子抜けしてしまった。

部屋は以前訪ねてきたときと同じく玄関の廊下にまで本があふれて積み重ねられていて、雑多な雰囲気だった。「入りたまえ」と促されて、律也は足の踏み場にも苦労する室内に上がる。

「すいません……突然きたりして。何度もメールをしたんですが」

「ああ……ここ一週間は携帯をチェックすらしてなかったから。悪いね、メールをくれる相手なんてきみぐらいだから、いつもはうれしくて即行返すんだが、今回は出かけるときにも携帯を部屋に置きっぱなしにしてたんだ」

「はあ……」

出かけるときは普通携帯をもっていくものじゃないんですか——というツッコミをしようかと思ったが、目の前で「あれ？　携帯どこやったかな」と本の山をひっくりかえす東條を見ているうちになにもいえなくなった。どうやら携帯そのものが室内で行方不明らしい。

連絡がとれないのを心配していたが、こうして会ってしまえば東條の様子は普段と変わりがなく、メールの返信がなかった理由も実に彼らしい。

見た目はすらりとした長身痩躯《そうく》、顔も聖堂の天使のように整っているけれども、狩人として覚醒したとはいえ、律也にしてみれば東條は出会ったときから恵まれた外見を完璧《かんぺき》に無駄遣いしているオカルトマニアの変人だった。一緒にいると、律也はそのマイペースさにつねに閉口する。

律也が自分の携帯から東條の携帯に電話をかけると、部屋の片隅の本の山から着信のメロディが聞こえてきて、東條は「おお」と携帯を拾いあげる。

「助かったよ、ありがとう」

「いえ……東條さん、長いこと部屋を留守にしてたんですか?」

「いや、そうでもない。ただ気が回らなくてね」

東條が「コーヒーを淹れてくるから座っててくれ」というので、律也は足元の本を脇《わき》に積み重ねて居場所をつくる。

ほどなくしてコーヒーのいい香りが部屋のなかに漂ってきた。東條は律也にマグカップを差しだしてから律也の向かい側に同じく本を片付けて座る。

「ありがとうございます」と渡されたマグカップに口をつけながら、律也はあらためて部屋のなかを見回した。

東條はコーヒーを飲みながら、携帯を手にして律也の送ったメールを読んでいるようだった。

「律也くんには気を遣わせてしまったみたいだな。申し訳ない」

「ずっと姿を見てなかったから心配してたんですけど、なにかあったんですか?」

「憂鬱でね」

そう一言いうなり、東條は伏し目がちな表情で嘆息する。苦悩する明治の文豪のような姿を前にして、律也は演技なのか真剣なのかと迷った。

「はあ……なにか悩み事でも?」

「悩み事というか、情報が不足してて解答が導きだせないんだ。でも、心配はしないでくれ。僕の頭が悪いだけだから」

「具体的にどんな問題なんですか」

「世界の空間と〈空間の穴〉について」

また面倒くさそうだな——と考えたところ、まるで心を読んだように「だから心配には及ばない」といわれてドキリとした。

「——そうだ、律也くんは僕に聞きたいことがあるんだろう？　そんな顔をしている。それを是非《ぜひ》話してくれ」

無闇にひとの心は読まないといっていたが、東條のこういうところは時々心臓に悪いと思いながら本題を切りだす。

「実は先日——慎ちゃんが思いがけない場所で東條さんに会ったっていうから、ちょっと気になったんです」

東條は驚いたように目を見開いた。

「慎司さんに僕が？　思いがけない場所……」

しばらくしてからやっと思い出したように「ああ」と手を叩く。

「そういえば、一昨日だったか……マンションで会った。慎司さんは仕事の途中みたいだったけど」

すぐに話が通じると考えていたのに、東條の反応の鈍さが気になった。もしもオオカミ族の事件を調べるなりしているのなら、慎司に会ったことはよく覚えているのではないだろうか。

「そのマンション……東條さんはどうしていたんですか。お友達がそこに住んでたとか？」

「なぜ、律也くんがそれを気にする？」

どうして詮索されるのか、東條は純粋に疑問のようだった。

「知ってるかと思うんですが……慎ちゃんの知り合いの群れの男が問題を起こして逃げてるみたいなんです。彼の勤め先のジムから人間が立て続けに消えたので、群れの長老が彼が契約もなしに夜の種族の世界に攫っていったんじゃないかって。それで慎ちゃんが行方不明になった子のマンションを見にいったら、東條さんに会ったって」

「――――」

東條は口をぽかんと開けたまま、時間が止まる魔法でもかけられたみたいに固まった。心配になって、律也が顔の目の前で「東條さん？」と手を振ってみると、はっとしたように瞬きをくりかえす。

「――ああ！　そうか、なるほど！　オオカミ族でそんな事件があったのか」

一連の出来事について東條が初耳らしいことに、律也は「え」と目を丸くする。

「……嘘でしょ？　知らなかったんですか？」

「まったく。どうして僕がオオカミ族のことに詳しいと思うんだい？　僕自身が仲良くしたいと思っても、きみもよく知っているように僕は哀しいことにケモミミな生き物に敬遠されてしまうんだよ。慎司さんもそうだし、アニーだって僕を避けるじゃないか」

「じゃあどうして行方不明者のマンションにいたんですか？」

「どうしてって、偶然だよ。てっきり慎司さんは人間相手の仕事できてるんだと思ってた。こちらの世界で日中に外で顔を合わせても、『ああ、夜の種族関係のトラブルできてるんだな』とは気づかないよ。こっちに根付いているオオカミ族は、普通に仕事をして平和に日常生活してるのが多いし」

　たしかにそうかもしれないが、オオカミ族のトラブルに関係する住居で狩人がたまたま居合わせたとも考えにくいではないか。

「オオカミ族と親しくなくても、狩人は特殊な情報網があるんでしょう？　以前、フランの事件のときだって始祖の塵《ちり》のことを俺たちよりも早く知っていたじゃないですか」

「あれは――始祖の塵が呪術に使われたら邪悪なものが生まれて暴走しそうだったからだよ。世界のバランスを崩しそうな畏れがあったから、狩人が知ってただけだ。僕たちは夜の種族の警察官ってわけじゃない。悪事を全部知ってて、それをひとつひとつ取り締まるなんて真似《まね》はしない」

　人間がひとりふたり連れ去られたとしても些末《さまつ》な出来事で、調整役の狩人が関与する事態ではないということか。狩人なら当然すべてを把握しているという認識が外れているのはわかったが……。

「――で、結局そのマンションでなにをしてたんですか？　偶然て……お友達のところでも訪ねてたんですか」

「僕に友達がいると思うのかい？」

まじまじと顔を見つめられながら問い返されて、律也は返答に詰まった。「そっか、いないですよね」とはいいにくいではないか。おまけにこのやりとりは、まともな友人がいない律也自身の心にもぐさぐさと突き刺さる。

「……い、いるんじゃないですか。ほら、趣味のあうオカルトマニアの友達とか――あと、東條さん、しゃべらなければ外見だけは格好いいし……」

「律也くんは残酷なまでに正直だな。慰められてるのか、傷つけられてるのか、その微妙な塩梅《あんばい》が実に心地いいよ」

その気になれば心を読まれてしまう相手だけに、律也も迂闊なことはいえないのだ。冷や汗をかきながら肩をすぼめていると、東條はふっと目を細めた。

「きみも知ってるように、僕はひとの考えてることがわかるんだ。狩人になってからはその力をコントロールできるようになって、よけいな心の声の雑音に悩まされることはないけど。幼少期から人の裏と表の違いを見すぎたせいかな。うまく周囲との人間関係を築けなかったので、ほんとの意味で友達はいなかったよ」

よくしゃべるけれども、実際はなにを考えているのかわからない——つねにひとを煙《けむ》に巻くような発言ばかりしている東條が真面目《まじめ》に自らのことを語るのは意外だった。

いきなり夜の種族の世界に入り込んでしまった点だけではなく——幼い頃からひとと違うものが見えて、親しい人間がなかなかつくれなかった自分とどこか重なるところがある。

「……でも、俺は友達ですよね？　東條さん、俺のことを心の友だっていつかいってくれたし」

「もちろん。僕にメールをくれるのは律也くんだけだ。できれば永遠に心の友でありたいと思ってるよ」

「心の友」というのはふざけているのかと思っていたが、彼の背景を垣間見たあとであらためて聞くともっと深い意味があるのかもしれないと知る。

自分にとっても東條は貴重な友人だ。東條がもしも東條でなくなってしまったら——レイとの会話のあとなので、このやりとりは妙に心に刺さった。

「東條さん、俺も……」

途中で言葉が止まったのは、「俺も友達がいないので、東條さんは大切です」と真面目に伝えるのも変な気がしたからだ。

察したように東條はおどけた顔になる。

「ああ、なにもいわなくてもいいよ。きみと僕はすでに心でつながってるからね。それに、僕はアニーや慎司さんともっと仲良くなりたいという野望も捨ててない。今日もきみをどこからかストーカーのように監視しているであろうドSくんとも是非友好関係を築きたいと願って……」

ふいに東條のすぐ真横に積まれていた本の一角が崩れた。ぎょっとしてそちらを見ると、一冊の本の表紙に細身のナイフが刺さっている。

「おや、すぐに反応してくれるんだ。律也くんはひとりでも退屈しないねえ」

見えない監視場所から投げつけられたナイフを、東條は愉快そうに抜く。レイが眉をひそめているさまが容易に想像できたが、ナイフをお見舞いするだけにとどめたようで姿を現しはしなかった。

笑っている東條の横顔を見ると、普段の彼なのだが、ふとなにか違う表情が浮かんでいるように感じてしまうのは気のせいか。

狩人は天界の意志を実行する器——というレイの言葉を思い出す。そもそも天界って？

「——それで、なんの話だっけ？　僕に友達が少ないことを討論するのが目的ではなかったような気がするが」

話を戻されて、律也はハッと我に返った。

「違います。知りたいのは、どうして東條さんがマンションにいたか、その理由です」

「もちろん友人を訪ねたわけじゃない。僕は穴をさがしていたんだ」

「穴？」

東條は「そう」と至極真面目に頷く。

「――〈空間の穴〉。もしくは亀裂《きれつ》」

先ほどの話はそこにつながるのかと腑《ふ》に落ちる。空間の「穴」やら「亀裂」でなぜ憂鬱になるのかは謎だったが。

「それってどういうものなんですか？　オオカミ族の事件と関係ありますか」

「あるかもしれない。ないかもしれない。僕もいまオオカミ族の件は初めて聞いたから。もしかしたらなんらかの関連性があるのかもしれないと新たな可能性をさぐろうとしてるところだよ。……だとすると……」

「……ふむ」と腕組みをして考え込む東條を見ていると、いま初めてオオカミ族の件を知ったというのは決して嘘ではなさそうだった。

「……穴、ってなんですか」

東條は「どう説明したらいいかな」と頭を掻いた。

「違和感のある場所とでもいったらいいのか。空間の綻《ほころ》びだよ。たとえば――きみの家の庭はこちらの世界でもあるけれども、向こうの世界の力も流れ込んでくる不思議な場所になっている。幼い頃から夜の種族がやってくるのが見えたといっただろう？　ああいった場所は……つまり世界と世界の壁が薄いんだ。でもそれはきみの父親が特別な能力によって新たにつくりだした場所だし、いまはきみが浄化の薔薇を咲かせて安定させているから問題ない。それと同じようにやたらと壁が薄い場所があったりする。穴があいてる場合もあるし、亀裂が入っていることもあるから、そういう綻びをさがしていたんだ」

いまいち理解しにくかったが、東條が例のマンションにいたのはオオカミ族に関係する行方不明者のためではなくて、〈空間の穴〉とやらのせいなのか。

「……で、あったんですか？　そのマンションに〈空間の穴〉とかいう綻びや亀裂とかが」

「いや、なかった。でも世界の壁が薄くなった跡は感じたよ。穴は修復されたあとだった」

「そうなんですか……」

オオカミ族の事件と東條は関係がないとわかって、落胆を禁じ得なかった。できれば向こうの世界に行く前に、慎司のために手がかりが見つかればいいと思っていたのだ。

「律也くんは、そのオオカミ族の件で慎司さんを手伝ってるのかい？　ほめられたことじゃないが、夜の種族が人間を攫うのはよくあることなんだよ。あまりひどければ問題になるが」

「いえ……そういうわけではないんです。俺は春休みのあいだは向こうの世界に行く予定なので、出発前に東條さんがどうしてマンションにいたのか、それだけは慎ちゃんに教えてあげられればいいと思っていたけど」

「春休み中ずっと向こうに？　それはまたずいぶんと長いね」

「最近は耀が訪ねてくるよりも、俺のほうから行くようにしてるんです。俺も積極的に向こうの世界に関わろうと決めたんで」

「そうなのか。それはそれは……」

東條は眉間に皺《しわ》を寄せてしばらく黙り込んだあと、律也をじっと見つめて「いまから失礼なことをいってもいいだろうか」と確認してくる。いやな予感を覚えつつ、律也は「どうぞ」と促した。

「いまは夜の季節だし、きみが国枝耀と四六時中イチャイチャしたい気持ちはわからんでもないが、少しだけ愛欲に溺《おぼ》れるのは控えたらどうだろうか。せめて場所をこっちにするとか」

「……どうしてですか？」

ほんとうに失礼でよけいなお世話だといいたかったが、東條がわざわざいうのだからなにか意味があるのだろうと堪える。

「きみと国枝耀のまぐわいが活発になるのと同様、ほかのヴァンパイアも夜の季節には精力的に動くからさ。きみが夜の種族の世界で生きていく決意を固めたと周囲に判断されると、物騒なことが起こりそうな気がする。いまヴァンパイアたちの世界は大きく動いているだろう？　耀とアドリアン、そしてラルフの氏族が接近したことによって、再び大昔みたいに七氏族が統べられる日がくるのかとあちらの住人たちはざわついている。〈浄化者〉であるきみの動向はいやでも目を引くから、行動には充分に気をつけたほうがいい」

「俺は向こうの世界にあまり行かないほうがいいってことですか？」

「そうはいってないが……できることなら控えたほうがいいというだけだよ。なにせきみにはこちらの世界で学生として生きる場所がある。だから、気長にかまえていいんじゃないかと思ってね。向こうの世界に本格的に関わるのは、それこそこちらで生きるのがつらくなってからでも遅くない。僕もそうだが、きみも年をとらないから、いずれはこちらで生活しにくくなる。不審に思われないように住む場所を変えて、つきあう人々を変えて……やがて人間の世界とは完全に距離を置く日がくる。それまでは国枝櫂にこちらにきてもらえばいいじゃないか。きみはまだ夜の種族の世界に深入りしなくてもいいと僕は思うんだが」

いいかたはともかく指摘の内容はもっともだと頷けるものだった。

ふたつの世界のどこに身を置いたらいいのか——律也もつねに思案している。この姿のまで生活するなら、十年後には同じ場所には住めなくなるだろう。その先はどうする？　それまではどうやって生きる？

大学生活は貴重な経験だから続けたい、小説の『夜の種族』の続編も改稿中なので仕上げたい……。

望みはたくさんあるけれども、律也のなかで一番大きく占めているのは——。

「東條さんのいうことは俺も考えないわけじゃないですけど……でも、俺の居場所は、いつも櫂のそばなんです。ヴァンパイアの世界が大きく動く大変な時期なら、やっぱり近くにいたいと思う。俺は一度櫂と子どもの頃に別れを経験してるから……失ってから、どんなに得がたいものだったかを知ってるから」

「――――」

東條はかすかに眉根をよせて律也を見つめた。彼にしては珍しい表情だった。いつもならもっとはっきりとリアクションするからだ。なにかを危惧《きぐ》しているような、あきれているような、遠くに想いを馳《は》せるような……？

「な、なんですか……？　いつも同じことしかいわないって馬鹿にしてます？」

「いや、きみはほんとに頑固だねえ……それがどう転ぶのやら。僕は律也くんのそういう単純なところを美点だと思ってるけど。わかりやすくて実に素晴らしい」

慎司の獣としてのまっすぐな性質を褒めるアニーと同じようなことをいう。そのわりにはどこか複雑そうにも見えた。

律也は父も基本的に楽天的だったし、祖母もオオカミ族の子どもを産んだり尋常ならざる経験をしたわりにのんびりしたひとだから、単純な性格要素はふたりから受け継がれたのかもしれない。

「そのオオカミ族の件とやら、僕も気になるところがあるから、例のマンションを一緒に見にいこうか」

初めはそこまで頼むつもりはなかったが、東條から申し出てくれるなら願ったり叶《かな》ったりだった。

「いいんですか？　俺も行きたいですけど……でも、あんまり詳しいことは聞いてないんです。行方不明者がどこの部屋かも知らないし」

「そんなのはたいした問題じゃない。以前、僕が空間に違和感を覚えた場所がそうだろう。ここからそんなに遠くないから」

これで慎司に役立つ情報をもって帰れるかもしれなかった。

律也が東條と並んで部屋から廊下に出ようとした瞬間、赤い閃光《せんこう》があたりを照らす。空間を割るようにしてレイが現れて、ふたりの前に立ちはだかる。

「――律也様？　どちらにいらっしゃるつもりですか？」

刃物のようなクールな眼差しは滅多《めった》に感情をあらわにしないが、眉間に深く刻まれた皺だけが不快感を伝えてきた。律也の隣で東條が「出た」と呟《つぶや》く。レイはちらりと東條を一瞥《いちべつ》しただけで、律也に視線を移した。

「今日の予定は狩人の部屋を訪ねるだけだと聞いています。オオカミ族の件も、叔父上や櫂様から首を突っ込みすぎるなといわれているはずでしょう」

「でも話を聞いてただろ？　なにか異変があるはずなんだ。東條さんが空間がどうのこうのっていってるし、オオカミ族がそれに関係してるとしたら」

「律也様が直接かかわるべきことではありません」

レイは難しい顔つきを崩さない。もしもなにかあったらいけないという彼の心配もわかるだけに、律也としてもあまり無理をいうわけにもいかなかった。

「じゃあ、日をあらためよう。櫂に東條さんから聞いた話をして、了承をとってからにしよう。それなら……」

「またあちら側に行く日が遅れるでしょう」

いちいちもっともなことをいわれて、律也は押し黙るしかなかった。横から東條が口をだす。

「ドSくん。どうせきみも背後霊のようについてくるんだろう？　僕ときみのふたりがボディガードなら、たいてのことは乗り切れると思うが、どうだろう。律也くんのために、ここはふたりで力を合わせようじゃないか」

レイは凍りつくような眼差しで「死にたくなければ、口を閉じろ」と低い声で切り捨てた。駄目だ、これは――と律也は観念する。ふたりとも大切な存在なのに、絶望的に仲が悪い。揉め事を起こしたくなくて、律也が「わかったから……」とあきらめようとしたところ、レイは譲歩してくれたらしく「仕方ありませんね」と息をついた。

「――見に行くだけですよ。攫われた人間の住居にそれほど危険があるとは思っていませんが、そいつがいう〈空間の穴〉云々《うんぬん》は気になります」

「……ありがとう、レイ。予定どおりじゃなくてごめん」

レイは複雑そうに笑った。

「わたしも律也様には甘い。擢様にお伺いをたてても、たぶんいいと了承なさるでしょう。でも……わたしにはいくらでも好き勝手をいってくださってもかまいませんが、擢様にもそれでいいとは思わないでください」

しっかりと釘《くぎ》を刺されて、律也はおとなしく「はい」と頷くしかなかった。いままでさんざん危険な目に遭っているので、充分用心しなければいけないのは百も承知だ。それでも――オオカミ族の今回の件はなにか引っかかってならないのだ。

問題のマンションは電車で二十分ほどの距離にあった。煉瓦《れんが》タイルの貼られた十階建ての建物で、東條が慎司と出会ったのは最上階だという。

管理人がいるマンションだったが、レイが「すいません」と声をかけると、しばらく何事か話しているうちに管理人の男は「ああ……はいはい」とエントランスのドアを開けてくれた。「行きましょう」といったときのレイの目は赤く光っていた。色事のときだけでなく、ヴァンパイアの幻惑の能力はこんなときにも役に立つらしい。

エレベーターで問題の階に辿《たど》り着くと、東條は迷いもなく外廊下を進んでいって、一番端の部屋のドアの前で足を止めた。

「僕が世界の壁が薄いと感じたのはここらへんだ。おそらくここが行方不明者の部屋だね」

表札の名前をたしかめて、律也は慎司にメールで問い合わせを送った。一方、東條はドアレバーの下の鍵穴《かぎあな》を睨《にら》んで「うーん」と唸りながら指でそこをなでていた。すると、なにも鍵穴に差し込んでいないのに、カチリと鍵が開く。

ドアを開ける東條を見て、律也は仰天した。

「ちょ……なにしてんですか。ひとがいたら、どうするんですかっ」

「いないよ。行方不明になってるんだろう？　大丈夫。悪事は働かないから」

東條は鼻歌をうたいながら室内に上がっていく。ちょうど携帯に慎司からの返信がきた。

『りっちゃん、なにやってるんだ』と怒られたが、この部屋が行方不明者の住居で間違いないようだった。慎司たちは行方不明者の家族に会社から調査を依頼されたといって鍵を預かって室内に入ったらしい。大人がいなくなっても自分の意思で失踪《しっそう》したと判断されがちで警察に捜索願いをだしても埒《らち》があかないことが多いので、家族は協力的だったという。

『りっちゃんたちはどうするんだ。鍵ないだろう？』

慎司はマンションに行って外から見ても意味がないだろうといいたいようだったが、まさかエントランスはヴァンパイアの幻惑で通過して、ドアの鍵は狩人がさわっただけで開いたとはいえない。

ここまできてなにもせずに帰るのも惜しいので、律也は慎司に「あとで報告する」と返信してから玄関に入った。レイが立ち止まっているので、さすがに不法侵入するのに躊躇《ためら》いがあるのかと思ったら——。

「律也様。中に入ってから、わたしを招き入れてくれますか」

ヴァンパイアなので初めての家には中から了承を得ないと入れないらしい。律也はこの家の者でもないのに意味があるのかと疑問だったが、「どうぞ」というとレイはすんなりと入ってきた。

「東條さんの部屋では、初めて行ったときでもいきなり宙から現れたのに」

「あれは見えないだけで、わたしは実際には律也様の後ろについて、やつが『入りたまえ』といったときに一緒に入ってますから」

人界でのみヴァンパイア特有の制約がかかるらしい。管理人つきのエントランスでも自由に入り込めるくせに、妙なところが不自由なのだ。しかし、能力があるとはいえやりたい放題はできないわけで、案外バランスがとれているのかもしれなかった。

この部屋の行方不明者は女性ということで、室内は綺麗に片付けられていた。何日間も主のいない部屋は空気が冷え切っていて寒々しい。

女性に申し訳ないなと思いつつ、律也は室内に足を進めた。玄関からすぐにリビングに続いていて、その隣に寝室がある間取りだった。ワンフロアとしても使えるつくりで、寝室との仕切りは引き戸になっていた。

東條はリビングの中央に突っ立ってあたりを見回す。その表情がなにかに気づいたように固まる。

「――これは厄介《やっかい》だ」

意味深な呟きに「え？」と首をかしげると、東條は「おいでおいで」と律也を招きよせる。

「もっとこっちにきてごらん」

近づくにつれて発言の意味がわかった。

律也には東條が話していたような〈空間の穴〉といわれる綻びとやらの異常はわからない。ただ明らかに――。

律也と東條はともに閉ざされている寝室に注目した。ふたりで「どうしよう」と顔を見合わせる。

遅れて部屋に入ってきたレイも、すぐに異変を察知して表情が険しくなった。律也たちがなにかいうよりも早く、すばやく前に出て寝室の引き戸を開ける。同時に彼の背に戦闘態勢の証である黒い翼が広がった。

「誰だ！」

誰何《すいか》したものの、そこには誰の姿もなかった。女性らしい落ち着いた白とベージュを基調にしたインテリアの寝室。

律也たちが察した異変――それは寝室から漂う匂いだった。芳香剤とは違う、濃厚な薔薇の、ヴァンパイアの体臭としての残り香だった。

いまさっきまでそこにいたのか。これだけ香りが残っているのだから、律也たちが訪れるのとほとんど入れ代わりに去って行ったのは間違いなかった。

薔薇の残り香だけが証拠ではなかった。たったいま翼を広げたばかりのレイのものとは違う黒い羽根が、寝室の床のうえに落ちていた。

どうしてヴァンパイアがここに……？　いったいどこの誰が？　なぜいきなり消えてしまった？

羽根を拾いあげながら、律也は首をかしげる。

「これでなにかわからないかな？　どこのヴァンパイアか……」

「見せてください」

レイの手に渡そうとした途端、律也の指先から羽根がすっと消えてしまった。あわてて床を見ると、ほかにも何本か落ちていたはずなのに全部なくなっている。

「な、なんで……？」

律也があっけにとられている隣で、レイは辺りを警戒するように見た。東條も寝室に入ってきて、あちらこちらを見回したあと「やっぱり壁が薄い」と呟く。

「間違いないね。ここに穴があった。どこかに通じる道がつくられてたんだ。何者かはその道を通って消えたんだろう。律也くんは国枝櫂に今回のオオカミ族の件で相談したのかい？　調べてくれって」

東條はこの部屋にいたヴァンパイアが櫂の寄越した者の可能性はあるのかと問いたいよう

だった。

「もし必要だったら調べるとはいってくれたけど、まだその段階じゃないと思う。俺も昨日話したばかりだし」

東條はレイにも確認するように「ほんとう？」と訊《たず》ねた。レイは厳しい顔のまま「うちのものではない」と答えた。

「そうか。じゃあ別口だね」

オオカミ族の男が攫ったのではないかと思われる人間の住居——どうしてその場所にヴァンパイアが現れる？

「律也様。この件はしばらく胸におさめてくださいますか」

律也が頭のなかを整理しようとしていると、レイが低い声で囁くようにいった。

「え？」

「オオカミ男の叔父上に報告しないでください。こちらで調査する必要があります」

なぜ——と問いかけてから、レイの緊迫した表情を見て察する。そうだ、これはおそらく慎重に対処しなければならない事案なのだ。

てっきりオオカミ族のトラブルだと思っていたのに、なぜか被害者の部屋に薔薇の残り香があってヴァンパイアがいた気配がある。

もしオオカミ族に知られたら、ヴァンパイアとの対立の火種になるとレイは懸念しているのかもしれない。

どこの誰が――羽根が消えたのはなぜ？

少しでもトラブルの解決に役立てばと考えていたので、慎司に事実を伝えられないのはつらかったが、櫂の伴侶だという立場を考えたら、律也は「わかった」と頷くしかなかった。

「慎ちゃんにはいわないけど、すぐにどういうことなのか調べてほしい。オオカミ族でも問題を起こしたとされる男を追ってるみたいだから。どうなってるのか知りたい」

「もちろんです。早急に対処しますので」

律也が心配する以上に、レイの顔が緊張してこわばっていた。どこのヴァンパイアがいたのか、心当たりでもあるのだろうか。

「わたしはすぐにこの件の対応で戻らなければなりません。律也様もわたしと一緒に向こうの世界に渡りましょう。早いほうがいい」

「いま？　でも慎ちゃんに一応マンションにいってきた報告をしないと。なにも手掛かりはなかったとしても……さっき連絡してしまったから、きっと気にしてる」

「では、家に帰る前に叔父上のところに寄りましょう」

レイは律也をいますぐにでも向こうの世界に連れていきたいらしかった。まるでこちらに残るのは危険だと考えてでもいるみたいに。

なぜ？　このマンションにどこぞのヴァンパイアがいたことがそれほど問題なのか。

「律也くん――ドSくんのいうとおりにしたほうがいいよ。長居は無用だ」

東條のからかうような瞳の奥にも、いつになく真剣な色が見てとれるような気がするのは、先ほどの忠告が頭に思い浮かぶからか。

(きみはまだ夜の種族の世界に深入りしなくてもいいと僕は思うんだが)

「ほら、行った行った」と背中を押されて部屋を出る前に、律也はもう一度後ろを振り返った。いつもなら甘いと感じる薔薇の香り――室内に残る濃厚なそれに、初めて不穏な胸騒ぎを感じた。

Ⅱ　小さきものの祝福

天から堕《お》ちてきたヴァンパイアは七つの氏族に分かれている。

それぞれの始祖となったのは初めに神に逆らった七人。氏族には血統ごとの特徴がある。

以前、律也も〈ルクスリア〉との休戦の調停式のときに代表団がそろっているのは見たが、すべての氏族を把握しているとはいいがたかった。

あのマンションの部屋にいたのは、どこのヴァンパイアなのか。薔薇の芳香につつまれた微睡《まどろみ》のなかで、あらためて氏族というものが気になった。

〈スペルビア〉――これは櫂の氏族だ。人界でたくさんの契約者をもっているため、貴種が生まれる確率が高く、一番の勢力となっているという。

〈インウィディア〉は女性ヴァンパイアが多いとされている。調停式のときに、男ならひとめ見ただけで虜《とりこ》になりそうな妖艶《ようえん》な美女たちがいたことを思い出す。

〈イラ〉については、前回のアドリアンの城での事件のときに〈閉ざされた氏族〉だということがわかった。長の翼が白いなどと噂《うわさ》もあるらしいが、真偽ははっきりしない。

〈アケディア〉は結界をやぶったり、遠見にすぐれている。ラルフの氏族で、前回の事件を機に櫂とは友好的な関係になった。

〈アワリティア〉は狡猾《こうかつ》な一族だといわれているが、律也は具体的にはよくわからない。〈ルクスリア〉はアドリアンの氏族で、城も訪れたので記憶に新しい。ヴァンパイアのなかでも色事に長《た》けていて、夢魔を支配下においている。

そして〈グラ〉。〈スペルビア〉とは友好的で、小さきものをあやつるといわれている。薔薇が枯れたということで、律也が訪れる予定の地なのだが――。

目覚めてから、豪奢《ごうしゃ》な天蓋《てんがい》を見上げて、律也は夜の種族たちの世界にきていることを知った。

門番の薔薇色の羽に導かれて世界を移動したあとには軽く時差ボケのような症状になることがあるが、いまからだがだるく意識がぼんやりとするのはそれのせいだけではなく、夜の薔薇の香りに溺れていたせいだった。正しくいうならば、昨夜律也を出迎えてくれた櫂に激しくからだをつながれたから。

「律――？」

人界では律也が目を覚ましたときには櫂はすでに部屋にいないことが多いが、こちらの世界では違った。

櫂はちょうど寝台から起き上がってガウンを羽織っていたが、律也が目を開けたことに気づくと身をかがめて頰をなでてくる。

「まだ早いよ。寝てていい」

窓の外はちょうど空が白む頃だった。もっとも夜が明けても、こちらはいま夜の季節だから、昼頃から薄暗くなってしまう。長い夜が続くのだ。

「櫂は……？　こんなに早く起きなきゃいけないのか。用事？」

「いや。ちょうど目が覚めたから」

だったら――と律也がガウンの裾を引っ張ると、櫂は困ったように笑いながら再び寝台に横たわって布団のなかに戻った。

結局、例のマンションを見てから慎司の仕事場に寄って報告をしたあと、律也はレイとともに慌ただしく夜の種族の世界へと渡ってきた。レイは一刻も早く律也を連れていきたいようだったし、律也に逆らう理由もなかった。

なぜあんなところにヴァンパイアが――？

気になる点は多いのだが、昨夜は櫂の腕につつまれた時点でなにも考えられなくなった。

「やっときた」――そういわれて、うれしそうに抱きしめられてベッドに運ばれてしまっては、事件のことをたずねるタイミングもない。

しかし、櫂はすでにレイからマンションにいたらしいヴァンパイアの件は報告を受けているはずだった。

「……櫂。慎ちゃんが調べてたオオカミ族のこと、レイから聞いただろう？　マンションに薔薇の残り香があって……」

「俺をベッドに呼び戻したのは、その話をしたいからか」

残念そうな顔を見せられて、律也はかぶりを振った。

「そうじゃないけど……気になったから。いったいどこのヴァンパイアなんだろうって。証拠が目の前で消えたんだ。羽根をレイに渡そうとしたのに」

「調べてる最中だ。いくらせっつかれても、さすがにすぐには無理だ」

あのとき――マンションにヴァンパイアがいたと知って、レイはひどく切迫した様子だったのに、櫂の表情は落ち着いたものだった。心配していないというよりは、事態がはっきりするまでは律也を不安にさせないと心得ているからだ。

「それよりも――律は俺を待たせたんだから、少しはサービスしてほしいな。せめてベッドのなかでは色気のない話は控えるとか」

いくら気になる事件とはいえ、朝からふたりきりの時間に話をする内容ではなかったと反省する。でも、せっかくの甘い夜だったのに、櫂こそ朝早くに起きてひとりでベッドを抜けだそうとしていたのだ。

「櫂は俺より早く起きることが多いね。……もっと寝てればいいのに」

「先に起きて、律の寝顔を見るのが好きだから」

「……なんで?」

「それを俺にいわせるのか。律はいやがるかと思ったのに」

からかうように笑われて、律也は心外だった。

「俺は櫂がいってくれることで、いやなことなんてない」

「そうかな。昨夜だって、いろいろ褒めたのに、律は俺の腕のなかでずっと『いや』っていいつづけてた」

昨夜、からだをつなげながら櫂が耳もとに囁いた言葉を思い出す。律也のからだの一部分の具合を気遣ったり、どういう状態になっているのかを詳細に述べてくれたのだが……。

記憶を甦らせるうちに律也は真っ赤になった。

「あ……あれは……櫂がイヤラシイことをいうからじゃないか」

「そんなつもりはなかった。律にはあれがそんなふうに聞こえるのか。いやだった？」

いやなわけではなく、ただ恥ずかしいのだ。しかし櫂には色気がないように感じるのだろうか……。

常日頃、自らが床上手とはいえないため、パートナーは満足しているんだろうかと心配している律也としては気になる。

「そうじゃないんだ、いやとかじゃなくて。その、俺がもし最中に『いや』っていってても、櫂は無視してくれていいから。俺はほんとに櫂がいってくれることならなんでもうれしいし、櫂のしたいことならどんなことでも受け入れる」

真剣に訴える律也を前にして、櫂はかすかに唇の端をあげる。

「どんなことでも？」

「もちろんだ。俺はその……そんなに色っぽいってタイプじゃないから、櫂もなにかと不満があるだろうけど、そこは努力でカバーするから堪えてほしい」

「律は後悔しないのか。俺がどんなことを要求しても？」

念を押されて、律也は「え」といまさらながら青くなった。いったいどんなハードなプレイを要求されるのだろうか、と。

「いや、その……努力ではどうにもならないこともあるわけで、あんまり過激なことは……」

言葉の途中で、櫂が笑いをこらえるように口許を押さえるのを見て、ようやくからかわれているのだと気づいた。

「ひどい。俺は真剣に気にしてるのに」

「なにを？」

「俺に至らないところがあるんじゃないかって――櫂は契約者にだって血を与えるだけじゃなくて……その、魅力的な美女とか美男とかいるだろうし」

ヴァンパイアは人間を誘惑する手段として、性的な魅力や能力に長けている。人界の契約者に血を与えるだけではなくて、肉体関係を結ぶものも多い。でも、櫂は契約者がいても、からだをつなぐのは律也だけだと約束してくれた。それはかなり稀有《けう》なことなのだ。

「律より色っぽい人間なんていない」

「それは嘘だ。俺は己を知ってるし、さっきだって色気がないっていったばかりじゃないか」

むっと眉根をよせる律也に、櫂はとうとう声をたてて笑いだした。

「嘘ではないよ。俺にとっては、律が一番色っぽい。ほかのやつにきみが色気があるように見えてないなら、狙われなくてもすむから助かった」

それはただの欲目だ、と指摘することも可能なのに、櫂に甘い眼差しを向けられると、律也は頬が熱くなって反論する気が失せる。

「……夜の季節の櫂は苦手だ……。いつもより意地悪をいうから」

「嫌い？」

「そうじゃないけど……」

櫂はうつむく律也の頬にふれながら目を覗《のぞ》き込むようにした。こんなふうに至近距離で見つめられたら、首すじまで真っ赤になってしまう。高まる心臓の鼓動に耳をすましていると、自分が少女漫画の主人公にでもなったような気がしてくる。

櫂に育てられたおかげで、律也は自分がおそろしく面食いなのだろうという嫌な自覚がある。もっとも櫂以外の美男にはまったく食指が動かないのだけれども。

「律？　答えて——いまの俺は嫌い？」

このやりとりをアニーあたりが聞いていたら、「毎回なにやってるんだ」とあきれることだろう。ペンダントは引き出しにしまってあるが、いまも石のなかで聞き耳をたてているかもしれない。

「……嫌いなわけが……」

朝まだきの薄い闇につつまれたなかで、憂いのある眼差しを向けられていとしげに問われれば、律也に逆らえるわけもなかった。

ない——と否定しようとして、最後まで言葉を続けることができなかった。そのいっときだけは不穏な胸騒ぎもすっかり忘れてしまった。櫂の唇がゆっくりとおりてきて、律也の唇を甘く封じた。

『——俺はつねづね疑問なんだが、おまえらがベッドのなかで合体する前にする小芝居、あれはどうにかならんのか』

見た目は愛くるしい子狼のアニーにつぶらな黒い瞳でそう問いかけられて、律也は固まった。

「小芝居って？」

書架から引きだしかけた本をいったんしまってから、律也は足元の子狼姿のアニーを見おろす。

革表紙の古めかしい本がずらりと並ぶ城の図書室に、律也はアニーをともなって訪れていた。〈ルクスリア〉の〈知識の塔〉ほどではないが、櫂の城の蔵書もなかなか立派なものだ。

『おまえと国枝櫂が互いに好きあってるのは確認済みなんだろう？　だったらいちいち「好き？」とか「嫌い？」とかいいあわないで、さっさと合体すればいいじゃないか』

今朝方のやりとりを聞いていたらしい。罵《ののし》られるのは予想しなくもなかったが、実際にいわれると頭をかかえたくなった。

「アニー……合体合体っていうけど、それだけが目的じゃなくて、そこに至る過程が大事というか、合体だけすればいいわけじゃないというか、人間の交流には情緒が必要なんだよ」

『そうなのか？　だって、おまえらは普通の人間じゃないだろう。俺はそういう欲望の仕組みがよくわからんからな。そうか、無駄が必要なものなのか』

ふむふむと頷くアニーを見て、律也はよけいなことを教えてしまっただろうかと悩む。ただでさえ自分が至らないばかりに精霊としては変わり種に育ててしまったと申し訳なく思っているのだ。アニーの好きなように生きてほしいが、律也と一緒にいるうちにものを食べることを覚えたように、変な欲も学習してしまったらどうしよう。

『――探してる本は見つかったのか？』

「いや、まだ」

アニーの度肝を抜く質問のおかげで中断していた本さがしを再開する。

薔薇が枯れるという事態が起こっている〈グラ〉の地。氏族について漠然とした知識しかなかった律也は、少し勉強をしようと図書室を訪れているのだった。

以前から〈スペルビア〉とは友好的だといわれている〈グラ〉への訪問――昨夜の話では使者を遣わしているので、日程が決まり次第、出発するという。

正直、人界でのオオカミ族の一件が気になるので城を動きたくないのだが、長の伴侶としては従うしかない。

「たいへん結構な心がけです」

図書室の利用目的を告げたとき、レイは褒めてくれたが、莫大な数の本が並ぶ書架を見上げたところで、律也は早くもくじけそうになった。一応、〈浄化者〉の能力でこちらの文字は読めるのだが、必要な書物をさがすまでが一苦労だった。

ちょうど運悪く司書は休暇をとっているということで、レイが用事をすませたあとに様子を見にきてくれる予定だったが、まだ現れない。

「アニー、〈グラ〉ってどういう氏族なのかな。櫂の氏族と仲がいいってことはわかるんだけど」

『〈グラ〉か？　俺は好きだ』

説明になっていないが、アニーが好意的な理由に興味を引かれた。

「へえ。どうして?」

『おまえも好きなはずだ』

そういいきると、アニーは「お」といきなり小さな虫でも見つけたように視線を宙に向け、いきなり律也のそばを離れて走りだしてしまった。

語り部の石の精霊のくせに——いつもながらろくに情報を与えてくれないアニーに落胆してためいきをついたあと、律也は再び書架に向き直った。

〈グラ〉の地を訪問できるのはうれしいが、オオカミ族の事件がどうしても気にかかる。

なぜ行方不明者の室内にヴァンパイアの残り香があったのか。

オオカミ族だけの問題だったら立場的に深く介入できないし、するべきでもないと理解できるのだが、あの部屋で薔薇の香りを嗅《か》いでしまったあとではそうもいかなかった。

しかし、いま律也が神経を集中させなければいけないのは〈グラ〉への訪問だ。

〈グラ〉でわかっているのは友好的なことと、小さきものをあやつるということ。「小さきもの」とはなんなのか……。

「律也様、進んでいますか。先ほど〈グラ〉から正式な返事がきたので、出発は明日になりそうです」

いくつか参考になりそうな本を選んで閲覧席へと運んでいると、レイが図書室に現れた。

明日――もう少し先の日程になるのかと予想していたので驚いた。いまから書物をめくっても、付け焼刃になりそうだ。

「例のマンションの件は、なにか進展があった？　櫂には『調べてる』っていわれたけど」

「昨日の今日ですから。律也様はせっかちですね」

昨日の態度からして、レイにはどこの誰か見当がついているのではないだろうか。

だが、いまレイはすっかりいつものクールさを取り戻していて、その表情からはなにも察することができない。

「〈グラ〉ってどういう氏族なんだ？　特徴は？」

「ご自分で勉強なさるのでは？」

「意地悪いわないで、とりあえず訪問してから恥をかかなくてもすむ程度に教えてくれ」

レイは「失礼しました」と微笑んだ。

「〈グラ〉の地に行ったら――律也様は喜ぶと思います」

「俺が？　なぜ？」

アニーも『おまえは好きなはずだ』と妙なことをいっていた。実は櫂にも同じ質問をしたところ、「俺が律を連れていきたいと思う場所だよ」と意味ありげに笑われてはぐらかされている。「行ってみてのお楽しみ」と考えているらしい。

「律――」

噂をすればなんとやら、図書室に櫂が現れた。

「櫂様、律也様は〈グラ〉がどういうところか知りたいようですよ。きっと喜ばれるとお伝えいたしました」

レイがすました顔で一礼して去る姿を見送ってから、律也は櫂を睨みつける。

「俺が喜ぶってどういう意味？　予備知識ぐらい教えてくれればいいのに」

「ほかの氏族ならそうするが、〈グラ〉はなにも心配しなくていいから。律の驚く顔が楽しみだ」

〈グラ〉との友好関係は、櫂の態度からも理解できる。ほかの氏族の土地に律也を連れていくときは、もっと警戒するからだ。

櫂とレイの様子だけ見ていると、遊園地かピクニックにでもいくような気軽さだった。

「薔薇が枯れたっていうのはどうなったの？　大変な時期なのに、俺なんかが行って大丈夫なのかな」

「それは俺も気にしてるが……向こうは問題ないといっている。それに正直、どんな状況かも見てみたいんだ。もともと〈グラ〉は律をずっと連れて行きたいと思っていた場所でもあるから」

櫂がこれほどいうとは――どんな夢の国が待っているのかといやでも期待してしまう。ますます見当がつかなくなって律也が首をかしげていると、図書室内を走り回っていたアニーがいきなりこちらに突進してきた。

「わ？」

閲覧席に座っている律也の膝に飛び乗り、アニーは必死に前足を伸ばして腕をよじのぼろうとする。

「な、なに？　アニー、どうしたんだ」

「妖精と追いかけっこをしている」

またくだらないことをいって――と白けた目を向けると、アニーが睨みつけてくる。

「ほんとうだ。いま、おまえの頭の上に止まってる」

「はいはい」

律也が生返事をしたところ、隣に立っていた櫂が身をかがめて頭に手を伸ばしてきた。そっとなにかを捕えるように。

「え？」

きょとんと櫂を見上げると、差しだされた手に小さな生き物が乗っていた。

――妖精だった。大きさは手のひらサイズ、愛らしい姿かたちの少年で、その背には透き通った羽が生えている。

律也は口をぽかんと開けた。妖精がこちらの世界に生息しているのは知っていたが、自然界を住処《すみか》にしていて、人前には滅多に姿を現さないはずだ。

先ほどアニーがいきなり虫でも追いかけるように走りだしたのは、この姿を見つけたからなのか。

「な……なんで妖精がこんなところに」

妖精は櫂の手から閲覧台にそろりと下りると微笑む。

『挨拶《あいさつ》にきたといってる』

アニーは妖精の言葉がわかるらしく、律也の膝のうえから通訳してくれる。

妖精は実に表情豊かに笑いながら律也と櫂を見上げて、うやうやしく頭をさげて最敬礼のしぐさをした。

『歓迎するそうだ。我慢できなくて、お迎えにきてしまった、と』

「ほんとにそんなこといってるのか……?」

アニーが適当にいってるのではないかと訝《いぶか》しんで眉をひそめると、妖精は青ざめた顔をして必死に律也に向かって首を振ってみせる。

『馬鹿《ばか》め。おまえが疑うから、かなしんでるぞ』

「だ、だって……歓迎ってなんのことなんだ」

〈浄化者〉の能力で夜の種族の言葉は理解できるのに、妖精はまた別口のようだった。口をぱくぱくと開けているのが見えるのに、音が聞こえてこない。律也の耳には聞こえない特別な音域でしゃべっているのか。

燿が隣の椅子《いす》を引いて腰を下ろし、妖精を興味深げに見つめた。

「燿もこの子のいってること、わかるのか」

「いや、俺には無理だ。でもどうして妖精が現れたのかはわかる。〈グラ〉にくるのを歓迎するといってるんだ。俺たちの訪問が伝わってるんだろう」

「どうして〈グラ〉に行くのと、妖精に関係が……？」

問いかけてから、律也は「あ」と気づく。〈グラ〉が小さきものをあやつる――という意味はひょっとしたら……。

燿が「そうだ」と頷いた。

「〈グラ〉は妖精たちが住む地だ。各地に妖精はいるが、それらを統括しているのは〈グラ〉の長だ。〈グラ〉の氏族は妖精の言葉もわかる。覚えてないか？　きみが初めてこちらの世界にきた夜――薔薇の園で妖精たちがたくさんいて歓迎してくれただろう」

律也が初めて夜の種族たちの地を踏んだとき、小さな星の光がたくさん煌《きら》めいていると思ったら、羽をもつ妖精たちが発光しながら飛んでいた光景を思い出した。彼らは薔薇の花びらを撒《ま》き散らしながら、出迎えてくれたのだ。

「覚えてる……あれ以来、薔薇の園で見たことはなかったから、こっちの世界でも普段は人目にふれないように隠れてるんだと思ってた。人界でも妖精はひとを避けるし」

「基本的にそういう種族なんだが……〈グラ〉の地だけは違う。そもそもあのとき妖精が現れてわざわざ歓迎してくれたのは、〈スペルビア〉に友好的な〈グラ〉が律也を祝福してくれたせいだ」

意外な事実を聞いて、律也は瞬《まばた》きをくりかえした。

「つまり……あのとき、仲のいい〈グラ〉がお祝いで妖精たちを派遣してくれたってこと？ヴァンパイアが妖精を従えてるの？」

「〈ルクスリア〉が種族の違う夢魔を従えているように絶対的な上下関係とはまたちょっと違うんだが、きわめて親密な関係にある」

櫂の説明は正しいらしく、妖精は律也たちを見上げながら「うんうん」ともっともらしい顔で頷いている。

人界でも子どもの頃にはごく稀《まれ》に妖精が見えた。律也の知っている妖精は、人間からは隠れて、自分たちの領域を守って静かに暮らしているものだ。たまにこっそりと悪戯《いたずら》したりするけれど、基本的には交流をもたない。

正直いって、律也にとってはヴァンパイアなどよりも、妖精のほうがレアな生き物だった。彼らはほんとうにごく戯れにしか人間と関わろうとはしないのだ。

夜の種族の世界に初めてきたときには出迎えてくれたけれども、あの夜もいつのまにか泡が消えるように姿が見えなくなっていた。

「へえ……」

人前に堂々とでてくる妖精など珍しいので、律也は身を乗りだしてまじまじと観察してしまった。羽は透き通るように薄く、ほのかに光り輝いている。律也が見つめるのに応《こた》えるように、中性的な妖精の少年はにっこりと微笑む。浮世離れしているのに、愛嬌《あいきょう》があった。思わず釣られて、律也もにっと歯を見せて笑い返した。

『おい、おまえ。そんなに顔を近づけるな。怖いだろう。食われるかと思って、妖精が怯えるじゃないか』

「……そ、そんなことない。怖がらせてない。ちゃんと笑ってくれたよ。ほらっ、いま見ただろう?」

律也が焦っていいかえすと、そのやりとりがおかしかったのか、妖精はくすくすと笑いだした。こちらのいっていることはすべてわかるらしい。しゃべる声は聞こえないのに、なぜか笑っている声だけは律也の耳にも届く。なんとも心地よい、美しく軽やかな楽器を鳴らしたような……。

「この子、〈グラ〉からひとりでやってきたのかな。それとも、この地にいつもは隠れて住んでる子なのかな」

「――さあ。どうやら、やってきたのはその子だけじゃないみたいだ」

櫂が図書室の窓に目を向けた。昼間なのに夜の季節のせいで外はもう暗くなってしまっている。短い陽《ひ》が落ちたあとの薄い闇のなかに、ぼんやりとした丸い小さな光がいくつも浮かんでいるのが見えた。

律也は立ち上がって窓のそばまで近づいて目をこらした。水玉のような光は、羽をもつ小さな妖精たちが発光しながら飛んでいるのだとわかって息を呑む。

まだ旅立つ前から妖精たちが歓迎に現れてくれるなんて――皆が〈グラ〉について思わせぶりないいかたをしたのも理解できる気がした。

「……櫂もレイも……妖精がいる土地だから、俺が喜ぶっていったのか」

妖精たちが舞うように飛んでいるさまを見ると、律也も子どものように興奮してしまう。人界にいた頃からひとならざるものが見えた律也でさえも、妖精は迂闊にふれてはいけないもののように感じていたから。

「――そうか。律は妖精でも喜ぶのか」

隣に並んだ櫂が意外そうに呟いた。

「え？　妖精のことがあるから、もったいぶってたんじゃないのか」

「それもあるけど――俺がきっと一番喜ぶだろうと思ったのは、べつのことなんだ」

「べつのこと？」

いつのまにか閲覧台の上にいた妖精が飛んできて、律也の肩に止まっていた。律也の真似をして一緒に首をかしげている。体重がないみたいに軽い。

「〈グラ〉は妖精のほかにも特徴があるんだ。〈グラ〉の氏族は、ヴァンパイアにしては珍しく、人間みたいに食事を楽しんで大切にしているんだ。〈グラ〉の地は美食の宝庫といわれているんだよ。ヴァンパイアとしては悪食《あくじき》なんだけど、律はきっと気に入るだろう」

「――――」

ヴァンパイアにとってはあくまで口から食べる食事は形式的なもので、食欲を満たすものではない。

美食を楽しんでも結局はひとの生気や血が必要だから、ヴァンパイアとしては料理を食べるよりも霊性のある薔薇の花びらを噛んでいたほうが空腹がまぎれるというのが偽わらざる本音だ。だからいくら美味しくてもたくさんのものを食べる習慣はない。櫂の城では、律也の食事の分だけは櫂やレイの指示で改善されつつあるけれども……。

「食事を楽しむって……ヴァンパイアの世界で、そんなことありえるのか？」

「〈グラ〉は特別なんだ。妖精たちが作る果実酒なんかも絶品だ」

妖精と美食の土地――律也にとっては、まさしく夢の国だったが、少しばかり引っかかった。

櫂の口ぶりだと、つまり律也が妖精よりも美食のほうに食いつくと思っていたといわんばかりだ。先ほどのレイの「喜ぶと思います」といった台詞《せりふ》もきっと食事を指しているのだろう。

「……ちょっと待って。櫂は――いや、みんなして、俺をそんなに食い意地が張っていると考えてるのか？」

律也の声が憤りに震えている理由がわからないらしく、櫂は意外そうに目を瞠《みは》る。

「嬉《うれ》しくなかったか？　きっと喜ぶだろうから、早く律を〈グラ〉の地に連れていってあげたいと思ってたんだが」

律也は「う……」と言葉に詰まる。足元のアニーも、「たくさん食えるから、うれしいだろう？　俺もうれしい」といいたげに無邪気に尻尾を振っている。変なところだけ己に似てしまった憐《あわ》れな精霊の姿を見て、口許をひきつらせるしかない。

「そりゃ嬉しいけど……」

肩に乗っていた妖精が、まるで律也の心を読んだように、くっくっと愉快そうな笑い声をたてた。思わず睨むと、妖精は「しまった」とばかりに口を押さえ、「申し訳ありません」と茶目っ気たっぷりに優雅なしぐさで頭をさげた。

可愛《かわい》いので憎めないけれども、とんだ悪戯っ子のようだった。

夜の季節なので本来は昼間の時間帯から暗くなってしまい、一日の大半は静かな闇に閉ざされる。だが、律也たちが〈グラ〉に向かう道中、たくさんの妖精たちが馬車や先導する馬上のヴァンパイアたちを取り囲んでいたので、常時ぼんやりとした光に照らされることとなった。

麗人揃《ぞろ》いのヴァンパイアたちと、可憐《かれん》な花びらのように舞い踊る妖精たちの一行は、傍《はた》から見るとお伽話の絵のように詩的で幻想的な風景だった。

妖精たちが話している声は普通の夜の種族たちには聞こえないが、鈴を振るような快い笑いだけは響く。そして、彼らが実際に小さな草笛で器用にメロディーを奏でる音も。

妖精は律也の頭に知らないあいだに乗っていたり、気が付くと膝のうえで昼寝していたりした。おかげで、見知らぬ地にこれから行くのだという緊張感もほぐされた。

アニーも自身が精霊だけに存在的には近いのか、妖精たちに囲まれているのは心地よいようで終始ご機嫌だった。

基本的に櫂の部下のヴァンパイアたちは妖精たちには無関心だった。もしかしたら「可愛い」と内心は思っているのかもしれないが、少なくともそんな感情を面にだすものはいない。また、妖精たちも敏感に相手の対応を感じとるのか、ヴァンパイアには無邪気な悪戯をしかけたりはしないのだった。

基本的に互いに不干渉なのだが、レイは妖精が苦手なようで反応がおもしろかった。律也が手のひらでくるくると踊っている妖精を「ほら、すごいだろう」と見せると、無言のまま怯《ひる》むように身を引く。関心がないなら、いつもの調子で冷ややかに「そんな羽虫はどうでもいいです」といって切り捨てそうなものなのに。

興味深い事実として櫂にそれを告げたら、「俺もあまり妖精は得意じゃない」と意外な返事をされた。「どうして？」とたずねたところ、「さあ」とごまかされた。答えたくなかったのか、その会話をしたのが野営の天幕のなかで抱きあっていた最中だったから睦言《むつごと》以外は口にしたくなかったのかは不明だった。萎(な)えることのない熱い塊につながれて淫らに揺さぶられているうちに、律也も追及するのを忘れてしまった。

旅の道中は櫂の甘い腕と妖精たちのおかげで退屈せず、薔薇が枯れたという異変も、人界のオオカミ族の事件も深く考えずに過ごすことができた。

幾日目かの朝、〈グラ〉の領土への到着が、一行を取り囲む妖精たちの数が増えたことで知らされた。

〈グラ〉は緑濃い土地だった。木々は豊かな葉をつけて爽《さわ》やかな風に揺れ、地には草花の絨毯《じゅうたん》が敷きつめられ、常春のやさしい色合いで描かれた水彩画の世界を進んでいくようだった。青い空には綿帽子を追いかける妖精たちが笑いざわめき、花びらの影にはかくれんぼをしている頭や薄衣の裾が見え隠れする。

夜の季節の短い昼間のなかで、光を弾《はじ》いたような目に鮮やかな風景が広がっていくさまは感動的だった。律也は何度か馬車から身を乗りだして見入った。

『——ん？　なんだって？』

律也の腕に抱かれていたアニーが、馬車のなかを飛び回っていた妖精を見上げる。妖精はアニーになにやら話しかけていた。

『おい、長が出迎えにきてるっていってるぞ』

「長って〈グラ〉の？」

律也が隣に座っている櫂を見やると、「名前はユーシスだ」と応える。

「どんなヴァンパイアなの？」

「俺も代替わりしてから数回会っただけだが……七氏族の長のなかでは、カインに次いで長く生きている長だ。現役では最高齢。妖精たちをまとめているだけあって、柔和な人物だ。昔から〈グラ〉は〈スペルビア〉には好意的だから、俺たちにだけかもしれないが」

それでは長く代替わりしていないというわけか。ヴァンパイアというのはどんなに優美に見えても、血生臭さがつきまとう存在だった。櫂の薔薇の都もアドリアンの城も絵のように美しいが、その根底は血と力がすべてという揺るぎのない定義に支えられている。一方、〈グラ〉の地はふわふわとした春風の匂いしかしない。いったいユーシスという長はどんな人物なのだろうと俄然《がぜん》興味がわいてくる。

妖精たちが一斉にざわめきだしたのは、小高い丘を通ったときだった。林檎《りんご》に似た果実をつける大きな樹が一本あって、そのそばに誰かが立っているのが見えた。きらきらとした光に囲まれているようだったが、妖精が戯れているのだとわかった。

律也たち一行を取り巻いていた妖精たちがふわりと飛び立ち、その果実の木のもとへと向かう。

曲技飛行ショーでも見ているようだった。妖精の群れが青空に模様でも描くみたいに一定の法則をもって飛び回り、樹木の下に立っている人物の周りに集う。

「――彼だ」

櫂がそう呟いてから、馬車を止めるように指示した。

馬車から下りて樹のそばへと近づいていくと、妖精たちの中心にいる男がこちらを振り返った。

清らかな雪のように白い髪、同じく透き通る肌と、クリスタルのごとく輝く薄い水色の瞳。ほっそりとしたからだつきは風になぎ倒されそうなほど儚《はかな》げに見えたが、その澄んだオーラと妖精たちを無数に従えている姿は圧巻だった。

美貌なのはヴァンパイアだから予想がついたが、もはや生物という感じがしない。〈グラ〉の長のユーシスは、精緻《せいち》な人形のように作りものめいてみえる美しい容貌をしていた。

妖精たちに囲まれていても見劣りしない姿は、ヴァンパイアというよりは世界の境界線にあらわれる精霊――門番たちの限りなく無機質な美を連想させた。

「櫂――よくきてくれた。その伴侶も」

完璧な美貌にもかかわらず、ユーシスは意外と表情豊かな笑顔を見せた。冷たくとりすま

したふうではない。

現役の長のなかでは最高齢だというが、ヴァンパイアなので見た目と年齢は関係ない。櫂やアドリアン、ラルフたちが人間でいうならば二十代後半の青年に見えるのに比べて、ユーシスは若かった。かといってレイのような少年というわけでもなく、二十歳の律也とほぼ同年代に見える。

いままで出会った長たちがいかにも律也よりも年長でそれなりの威圧感があったのに比べて、ユーシスは軽やかな雰囲気の人物だった。〈アケディア〉の長のラルフもヴァンパイアらしくなかったが、それよりもさらに上をいっていて、春風の精のようだ。

櫂の氏族のヴァンパイアたちには距離を保っていた妖精たちが、ユーシスのからだには無邪気にまとわりつき、白い髪にキスをしたり、「ねえねえ」というように頬をつついている。

ユーシスは妖精のいっていることがわかるらしく微笑みながら頷き、「ご苦労さま」と律也たちを迎えにいった彼らをねぎらった。

「護衛もつけずにひとりでこんなところに？」

櫂の問いかけに、ユーシスは「もちろん」と頷いた。

「〈グラ〉の地に僕がひとりで行けないところなどない。きみも知ってるはずだ。ここは祝福された土地だから。……それよりも、まだ可愛らしい伴侶を紹介してもらってないのだが」

櫂に「律」と声をかけられて、律也は前に進みでた。「初めまして。律也といいます」とあいさつすると、ユーシスは湖面のように澄んだ瞳で律也を見つめた。

「〈グラ〉の長——ユーシスです。ようこそ、〈グラ〉へ。きみがこの地に訪れるのを楽しみにしていました」

「ありがとうございます」

楽しみにしていた、というわりには、一見愛想のよい彼の瞳がなぜか一瞬曇《くも》るのを律也は見逃さなかった。こちらがそれに気づいたのを察したのか、ユーシスが砕けた笑顔になる。

「今回の滞在で快適に過ごしてもらうために事前に使者にいろいろ好みを聞いたのだけれども、きみは結構な大食漢だとか？　きっと〈グラ〉を気に入ってもらえると思うよ」

「……いや、そんなことは——」

いつのまにそんな人物設定になっているのだ、人間でいえば食べ盛りなだけなんです——と律也は反論したかった。

ユーシスの肩にまとわりついていた妖精が、耳もとになにやら囁く。妖精がちらちらと律也を見ているので、話題の主が自分だと察せられた。なにをいわれているのか聞こえないが、

「へえ、そう」とユーシスがおかしそうに頷く。

城まではもうすぐなので、律也たちは馬車には戻らずに歩いて進むことになった。自然の風が気持ちいいので不満はなかったのだが……。

「櫂、ちょっと」

ユーシスと櫂が並んで歩きだしながら、「櫂の好みは変わってるんだね」と悪戯っぽく囁くのが聞こえてきた。もしかしなくても律也のことを指しているのは明白だったが、櫂がきっと「変なことをいうな」と憤慨してくれるに違いないと思っていた。だが、予想に反して、櫂は「どういう意味なのか」と笑っただけだった。

「わかってるんだろう。彼はすごくユニークだ。〈浄化者〉だっていうのに――」

会ったのは数回だといっていたが、ふたりの長が並んで歩く姿は長年つきあいのある気心の知れた友人同士のようだった。

ユーシスはやけに親しげに声をかけるし、櫂も拒絶することなく、自然にそれを許している。

ほかの長は――たとえばアドリアンなどは前長のカインそっくりの櫂がお気に入りで好意的だと思うが、櫂はそういう執着に一切頓着《とんちゃく》しないし、氏族同士が協力関係になっても個人的には一定の距離を置いている。それなのに、この違いはなんなのか。

昔から友好的な氏族の長だから、仲がいいのは喜ばしいはずなのだが……。

律也が眉をひそめながら首をかしげていると、妖精が飛んできてなにやら懸命に話しかけてきた。足元のアニーが通訳をしてくれる。

『おまえが浮かない顔してるから、慰めてくれてるみたいだぞ。「律也、やきもちやかないで。ヴァンパイア同士は同衾《どうきん》しない。ここの長は〈ルクスリア〉の長みたいに変態じゃないから大丈夫だよ」って』

律也は「いいかげんなことというな」とアニーを睨みつけた。

「妖精じゃなくて、いまのはアニーが考えたことだろ。妖精がそんなことというもんか」

『疑うなら、妖精に聞いてみろ。俺たちのいってることはわかるんだから』

「……ほんと？」

律也がたずねると、妖精は「うんうん」と頷いてから、正義感に燃えた顔つきになって「僕に任せて」といわんばかりに胸を叩き、櫂とユーシスに向かって飛び去っていく。……なにをする気なのか。

妖精に耳もとにこそこそとなにかを告げられて、ユーシスが律也を振り返った。ふふっと愉快そうに笑われ、恥ずかしくてたまらない。おそらく妖精が「律也が焼きもちやいてる」とでもいったのだろう。よけいなことを……。

「櫂、きみは愛されてる」

ユーシスは櫂の腕をぽんと叩いた。「え」と櫂がこちらを向いて、律也はあわてて目をそらした。

「律也は隣にきみがいないと不安みたいだ。ひとりで歩くのが淋《さび》しいって。そばに行ってあげてくれ」

櫂が微笑みながら手を差し伸べてきたので、律也はいたたまれなくなる。焼きもちなんてやいていないはずなのに……。

「律──？」

淋しくないと反論するのも大人気ない気がして、律也は櫂の手をとった。指先がふれあうと、魔法が効いたみたいにもやもやしていたものがすっと溶けていく。

やはり不安だったんだ──と気づく。ユーシスがとても綺麗なヴァンパイアで、櫂に親しげだから？

櫂と律也が手をつなぐのを見届けると、ユーシスは妖精たちと笑顔でなにやら話し、鼻歌をうたいながらひとりで先を歩いていってしまった。妖精たちがその歌声に同調したように草笛やらの楽器で伴奏している。

供もつけずに歩き回って、笑顔で妖精と戯れるヴァンパイアの氏族の長……。

いままで会った長たちもかなり個性的だったが、この〈グラ〉の長も例外ではないようだった。

〈グラ〉のユーシスの居城は、白壁に橙《だいだい》色の屋根という、絵本にでも登場しそうなメルヘンチックな外観をしていた。

夜には歓迎の宴《うたげ》が催され、美食の土地だと聞いていただけあって、大広間のテーブルには山海の珍味をはじめとして贅《ぜい》を尽くした料理がところせましと並べられ、その美しい彩りや美味しそうな匂いは視覚や嗅覚《きゅうかく》を刺激して食欲をそそった。

以前、調停式のあとに櫂の城で行われた宴と同様に立食式で自由に歓談する形式だったが、雰囲気はかなり異なっていて賑《にぎ》やかだった。

それというのも、宴の大広間にも妖精たちが出現しては悪戯していたからだ。料理のつまみぐいはもちろんのこと、大胆にも銀の大きな皿ごとお菓子のパイを盗もうとして、給仕のヴァンパイアたちにつままれて外にだされたりしている。

櫂の城の宴ではヴァンパイアたちはワインと薔薇の花びらを優雅につまんでいる者が多くて、皿を山盛りにする律也はレイに食べ過ぎでみっともないと注意されるほど浮いていた。

ヴァンパイアは美食を趣味として嗜《たしな》むが、ごく少量しか食べない。人間にとっては普通の食事でも大食いとみなされて「悪食」とされるので、〈グラ〉も他氏族が集まる公の場所では控えているらしい——という事情をレイから説明されて、律也はひどく同情した。調停式の宴のときに知っていれば、〈グラ〉の氏族に「もっと堂々と食べましょう」と声をかけてあげられたし、食にまつわる互いの苦労をわかちあえたのに、と。

だが、今宵《こよい》の宴は〈グラ〉の地で開催されているだけあって、最初から無礼講だった。テーブルの上の料理は次から次へと食べつくされ、また新たな出来立ての料理が追加されていく。

給仕たちは忙しく歩き回り、妖精たちも悪戯するだけではなく、せっせと手伝いをしているものもいた。何人かで追加のシルバー類を運んでいる姿を目撃したときには、律也は落とさないかと冷や冷やしてしまった。〈グラ〉の氏族は妖精の言葉がみなわかるらしく、妖精たちに礼をいったり、お願いをしたり、「つまみぐいしすぎるな」と叱《しか》ったりしている。ヴァンパイアと妖精がこれほど平和的に共存している光景はなんとも奇妙だった。本来、種族としての性質はかけ離れているからだ。

長からして、妖精を手乗りにしていて、「あーん」と食べ物を口にいれてもらって楽しそうにしているのだから、ここの氏族はどうなってるんだと首をかしげたくなる。

儀礼的なあいさつ回りも終わり、それぞれが歓談の輪でくつろぐ時間になった。律也は櫂のそばにいなければいけないので、残念ながら以前のように料理の皿を山盛りにすることは叶わなかった。

「薔薇が枯れたと聞いているが、こんな時期の訪問は迷惑ではなかったのか」

櫂の質問にユーシスは「いや」とかぶりを振って、手のひらに乗せていた妖精を「ちょっと向こうにいっておいで」と放した。

「とんでもない。僕はきみを気に入ってる。訪ねてきてくれて、うれしいよ。……薔薇は気にしなくてもいい。むしろきみに現状を見てほしいところだったし」

「――そうか。感謝する」

燿はクールな表情で何事もなかったように流したが、律也はユーシスの台詞が妙に引っかかった。

きみを気に入ってる？　なぜ他氏族の長がこんないいかたをするのだろう。アドリアンみたいに個人的な趣味ならわかるけれども……。

「感謝なんていらないよ。きみと僕の仲だ。〈スペルビア〉と〈グラ〉の関係は旧《ふる》いからね。最近は〈ルクスリア〉と〈アケディア〉とも距離が近づいたと聞いているが……昔から友好的なのは〈グラ〉だ。そのことを忘れないでいてくれればありがたい」

「その件でも、滞在中に相談したい。〈グラ〉もまじえて、四氏族で会談の機会を設けたいと考えている」

「もちろん。〈ルクスリア〉の生意気な若造とは相性が悪いが……きみがいうなら、あとで日程を調整しよう。〈アケディア〉の長も数百年前に会ったきりだ。なつかしい。あそこは引きこもりをやめたんだね」

さすがに現役最高齢だけあって、アドリアンを生意気な若造、ラルフを引きこもり扱いするとは――ふたりに悪いと思いつつも、律也は内心笑いを漏らしそうになってしまった。

同時に、すました顔で「感謝する」と伝える燿に感心した。先ほどから燿の表情はずっと変わらない。「きみを気に入っている」「きみと僕の仲だ」などといわれているのに、ユーシスの態度を不自然に思わないのだろうか。

「ところで、ユーシス――薔薇の被害は？　領土の境界線の近くの土地だと聞いたが……」

「明日にでも案内したいところだが、いまは狩人たちがきてるよ。それでもよければ」

耀が反応するよりも早く、律也は「え、狩人が？」と声をあげてしまった。

ユーシスは「残念ながら」と頷く。

「薔薇が枯れたから、変異の調査だろう。彼らは変わったことがあると、どこにでも現れる。だが、原因がわかっても僕たちに教えてくれることはないので、なかなか厄介な存在でもある」

もしかしたら東條もきているのだろうか。律也が夜の種族たちの世界に行くといっても、東條は薔薇の枯れたことなど知らないようだったが……。もっとも彼の場合は知っていても知らないふりをすることもありそうだから、動向がいまいちつかめない。

「まあ、狩人はヴァンパイアには干渉してこないから、きみたちが気にしないのなら現場にお連れしよう。興味をもってもらえるのはありがたい」

「――大変な時期にすまないが」

「いいや。謝るには及ばない。耀……きみのおかげで、新しい風が吹いてるみたいだからね。僕も少し前までなら、他の氏族の長となんて億劫《おっくう》で会う気もしなかったが、時代が変わった。きみはカインにとてもよく似ていて――そしてまったく違う。それがどういう意味をもっているのか、僕にもはかりかねるが、変化は喜ばしいことだよ」

〈グラ〉が昔から〈スペルビア〉と友好的だというなら、ユーシスは前長のカインを直接知っているのだ。長年、親しい氏族の長として接していたのはカイン――それで代替わりした櫂に複雑な心境をもたないのだろうか。

律也は心配になったが、ユーシスの櫂を見つめる眼差しから敵意は感じられない。むしろ慈《いつく》しみすら溢《あふ》れていて、過剰なほど好意的だった。

「……ほんとにきみの姿かたちは、カインにそっくりなんだがね。長く生きすぎて、彼の心は最後は石のようになっていたが、きみはまだ熱い……」

ユーシスがいきなり櫂の頬に手を伸ばしてなでてきたので、律也は仰天した。

顔の輪郭をゆっくりとつたう指先を、櫂が静かにとらえて無言のままひきはがす。ユーシスは愉快そうに唇の端をあげた。

「失礼。きみと話してると、性格が前向きになったカインが甦ったような気がして――つい、ね。……かわいらしい伴侶をまた怒らせてしまうかな」

揶揄《やゆ》するような目を向けられて、律也はさすがにおもしろくなかった。子どもっぽい態度はとりたくなかったが、先ほどからユーシスが自分を挑発しているような気がしてならなかったからだ。

わずかにふくれっ面になったのに気づいたのか、櫂が律也の腕をつかみ、なだめるように抱き寄せる。

「律……ユーシスは俺の顔を見ると、カインの思い出話をするんだ」

「そうなんだよ。年寄りの感傷だと思って、許してくれ。耀と話してると、僕も若返った気分になれるんでね」

年寄りの感傷——といいつつも、ユーシスの外見は若くて美しい。

近くで見ると、長い睫毛《まつげ》までもが白く輝いていて、浮世離れした美しい生物だった。耀と並んで会話しているのを見ると、ふたりには対になる美しさがあるのだ。漆黒の髪に白い翼をもつ耀と、雪のような白い髪と黒い翼をもつであろうユーシス。

いくらヴァンパイア同士が欲情しないといっても、伴侶になってから間もない律也としてみれば耀に親しげに振る舞うユーシスの存在は心穏やかではなかった。

アドリアンならいくら耀を気に入っていても、絵的にもふたりが抱きあうところなど想像できないから気にしない。でもユーシスは——背は高いとはいえ、耀の腕に抱かれるのが相応《ふさわ》しいようなほっそりとした体形だし、透明感のある美貌は律也から見ても実に魅力的だった。

「——耀様、少々よろしいですか」

背後からレイが現れた。長同士が歓談しているところへたいした用でもないのに割って入るわけはないので、緊急の報告なのだろう。

耀も察して「悪いが、すぐに戻る」と告げて、レイと連れ立ってすみやかに大広間を出ていってしまった。

ひょっとしたらオオカミ族の件で進展が……？

律也も一緒に行きたかったけれども、「すぐ戻る」といわれたからには、この場に残ってユーシスの相手をしなければならない。とはいえ、どんな話をしたらいいのか……。

ちらりとユーシスを見ると、耀がいなくなった途端、再び妖精を「おいでおいで」と呼び寄せて、なにやらこそこそと話をしていた。

耀がいなければこっちは無視か――と律也が口をへの字に曲げたところ、ユーシスが邪気のない笑顔を向けてくる。

「きみ、お菓子は好き？」

「え――？　は……わ？」

いきなり妖精が五人ほどで各種のデザートが載せられた銀色の皿を飛びながら運んできて、「さあ、どうぞ」とばかりに律也の前に差しだす。

「その子たちのおすすめのお菓子だよ。つまみぐいしたなかで、それぞれ一番好きなのをきみに選んできたって」

「あ……ありがとう」

妖精たちの好意をむげにはできなくて、律也は「じゃあ、これ」とひとつ手にとった。妖精たちはくすくすと笑いながら銀の皿をもって飛び去っていく。

かじってみると、バターがたっぷりで口のなかでサクサクとしてすぐにとろける。絶品だった。

「美味しい」と律也が唸ると、ユーシスがうれしそうに目を細めた。

「よかった。僕と櫂が話をしていると、きみもなかなかゆっくり食べられないだろう。僕なんかと話さなくてもいいから好きに食べてていいよ、といってあげればよかったんだけど……まあ、そういわれても立場的に困るよね」

時々、テーブルに並ぶ料理を物欲しげにちらちら見ていたことを気づかれたのだろうか。先ほどからユーシスにはつまらない嫉妬《しっと》めいた感情を抱いていたので、気を遣ってもらって律也は少々気まずかった。

ユーシスは近くにいる給仕を呼んで、華奢《きゃしゃ》な足をもつグラスを手にとる。

「きみがくるというから取り寄せた、妖精たちの秘蔵酒だよ。甘いから、酒が苦手でも飲める。どうぞ」

差しだされたグラスの中身はうっすらと琥珀《こはく》色をしていた。おそるおそる口に含むと、軽やかな甘さが舌に広がって、「なに、これ……」と感嘆してしまう。

「――すごく美味しい」

「妖精たちの作るものには古代の魔法の味付けがされているというからね。妖精たちしか知らない食材が〈神樹の森〉にはあるんだよ。〈グラ〉の氏族がヴァンパイアにもかかわらずものをよく食べるようになった理由のひとつはそれだといわれている」

「〈神樹の森〉?」

「〈グラ〉の聖地だ。妖精はそこで生まれる。不思議な植物や果実が生息している場所でもある」

なるほど――妖精が美食家だから影響されたのか。

妖精の生まれる森があるとしても、〈グラ〉の氏族と妖精たちがどうして共存できるのかが謎だった。櫂の氏族のヴァンパイアには、妖精はつかず離れずの距離感だったし、櫂もレイも妖精は得意ではないようだった。

「どうして〈グラ〉のひとは妖精たちと仲良しなんですか?」

「仲良しに見える? きみだって彼らと仲良しだろう。いま僕に話しかけてきた子なんかも、きみがあんまり食べてないから気にして『律也にお菓子をもってきていい? きっとおなかすいてる』って向こうから聞いてきたんだよ」

妖精にまで食事の心配をされるとは――不覚だった。どれだけ食い意地がはっていると思われているのか。

「きみはまるで妖精に仲間みたいに心配されてるね」

「それはたぶん俺が〈浄化者〉だから……妖精も警戒せずに寄ってきてくれるんじゃないか

と思います」

おそらく律也が発している青い気は、妖精にとって心地よいのだろう。アニーが律也の血や気で活性化するのと同じだ。

「そうだね。それも理由だろうけど、妖精もそばにいたい相手とそうでない相手は見分けるからね。きみは妖精のお眼鏡《めがね》に叶った」

「すっかり舐められてるというか、遊ばれてるだけのような気もするけど」

「それは仕方ない。きみはとてもかわいいから。妖精もちょっかいをだしたくなる」

櫂のことも「気に入ってる」とさらりといっていたし、相手への好意をすぐにこうやって口にだすのがユーシスの癖なのだろうか。しかし、律也はもう二十歳だし、外見的にも「かわいい」といわれるタイプではないからとまどってしまう。そんなことをいってくれるのは幼い頃を知っている櫂ぐらいで……。

律也の不審げな顔を見て、ユーシスは「ほんとだよ」とおかしそうに笑った。

もし律也が妖精に気に入られているのなら、目の前にいるユーシスも、〈グラ〉の氏族のヴァンパイアはみな妖精に認められていることになる。ある意味、残酷な面もあるヴァンパイアがなぜ――？　どうも〈グラ〉は食事を好むことといい、ほかの氏族とはだいぶ性格の特徴が異なるようだった。

それとも律也が勝手に思い描いている妖精のイメージが違うのだろうか。たとえばヴァンパイアの貴種は人界での吸血鬼伝説とはかけ離れている。太陽が苦手だとか薔薇で皮膚を焼かれるとか——あれは貴種が人間を下僕とする際につくる混血のヴァンパイアの生態だ。

それと同じようにこちらの妖精もお伽話とは事情が違う……？

「〈グラ〉のひとたちも妖精のお眼鏡に叶ったから、仲良く共存してるんですか？」

「そう。ここは祝福された土地だからね」

ユーシスが悪戯っぽく片目を閉じてみせると、近くを飛んでいた妖精が再びそばまで寄ってきて、その祝福とやらを体現するかのように律也の額《ひたい》にキスをした。ひとりが離れると、もうひとりが飛んできて、次から次へとキスしていく。

すっかり妖精に遊ばれているような気がしてしかめっ面になる律也に、ユーシスが愉快そうに破顔した。

「やっぱりきみはユニークだね。妖精にキスされて、そんな不満げな顔をするひとは初めて見た」

「いや、だって——この子たち、馬鹿にしてるのかと思うくらい、俺のことをからかってくるし。……それに、なんか心をいつも読まれてるみたいなんです」

「妖精は魔法の塊だからね。きみの心は、読んでしまっても不快じゃないんだよ。だからそばに寄ってくる」

では、やはり妖精は心を読んでるのか。

肩に乗っかっている妖精に、「読んでるの？」とこっそりたずねると、可愛い顔でにっこりとごまかすように笑われただけだった。

ユーシスは通りかかった給仕に再び指示して先ほどの酒をもってこさせると、「さあ、もう一杯どうぞ」と律也にグラスを手渡した。

酒は得意ではないのに、妖精の秘蔵酒は口あたりがよくていくらでも飲める。せっかく美食の土地にきたのだから勿体《もったい》ない――と律也はグラスを口に運ぶ。

「これ、ほんとに美味しいですね」

「そうだろう？　櫂もきっと気に入る」

「櫂も……？」

律也はいったん首をひねったものの、あとで彼にもすすめようという意味だと解釈した。

「さあ、〈グラ〉自慢の料理ももっと食べてくれ。――ほら、きみの精霊は楽しんでるようだよ」

ユーシスが示すテーブルのそばには、青年姿のアニーが立っていた。子狼の姿だと食べにくいので、今夜は「人間の姿になると美しい俺様にみんな惚《ほ》れてしまうから困る」との主張を捨てたらしい。

アニーは口いっぱいに料理を頬張ったまま、律也の姿を見つけると、「おーい」と手を振ってきた。

「律也。こっちにこい。これ、すごく美味いぞ。おまえにも食わしてやる」

人間姿のアニーは、赤毛の美貌の青年だ。とはいえ、真面目な顔をしているときは凛々《りり》しいが、基本的に表情やしぐさなどは子狼のときと同じく無邪気なので悪目立ちする。

大広間にいるヴァンパイアたちが何事かとアニーに注目するのを見て、律也は穴があったら入りたくなった。レイが律也にいつぞや「欠食児童のように食べないでください」と注意した気持ちがいまさらながら理解できる。まさしくあれは自分の映し鏡……。

ユーシスが「へえ」と感心した声をあげる。

「きみは精霊もユニークでいいね。ものを食べる精霊なんて初めて見た」

「すいません……俺のせいみたいなんです」

「なんで謝るの？　〈グラ〉なんだから、いくら食べたって気にしないよ。みんなが見てるのは、さすがに大食いの精霊は珍しいから。なにも恥じることはない。きみを映した部分があるから、彼はすごく幸せそうだ」

またもや心を読まれたような気がして、律也は一瞬どきりとした。映し鏡と考えたことが伝わっている？

「きみの精霊と話をしてもいい？」

律也がとまどいながら頷くと、ユーシスは自ら積極的にアニーに近づいていく。

「やあ、楽しんでる？　僕はここの長のユーシスだ。きみは語り部の石の精霊だね。アニーと呼ばせてもらっていいかな」

アニーは誰にでも愛想を振りまくタイプではないので、ユーシスが挨拶しても「なんだ、こいつ」という顔つきだった。

律也が「アニー、失礼だよ」と返事をするように注意したところ、ユーシスは「いいんだよ」とめげない様子でアニーに微笑みかけた。

「アニー、もうこちらの料理は食べた？　肉の煮込みをパイにつつんであるんだけど、実は一番のおすすめなんだ。〈神樹の森〉でしか採れない花の蜜が隠し味に使ってあってね。その花の場所は妖精しか知らない」

ユーシスはパイの皿をとって、警戒したままのアニーに手渡す。

「その蜜は妖精にとっても貴重で、一年に一瓶しか分けてくれないんだけど、今夜はきみたちがくるから奮発したんだよ。語り部の石の精霊に食べてもらえるなんて光栄だ」

最初はいきなり親しげに話してくるユーシスに対して、アニーは不信感でいっぱいだったようだが、最後の一言は彼の自尊心をくすぐったらしかった。

「そうか。俺の価値がわかるのか。ヴァンパイアはすかしたやつが多いが、おまえは良いヴァンパイアだな」

「とんでもない。僕は精霊がどんなに偉大なものか知ってる。天界の置き土産《みやげ》でもある聖なる原始の力よ……妖精たちもきみがいることに喜んでる。きみをこの宴に招待できたことを、

僕はとても誇りに思うよ」

心地よい言葉をシャワーのように次々と浴びせかけられて、アニーは満面の笑みでパイを頬張った。すごい……と律也は感心した。アニーは気難しいのに、こんなに短時間で飼いならすとは。

そしてアニーが頬張っているパイ――貴重な蜜の隠し味の話を聞いたら、律也もごくりと喉《のど》が鳴ってしまった。

ユーシスが「きみもどうぞ」と皿を手渡してくれたので、律也も早速口に運ぶ。パイにつまれている甘辛く煮込んだ肉はやわらかく、独特の風味がある。甘みとスパイスの効かせかたが絶妙で、舌にのせた瞬間にとろけて旨味《うまみ》が広がる。

「お、美味しい……」

「食べ物の価値を知ってるひとに味わってもらえると、僕もうれしいよ。他の氏族のヴァンパイアを招いても、儀礼的に食べてくれるだけだからね。……あとはそうだな、次はこれがおすすめかな」

次にすすめられた魚料理を皿にとって口に含んだ瞬間、律也とアニーは顔を見合わせて同時に叫んだ。

「これも美味しい……！」

「そうだろう？　よかった、きみたちが食べるのを見るのは楽しくていいね。こっちまで幸せな気分になるよ。さあ、特別な秘蔵酒ももっと飲んで」

再びグラスを受け取って、律也は料理を口に運びつつ、秘蔵酒を飲んだ。口のなかでからみあう相性も抜群で、どんどん食がすすむ。

口当たりがよいせいで次々とグラスの酒をあけてしまったためか、少し酔いが回ってきた。けれども、その酩酊《めいてい》感が背中に羽根でも生えたみたいに心地よい。これほどアルコールで気持ちよくなったのは初めてだった。

律也がほろ酔い顔になるのを見て、アニーがグラスの中身に興味を示す。

「なんだ、それ。俺にも飲ませてくれ」

律也が「いいよ」とグラスを手渡そうとすると、ユーシスが押しとどめた。

「これはちょっと――精霊は悪酔いするかもしれないから、きみに合うものを持ってこさせよう」

ユーシスは給仕を呼ぶと、ほかの酒のグラスをアニーに手渡した。ひと口飲んで気に入ったらしく、アニーは満足げな顔になった。

「律也、このヴァンパイアはいいやつだな。俺はやっぱり〈グラ〉は好きだ」

心地よい火照りを感じながら、律也もいつしかアニーの意見に同調していた。たしかに〈グラ〉はいいところだ。妖精はにぎやかでかわいらしいし、なによりも食べ物が美味しい。

そして――。

「精霊にそういってもらえるなんて光栄だよ」

気取らない笑顔を見せる長のユーシス。先ほどまで櫂に対する態度に多少のひっかかりはあったものの、彼は誰に対しても人当たりがいい。アニーのいうとおり、まさに「良いヴァンパイア」なのだ。

しかし、「良いヴァンパイア」が氏族の長になれるのだろうか？　妖精といつも笑いながら遊んでいるような彼が？　ヴァンパイアは血と力がすべてなはずなのに、〈グラ〉では違うのだろうか……。

ぼんやりと考えながらユーシスの横顔を見つめていると、視線に気づかれたらしい。

「――きみはほんとにかわいいひとだね」

ユーシスは目線を落として「良いヴァンパイアか」と呟く。

また伝わった――？

まるで心を読まれているようだった。その疑問を口にしようとしたところ、櫂が大広間に戻ってきた。レイからの報告が終わったらしい。

「あ、櫂――」

近づこうと足を一歩踏みだした途端、律也はふらりと眩暈がしてよろけそうになる。

「律？」

櫂が腕を差しのべて支えてくれたので転ばずにすんだが、一気に酔いが回ってしまったようだった。

いくら口当たりが良くても飲み過ぎだった。もともと一杯以上のグラスを空にしたこともない律也にとっては許容量をはるかに超えている。

「酔っているのか」

「ごめん。櫂……美味しいお酒だったから」

あきれ顔になる櫂に、ユーシスが近づいてきて「すまない」と謝罪した。

「僕が調子にのってすすめたんだ。〈グラ〉の酒や料理をたくさん味わってほしくてね。旅の疲れもあるんだろうから、もう部屋に戻って休んだらどうかな」

律也は「大丈夫」と訴えたが、櫂は厳しい顔つきで「駄目だ」と却下した。どうやら自覚している以上に酔っ払いに見えるらしい。

「ユーシス。悪いが、部屋に戻らせてもらう」

「気にしないでくれ。悪いお酒ではないから、大丈夫だよ」

「今夜はこれで失礼します」とあいさつする律也に、ユーシスはやけに含みのある微笑みを向けてきた。

「おやすみ、律也」

やはりいまこの瞬間も考えていることが見透かされているような気がした。聞きたかったのに、質問しそびれてしまった。あなたも妖精みたいに心が読めるのか、と。

大広間をあとにする際、最後に櫂にかけられた言葉が妙に耳に残った。

「櫂、どうぞ今夜は楽しんで——良い夜を」


客室に戻ってベッドで休んでいたが、ほどなくそれほど酔っているわけではないと気づいた。いつもだったらほろ酔い気分から横になれば寝てしまうのに、妙に頭が冴えているのだ。

喉が渇いたので部屋に置いてある水さしの水で喉を潤《うるお》していると、櫂が湯あみを終えたらしく浴室からでてきた。

「律？　起きていて大丈夫なのか？」

「うん。平気みたい。そのまま眠くなるのかと思ったら、そういう感じでもないから」

「でもまだ頰は赤いな」

「そう？」

首をかしげる律也を、櫂はわずかに咎《とが》めるように見た。

「律は酒を飲みなれてないだろう。どうしてそんなに飲んだんだ？」

「すごく甘くて口当たりがいいお酒だったんだ。珍しいものだっていうし、つい飲まなきゃ損だっていうか、たくさん飲んでおこうと思ってしまって」

「――」

濡れた前髪をかきあげながら、櫂が深刻な面持ちでなにを考えているのかは容易に想像がついた。どうしてそんなに意地汚くなってしまったのか、俺の育て方が悪かったのか――そう悔いているに違いないのだ。

申し訳なさのあまり、律也は必死にいいわけを考える。

「だって、ほら――〈グラ〉は美食の土地だっていうから。長のユーシスも美味しいっていったら、すごく喜んでくれたよ」

「それでも、気分が悪くなるほど飲む必要はない」

「……はい」とうなだれると、櫂はふっと表情をゆるめた。

「もういい。ユーシスが喜んだのはほんとうだろうから」

だから許すといわれているようで、いささか複雑な気分だった。

「……櫂は、ずいぶんとユーシスと親しいんだね。数回会っただけだっていったのに」

「もともと〈スペルビア〉と歴史的に友好関係にあるのは〈グラ〉だけだ。代替わりしたあと、すぐにユーシスのほうから『新しい長に祝福を』と駆けつけてくれたんだ。そんな相手を邪険にする理由もない」

「……カインとも仲良かったみたいなのに？　カインを倒した櫂にそんなに友好的っておかしくないのか」

耀は「普通はそう思えるが……」と苦笑した。

「氏族同士の関係に個人の感情は持ち込まないのかもしれないし、カインやユーシスほどになると、生への感覚が違う。ユーシスはカインが『消滅したがっていた』といっていた」

かつてカインに仕えていたレイも同じことをいっていた。「カイン様は終わりになるのを望んでいた」と。

「でも……耀への態度はやっぱり変だ」

「変？」

「やたら耀にベタベタしてるじゃないか。『僕ときみの仲だ』とかいったりして、おかしいと思わないか。伴侶の俺がそばにいるのに、頬にさわったりしてただろ」

「あれは俺がカインに似てるからだろう」

「だからって、まるで……」

美味しい酒や料理を振る舞われたおかげで打ち消されていたもやもやした気持ちが再び浮上してくる。ユーシスは良いヴァンパイアかもしれないが、耀への態度は律也にとって決して快いものではない。

「……律？」

耀が律也の隣に腰をおろしたので、薔薇の体臭がふっと近くなった。

少し休んでからはおさまっていたはずなのに、また酔いが回ったみたいに頭が重くなる。

「……あれじゃ、櫂を好きみたいだ。櫂だって、もしもユーシスに好意をもたれたら、悪い気はしないだろう。あんなに綺麗なんだから」

「ユーシスに？」

櫂はあっけにとられたように瞬きをくりかしてからおかしそうに噴きだした。

「ユーシスが俺に……って、どうしたらそんなことを思いつくんだ」

「だって櫂にあんなふうにふれるひとは初めて見た。いくら櫂が素敵だからって、普通はみんな遠巻きにしていて、誰も気安くはしないのに」

「――俺が素敵？　それは律の評価？」

からかうように問われて、律也ははっと口を押さえた。

つねに素敵だと思っているのは事実だが、普段なら心にとどめていることをあっさり声にだしてしまったのが恥ずかしい。これも変な酔いのせいなのだろうか……といやな汗をかく。

「たしかにユーシスはヴァンパイアとしては珍しいくらいにフレンドリーだな。でも、彼はかなりの年長者だ。向こうからしたら、俺なんか若造だと思ってるから気軽なんだろう。俺から見れば、彼は同じ長同士とはいえ、敬うべき老人のような存在だよ」

「老人？　おじいさんだっていうのか、ユーシスが？」

「自分でも年寄りだといっていただろう？　きみの目に映るものと、ヴァンパイアの目に映るものは異なる。綺麗な外見だけではなく、ほかのオーラというか、発しているエナジーそのものを捉《とら》えるから。そういった意味では彼の力は、とても旧《ふる》い……年輪を重ねた巨木のような存在だ。俺に親しげにするのも、それこそ孫を見る老人のような目線だからだろう。対抗する相手じゃないと思ってるだけだ」

「………」

あんなに若くて綺麗に見えるユーシスが櫂にとっては老人――旧い巨木のような存在？

「もっとわかりやすくいうと……レイは？　きみは彼を『かわいくて美しい少年だ』と認識しているか？　外見はそうかもしれないが、いくら彼の見た目が若くても、中身を知っているから自分より年若い存在だとは思ってないだろう。それと同じことだよ」

レイを例えにだされると、律也も「なるほど」と頷くしかなかった。レイと一緒にいて、「年下のかわいい少年だ」などと感じたことはかつて一度もない。かわいいどころか、つねに怖い。

「理解してもらえたみたいだな。しかし、まさかユーシスとの仲を疑われるとは思ってもみなかったよ。おかげで、律が俺を素敵だと思ってくれてるとわかったのはうれしかったけど」

「………」

知られて困ることではないが、面と向かってやりとりするのは気恥ずかしいので、律也は無言のまま目をそらす。

「それに……律がそんなふうに嫉妬してくれるとも思ってなかった」

さすがに心外だったので、「なんで？」と問い返すはめになった。

「耀は俺が嫉妬するって思わないのか」

「……きみは俺しか知らないから」

不満顔の律也に、耀は微笑みかけながら諭すように続ける。

「きみは俺しか知らなくて、ひょっとしたら恋愛を一度も経験させないまま、俺が攫ってきてしまったんじゃないかと考えることがある。幼い頃、俺のシャツの裾を引っ張って、あとをついてきたときのまま――きみの本質は変わっていないんじゃないかって」

「俺の初恋は耀だし……耀と恋愛してるじゃないか」

「それも俺が錯覚させたのかもしれない。自分でも気づかないうちに、きみに魔法をかけて、俺しか見えないように。ヴァンパイアとして幻惑したといってるわけじゃない。きみは俺が育てたようなものだから……刷り込みだ」

長年の想いを否定されたみたいで反論しようとしたが、耀がそっと指で律也の唇を封じてくる。

「――だけど、もしそうでもまったくかまわないんだ。たとえ刷り込みで錯覚させたまま連れてきたんだとしても、俺は律をあきらめないから。なにがあっても――たとえきみがいやだといっても、手放す気はない。きみは俺がどんな手段を使ってでも欲しいと思った唯一のものだ。結果的に普通の人間としての人生を失わせてしまったけど……時間を戻されてもう一度やりなおせるとしても、俺はやっぱりきみを伴侶にする」

思いがけないほどの強い執着を見せつけられて、律也は言葉を失って頬を赤らめるしかなかった。

「だから——律がどう思おうと、俺の選ぶ道は変わらないんだが……それでも嫉妬してもらえるのならうれしいってことだよ。相手がユーシスってところが、だいぶ見当違いではあるけど」

「嫉妬されてうれしいなんて、変な櫂……俺は全然面白くないのに」

むっとする律也の頬を、櫂がそっとつっつく。

「とんでもない男に出会ってしまったと思ってるだろう？　律はかわいそうだ。子どもの頃に俺に会ったときから、すべて決まってしまってるんだから」

櫂は最初律也をこちらの世界に連れてくるのを拒んでいたし、連れてきたあとも危険な目に遭わせてしまうたびに悔やんだのだろう。それでもやはり手放せないのだと——どんな道を選んでも最後には律也を伴侶にするのだといまは心に決めているようだった。櫂の心情も時間とともに変化している。律也が夜の種族たちの世界に関わろうと決心したのと同様に。

抱き寄せられて、律也はくらりと眩暈を覚えた。薔薇の香りにうっとりするは毎度のことだが、今夜はさらにからだが火照る。櫂の匂いを嗅ぐたびに、あの秘蔵酒の酔いがプラスして甦るみたいに。

夜の季節のせい？　酒の酔いが残ってるから？　なんにせよ、いつもよりも甘い熱につつまれて、律也は「ううん」と首を横に振って櫂にしがみついた。

「そんなことない……。櫂がそういってくれるのうれしい」

アニーが聞いていたらまた「好きあってるのはすでにわかってるんだろ」と文句をいうだろうが、言葉にして確認しあうのは大切なことだ。想いが通じあったところで、愛情は完成されるわけではない。時を経るにしたがって変化し、さらに深みをましていくのだから。

しがみつく律也の背を、櫂はいとしげになでてくれた。

「かわいい律——きみはどのくらい見当違いかわかってないみたいだから、教えてあげよう。ユーシスがそういう意味で意識するとしたら俺じゃなくてきみのほうだよ」

「え？　俺……？」

「そう。彼はきみを気に入ってる。なのに、きみは俺とユーシスの仲を疑うんだから。俺は気が気じゃない。ユーシスだけじゃない。アドリアンに会わせても、ラルフに会わせても……いつきみが彼らに惹かれてしまうんじゃないかと心配してる」

「なんで？　そんな必要ないのに」

きょとんと見上げる律也に、櫂は低く笑った。

「なぜ？　とは俺が聞きたい。心配しない理由はないだろう」

「だって俺は——櫂以外、欲しいと思ったことがない。それがおかしいっていわれても困るけど」


　燿は不意を突かれたように律也を見たあと、「まいったな」と小さな笑いをもらす。

「律のそういうところが……」

　その先は聞こえなかった。

　言葉の代わりに唇を合わせられた途端に、心臓が尋常でなく高鳴りはじめる。魅惑的な薔薇の香り——蜜のような唾液《だえき》が口に入り込んできた瞬間、ダイレクトに下半身が疼《うず》く。

「か、燿……」

　律也の息遣いが荒くなるのに気づいて、燿が訝る。

「——どうしたんだ?」

「俺、変……」

　いつになく下腹が熱く昂《たかぶ》っていた。夜の季節のせいで過剰になったヴァンパイアの匂いや体液に反応しているのとは明らかに違う。初めて燿の体液の催淫効果を知ったときも心臓がおかしくなりそうだったが、何度もからだを重ねるにつれてそれなりの耐性はできているはずだった。

　それなのに今日は——いつもはやわらかい膜でつつまれている感覚がむきだしにされているようだった。

　律也のズボンの前が布越しにもはちきれんばかりに膨らんでいるのを見て、燿は眉をひそめた。

「律――なにを飲まされた？」

「え……なに？」

「きみが飲んだ酒だ。ユーシスはなんといってた？」

「……え……妖精の秘蔵酒だっていってた。琥珀色の、ねっとりと甘い……」

答えを聞いた途端、櫂は目を瞠った。悩ましげに眉間を指で押さえる。

「たぶん麻薬入りの酒だ。妖精のつくる酒にはいろんな不思議な作用がある。『楽しんで』とはそういうことか……よけいなことを」

ユーシスからすすめられた酒――そういえば、アニーが欲しがっても「これはダメだ」と他の酒を与えていた。

「な、なに？　俺、毒を盛られたの？」

「いや――愉《たの》しむときに使うものだから、命にかかわることはない。ただ感覚が敏感になるだけだ。冴えるというか」

「愉しむときに使う薬……？」

櫂はいいにくそうだったが、律也が「なに？」と不安のあまり涙目になって追及すると、ようやく口を開いた。

「媚薬《びやく》の類《たぐい》だ」

「なんで？　ヴァンパイアって体臭とか体液ですでに催淫効果があるのに、さらに媚薬も使うのか？　やりすぎじゃない？」

「体液に催淫効果があっても、ヴァンパイアと契約者ではもともとの性欲も体力も違うから、長い時間を一緒に愉しむために使ったりするんだ。妖精の琥珀色の酒を飲むと、相手も途中で失神したりしないで元気なままでいられるから」

「………」

最後にユーシスが「良い夜を」といった意味は──。

邪気のない笑顔で「さあ、どうぞ」と秘蔵酒のグラスを渡してきた彼の姿を思い出して、律也は唇を嚙みしめた。すっかりだまされた、どこが「良いヴァンパイア」だ……。

つねに自分の頭や肩にのっかったり、からかってきた妖精たちにも恨みがましい気持ちが芽生える。可愛い顔をして、なんて卑猥《ひわい》な酒を醸造してるんだ、わけがわからない……。

「律──？」

「……ユーシスに文句いってくる」

律也がいさましく立ち上がろうとすると、櫂が「待て」と引き戻した。

「そんな格好《かっこう》で？　妖精の琥珀色の酒は、ヴァンパイアの催淫成分に反応して強化されるように調合されてるんだ。いまのままでユーシスのところになんか行かせられない」

己の反応した下半身に目をやって、律也は情けない気分になった。

「じゃあ、どうすれば……」

「明日になれば酒は抜けるから、俺から抗議するよ。よけいな気遣いは無用だって」

「気遣い？　これが？」

「ヴァンパイアにしたら客人への接待のつもりだったんだろう。貴重な酒でなかなか手に入らないんだ。こちらの金銭価値で換算すると、最低でも一杯金貨五十枚以上する」

「金貨五十枚？」

ヴァンパイアの街やオオカミ族の市場で買い物をする場合には、金貨はまず必要とされない。たいがい銀貨と銅貨でことたりるからだ。こちらの世界の金銭相場に疎い律也でも、金貨五十枚というのが酒一杯の値段としては法外なのはわかった。

あまりの高額に驚いたおかげで、とりあえずユーシスを罵倒《ばとう》してやりたい憤激はおさまった。代わりに疑問がふくらむ。

「なんだってユーシスはそんなものを、俺に……」

「俺たちがまだ伴侶になってそれほどたってないから……新婚だと思ってるからだろう。若いひとたちに愉しんでもらおうとか、粋なプレゼントをしたつもりなんだ。実際、そういう機会に贈り物にされる酒だから。彼のやりそうなことだ」

ユーシスは宴でも律也やアニーを気遣ってくれたが、夜の房事にまで親切心を発揮しなくてもいいのにと思う。櫂は彼を老人のようなものだといったが、とんだエロじじいじゃないか——と律也は内心毒づく。

「じゃあ……どうしたら……」

とまどう律也を、櫂は困ったように見つめてから微笑んだ。

「普通にすごせばいい」

「普通って？　だって、このままじゃ……」

櫂がなだめるように律也を抱き寄せて、耳もとに唇を近づけてきた。ふうっと息を吹きかけられて、下腹に手を伸ばされる。

「櫂？　……あっ」

「——楽にしてあげる」

布越しに軽く揉まれただけで、律也のはりつめたものはすぐさま限界を迎えそうになった。

「や……櫂。あ——」

櫂は律也のズボンをおろして、下着から反応しているものを取りだす。キスをされながら硬くなっているものにふれられた瞬間、からだが跳ねて櫂の手を汚してしまった。

性急にのぼりつめたのに、妖精の秘蔵酒のせいなのか、事後のぐったりとした感覚がない。まだ下腹が疼いて熱いことに茫然《ぼうぜん》とした。

「気分悪くない？」

「——それは大丈夫……それよりもなんか変な感じ……」

「すぐ慣れる。今夜はきっと疲れないから」

櫂は律也のシャツのボタンをはずして脱がすと、ゆっくりと寝台に横たえた。見下ろしてくる櫂の表情を見て、律也は眉をひそめた。

「櫂……ちょっとうれしそうじゃないか？　なんで？」

「――うれしそう？」

櫂は「いや」と否定したけれども、あきらかに目が笑っている。からかうようでいて、欲情の熱に浮かされているような、どこか生き生きした眼差し。獲物を前にしたときのヴァンパイアは本来こんな目をしているのだろうか……。

「嘘だ。喜んでる。俺がわけのわからない酒飲まされてるっていうのに、なんで……」

「律――そんなことはない」

「いや、嘘だ。夜の季節の櫂は苦手だ。うそ……」

言葉の続きは、櫂の唇に呑み込まれて消えてしまった。舌をからまされてくちづけされているうちに、全身の力が抜けていく。

唇を離されたとき、間近に見た櫂の表情はやはり楽しげに見えた。「ほら、うそつきだ」といいたいのに声にならない。櫂の眼差しが、からだから発せられる熱のすべてが、律也を「欲しい」と訴えているのが伝わってきたから。

心地よい淫らな熱に支配されるのを感じながら、律也は櫂の首に腕を回して引き寄せた。

かすかに興奮した吐息が律也の首すじをなぞっていく。気を吸われるのは本来ならかなりの倦怠《けんたい》を呼ぶはずなのに、その夜に限っては勝手が違った。

妖精の秘蔵酒の力なのだろうか。不思議な心地よさだけが倍増しになっているのだ。

櫂はバスローブを脱ぐと律也のうえに覆《おお》いかぶさってきて、ゆっくりと胸に手を這わせる。

「やだ、そこはあまりいじらないでって……」

前にもお願いしたはずなのに、櫂はかまわずにたいらな胸の小さなピンク色の突起を揉み、ねっとりと舐めてくる。

「――前に律がいったんだ。もし最中に『いや』っていってても、無視していいって。俺のしたいことならなんでも受け入れるって」

たしかにそういったけれども……。自らの言葉に縛られて、律也は羞恥に顔をゆがめる羽目になる。

「律のここが食べたい」

胸を舐められているだけで下腹のものは再び反応して、先端からとろとろと蜜を流していた。じんじんと疼く乳首を吸われると、全身に甘い電流のようなものが走る。

「や……耀、いや……」

指で揉まれ、甘い蜜でもでているかのように胸を食《は》まれて、律也はむずがゆさに身もだえた。催淫と治癒の効果がある耀の舌に舐められると心地よくて、からだが弓なりになってしまう。

「あ、やだ、また……変」

「大丈夫だ。怖くないから」

乳首を吸われながら、再び限界まで膨れ上がった下腹のものを刺激されているうちに甘い疼きがたまっていく。

長い指に巧みに擦《こす》られて、律也の欲望はあっというまに弾けて、白濁が飛び散った。

「や……」

腹を汚した飛沫《ひまつ》を耀が指ですくいとって、そっと肌にぬりつけるようにする。つんと尖った乳首に塗りつけられて、いとしそうに舐められたときには、さすがに顔から火がでそうになった。

「やだ、それ――耀……」

「律はいつでも『やだ』ばっかりだ」

「だ、だって……」

「いってもらったとおりに、今夜は無視するよ」

弄られすぎて敏感になっている胸――櫂に舐められると悲鳴をあげたくなるほどの快感が全身を突き抜けていく。

「や……あ……」

乳首を舐めては、いやがる表情を確認するために律也の顔を時おり見上げる櫂の色気のある視線に腰が砕けてしまいそうだった。つねに紳士的な櫂がヴァンパイアの情欲に突き動かされて、昂奮《こうふん》を抑えきれないさまはどこか苦しげにも見えて、壮絶なまでに美しい。

普段ならば二度も立て続けに射精させられてしまえば、律也は体力的に息も絶え絶えになっているはずだが、からだがまだ欲しがっていた。

櫂は律也の薄い草叢《くさむら》に顔を埋《うず》める。半勃《はんだ》ちのものを指でこすりながら先端にくちづけると、唾液が敏感なところに染《し》み込んで、はっきりとした芯《しん》をもつ。

足を開かされて交わるための場所に指を入れられ、ますます律也の前のものが硬くなった。達しようとするたびに口を外されるので、律也はもどかしくて涙目になりながら腰を揺らして「お願い」と訴えるのだが、薄い笑みを返されるだけだった。

「――我慢して」

腰を浮かせられて、さらに後ろを指と舌で丁寧にほぐされる。貫かれる悦《よろこ》びを知っているそこは、弄《いじ》られるたびに淫らに震えた。

何度されていても羞恥心を覚える行為に頬が火照る。律也がいやがればいやがるほど、櫂は足を押し開いて、そこに舌を這わせた。

「や……櫂。あんまり舐めちゃ……」

「——ほしがっているみたいだ」

ほぐされている肉が、櫂の指を締めつけていることを指摘される。

「嘘だ……櫂の意地悪……」

「どうして？　俺はうれしいのに」

よりいっそう強い薔薇の香りが、激しい欲情を伝えてきた。上体を起こして、律也を一心に見つめる櫂の表情は仄暗《ほのぐら》く魅惑的な熱に満ちていた。

櫂が身をかがめて、かかえあげた律也の足のあいだに腰を入れてきた。腹につかんばかりにそりかえっていたものが押し入ってくる。

「——あ……櫂……や……」

櫂は乱れた息を吐き、ゆっくりとからだをすすめたが、相変らず律也のそこは狭いようで、困ったように眉を寄せた。

「律……力を抜いて……」

「や——……」

「いい子だから。これじゃ俺が動けない」

興奮しているせいか、笑いを含んだ声をかけてくる櫂の肌は月光を浴びたようにつややかで、見る者を惑わすほどに美しかった。目がほんのりと赤く光っている――ヴァンパイアの顔だ。

なだめるようにキスされながら乳首を揉まれているうちにからだのこわばりもとけて、櫂がからだをすすめてきた。根元まで挿入されて全身が甘く痺れると同時に、大きなものを呑み込んでいるそこが悦びに震えた。

「律――」

櫂の声が欲情に濡《ぬ》れた響きを持つ。内部を穿《うが》たれて、律也は弾んだ息を吐いた。前のものも勃起《ぼっき》したままで、突き動かされるたびに揺れた。

互いに乱れた息のまま唇を合わせると、薔薇の濃密な香りが鼻を抜けて脳内へと溶けていく。

櫂の精が放たれるのと同時に、律也のものも弾けた。

これで治まってくれるかと思ったのに、濃密な体液を染み込まされた場所が淫らに疼いて、からだの火照りはますますひどくなった。

「あ――」

櫂はまだ硬度を保っている性器を抜いたあと、再び律也の胸に顔をうずめてきた。

尖っている胸の先をやさしく舐められると、引き抜かれて空洞になっている部分が疼いて腰がねだるように動く。

櫂が足を開かせて、濡れてひくついている部分を観察するように眺める。腿の内側を吐息でなぶられて、頭のなかが真っ赤に染まった。

「櫂……や……見ちゃ駄目……」

「見せて——かわいいから」

興奮した視線そのもので犯されているみたいで、律也は必死に足を閉じようとするが、櫂は許してくれなかった。

「律のここは満足してないみたいだ」

先ほどまでつながっていた部分を指でなぞられて、律也は「違う」とかぶりをふる。

「へ、変なんだ……秘蔵酒のせいで……」

「——わかってる。だから恥ずかしがらなくてもいい」

櫂は律也の目許にそっとくちづけを落とす。やさしいしぐさなのに、それだけでも下腹が甘く疼いてしまうのが恨めしかった。

「あ——」

腰をかかえあげられて再び挿入されたが、先ほどの精で濡らされたそこはすんなりと大きなものを呑み込んだ。揺さぶられると、肉と蜜がからまって、濡れた音が響く。

粘膜に染み込んだ体液が快感を増加させるので、どんなに激しく突き上げられても、甘く痺れるだけだった。いつもよりも乱れた声をあげる律也をいとおしげに見つめながら、櫂は律動をくりかえす。

一番深いところを熱情で濡らされ、律也が恍惚《こうこつ》とした瞬間、櫂がからだをかがめてきて首すじに顔をうずめた。

鋭い痛みが走る。最後まで愉しむように腰をゆるやかに揺さぶられながら、牙《きば》が食い込んでくるのを感じた。

痛みはほんの一瞬だったが、力が抜けていく。血と薔薇の匂いが混ざり合って、吐息のなかに溶けた。

やわらかな首すじに牙をたてられて蜜のように血をすすられる。吸血行為自体が性的快感をともなうので、律也は強烈な絶頂感に導かれた。

「は……櫂……」

櫂は律也の足を大きく折り曲げて、再び受け入れる体勢をとらせる。血を口にしたせいで、櫂の息遣いも荒くなっていた。

再び間をおかずに凶暴で熱いものに下肢《かし》を貫かれて――いつもだったらすでに意識が飛んでいるのに、今夜は違った。秘蔵酒のせいで感覚が奇妙なほど冴えている。激しく腰を動かされて、意識が散ってしまいそうになるのに、快感のほうが勝る。

「――おいで」

耀はいったん動きをとめると身を起こし、律也を向い合わせにして膝のうえに座らせた。服を着ているときは着痩《きや》せして見えるのに、耀の裸体はしなやかな筋肉に覆われていて力強い線を描いている。顔だけ見ていると実に優美な美男なのに、腹の下で息づいているものは不釣り合いなほど猛々《たけだけ》しかった。

腰の後ろに手を回されて、先ほどまでの情交で濡れている秘所をさぐられる。

「んん……」

「ゆっくりでいいから」

腰を落とされて、下から串刺しにするように貫かれ、律也は背を弓なりにさせて大きな息を吐いた。精で濡らされた蕾に容赦なく太い楔《くさび》が打ち込まれてゆく。

耀が腰を動かしはじめると、突き上げられるたびに快感が背すじを伝わって、欲望を受け入れている場所が恥ずかしいくらいに収縮した。

「律――」

心地よいのか、耀の囁く声が色っぽくかすれて、耳の奥をくすぐる。

「……すごく締めつけてくるんだな……」

「や――ちが……」

「わかってるから、大丈夫。でも今夜の律は、とてもいやらしくてかわいい」

耀につながれて揺さぶられているうちに、律也のものもまた勃ちあがってくる。これで何度目になるのか――快感をより多く貪《むさぼ》ろうと必死になっている自分が怖かった。

「や……違う、違うんだ……耀……」

「……いいよ。怖いなら楽にしてて」

なだめるように声をかけながら、耀は律也の腰を手でしっかりと支えると、逞《たくま》しい性器で味わいつくすように穿つ。律也は最初「いやだ」と訴えていたはずだった。それなのに、粘膜を擦られる刺激に我慢できなくなって、いつのまにか「もっと……」と自ら腰を振りはじめる。

「あ――や……耀、好き……」

信じられないほど甘ったるい声がでて止まらない。

「耀……好き、大好き……や……して」

ねだる声にたまらなくなったように耀は荒々しく腰を揺さぶった。乱れた息を吐いて、再び喉に噛みついてくる。血を吸われるたびに、つながっている場所がことさら強い快感を覚えて痙攣《けいれん》した。からだの奥の欲情の炎はまだ消えない。

「もっと――いくらだってしてあげる」

くすぶる熱を感じとったように、耀は律也をシーツのうえに押し倒して再びのしかかってきた。互いの肌が吸いついたように離れがたくて、獣のように絡み合って動く。

いつ終わるともしれない情交の波に溺れてしまわないように、律也は必死に耀にしがみついた。

からだ全体が快楽の蜜のようになって、やがては交わりの熱にかたちをなくしてしまいそうだった。


翌朝は当然ながら律也は起きあがることができなかった。

普段ならば櫂に激しく抱かれてもたいていは途中で意識が朦朧《もうろう》として、さらには失神してしまうのだが、昨夜は妖精の秘蔵酒の成分のおかげで感覚が冴えまくっていたため、それも許されなかった。しかも、自分自身の欲望の熱もいつまでも冷めることがなくて……。

「——律？」

昼すぎになってようやく目覚めたが、櫂の呼びかけが聞こえても、律也は毛布に頭からくるまって無視した。

自分があさましく求めていたのをしっかり覚えていたせいで、まともに櫂の顔が見られなかった。そして、櫂が秘蔵酒の効果を知っているのに、自分を好きなようにした——ということへの、ささやかな反抗だった。要するに、恥ずかしくて拗ねていたのだ。

「……律？　怒ってるのか」

櫂はためいきをついてから、毛布ごしに律也の頭にキスをしてきた。続けて、「よしよし」となぐさめるように頭をなでてくる。

顔も見えないのに、櫂は律也がなにを考えているのかお見通しのようだった。よけいな言葉をかければ逆効果だということも。

「今日はゆっくりと休むといい。……急ぐ予定はないから」

櫂が部屋を出て行き、扉が閉められるのを確認してから、律也は毛布から抜けだした。子どもっぽい態度なのは承知のうえだった。しかし、昨夜の記憶は思い出すたびに顔が赤らんでしまって、どう対処したらいいのかわからないのだ。あんなふうに自分から欲しがって乱れるなんて……。

「――律也様？　入ってもよろしいですか」

しばらくするとレイが扉をノックしてきたので、律也はあわてて身支度を整えてから「どうぞ」と返事をした。

「本日の予定ですが、薔薇の枯れた地を視察する件は延期されました。旅の疲れもあるでしょうから、ゆっくりとお休みください。お食事はどうなさいますか。部屋に運ばせるように頼みましょうか」

どうせ櫂に指示されて部屋を訪れたのだろうから、レイはなにがあったのか知っているはずだった。それなのにこの世に驚くことなどひとつも存在しないといいたげなクール な表情を崩さないのには感心する。一度でいいから、レイが声をあげてあわてふためくさまを見てみたい。

「食事は……いいよ。食べる気がしない」

「ではお茶だけも」

レイが呼び鈴を鳴らすと、控えの間にいたらしい〈グラ〉の従僕が姿を現して、ほどなくしてお茶が運ばれてきた。

窓際のテーブルに座って、淹れたてのお茶を口に含むと動揺していた気持ちが徐々に落ち着いてきた。「では、これで――」と従僕とともにレイまでもが去ろうとするので、あわてて「待ってくれ」と呼び止めた。

「なにか御用でしょうか」

従僕が扉を閉めて去ったあと、レイは律也に向き直った。律也は「そこに座って。友人として」と頼む。

レイは「失礼します」と椅子を引いて向かい側に腰かけた。律也はカップのお茶をすすりながら問いかける言葉をさがす。

「……その、櫂は――どんな様子？」

子供っぽく無視してしまって、櫂が腹をたててやしないかと気になったのだ。もしくは傷ついて落ち込んでないかと。

「どんな様子とは？」

「俺のこと、なにかいってた？」

「疲れてるだろうから、休ませてやりたいとおっしゃっていましたが……なにか櫂様の反応を気にしなければいけないことを、律也様がしでかしたのですか？」

「いや、その……」

妖精の秘蔵酒の件をレイは知らないのだろうか。てっきり報告済みだと思っていたのに——夜の房事だけに説明しにくくて律也がくちごもっていると、レイがふっと微笑んだ。

「妖精の琥珀色の酒ですか」

「——知ってるんじゃないか！」

律也が思わず声を大きくすると、レイは明後日の方向をしれっと見た。

「それがどうして櫂様の反応を気にする結果になるのかわからなかったからです。ユーシス様が気を利《き》かせたのでしょう？」

「知らないで飲まされたんだ」

「あの方の悪戯もどうかと思いますが……危険なものではないですよ。伴侶を得たときに祝いの品として贈答される酒なんです。律也様を伴侶としたとき、櫂様の元にもボトルが何本かお祝いの贈り物として届けられてますよ。でも、櫂様は律也様に飲ませたことなんてないでしょう？」

「……そうだったんだ」

初めて知る事実に、律也は愕然とする。レイは「そういう方ですから」とためいきをつく。

「……ご自分の欲望だけを優先させる方ではありません。律也様に抵抗があるのもわかっていたのでしょう。ヴァンパイアとして、それが美徳かどうかは別ですが。……で、それほど伴侶を大事にしている櫂様の心をまさか踏みにじるような真似をしたのではないですよね？　わたしの知っている律也様は賢くておやさしいから、そんな間違いはないと信じておりますが」

あくまで慇懃《いんぎん》に、じわじわと追いつめられて、律也は口許をひきつらせる。

「……俺が変な酒を飲まされたっていうのに、櫂がちょっとうれしそうに見えたから少し癪《しゃく》で……今朝、毛布にくるまったままで顔を見ないようにした」

「――――」

厳しく注意されるのかと思ったら、レイは「子どもの喧嘩ですか」と苦笑した。

「櫂様はいつもどおりですよ。ご存じでしょう？　あの方は公の場では完璧《かんぺき》な長です。白い翼をもつ、カイン様の再来といわれる原始の濃い血を受け継ぐヴァンパイア――まだお若い長ですけど、カイン様と同等の存在感を示さなければならないとわかっているから感情は滅多にだしません。律也様に対するときの櫂様が例外なのですよ」

櫂が飾り気のない喜怒哀楽を見せてくれるのは律也に対してだけ――だからこそできるだ

けそばにいたいと思ったのに、大人らしからぬ態度をとってしまったことを早くも後悔する。

「櫂に謝らなきゃ……」

「櫂様は気にしてないと思いますけどね。律也様は妖精の酒のことをご存じなかったのだから不安になるのもわからないでもないですし。でも、いまの話を聞いていると、とりあえず悪いのは櫂様ではないですよね」

そうだ、誰が一番悪いのだろうと考えてみて、「さあ、どうぞ」と親しげにグラスを差しだしてきたユーシスの笑顔が思い浮かんだ。

律也は再び甦ってきた怒りに拳《こぶし》を握りしめる。

「そうだ……ユーシス。彼に文句をいうべきだった」

「あの方に文句をいっても軽くいなされて終わらせられるだけだと思いますが……。櫂様に当たるよりは正しい怒りの矛先《ほこさき》です。わたしは彼が苦手ですが、律也様はああいった癖のある相手が得意でしょう」

誰に対しても——それこそ他氏族の長のアドリアンにさえ強気なレイがこんな発言をするのは珍しかった。

「苦手なの？　どうして？」

「そもそも妖精が苦手です」

そういえば律也が手のひらに妖精を乗せて差しだしたら、レイが怯んだような反応を見せたのを思い出す。

「なんであんなに小さくて美しいものを？」

「――小さくて、壊れやすそうなものは苦手なのです。どう扱っていいのかわからない。それに、妖精は綺麗な場所にしか住まない。それと同じ理屈で、わたしなどのそばには決して寄ってこない。彼らは内面を読むから。〈グラ〉以外の氏族のヴァンパイアには近づきもしないでしょう。穢《けが》れにはさわれないとばかりに」

内面を読まれてしまうから――耀もあまり妖精が得意じゃないと話していたのは同じ理由なのだろうか。

過剰な反応が気になったが、律也がそれ以上追及しなかったのは、ある人物を思い出したからだった。レイの友人である、妖精めいた儚げな容姿だったフラン――彼のことがあるから、よけいに妖精を見るのはつらいのかもしれない。その可能性を指摘はできないけれども。

「それに、ユーシス様は――あの方はなかなか怖い方ですよ。いまは年をとったから表面上は穏やかですが、亡きカイン様に次いで長く生きてるヴァンパイアです。つまり現在進行形で代替わりさせないくらい強いわけですから、怖くないわけがないでしょう。強いだけなら、わたしも怯みませんが……一番は〈グラ〉の特性ですね。妖精が絡んでくるから」

〈グラ〉を訪れた当初から湧《わ》き上がっていた疑問――。

「どうして〈グラ〉のヴァンパイアは妖精と共存してるんだ？　ユーシスにも聞いたけど、

はぐらかされてちゃんと答えてもらえなかった」

「契約しているのですよ。初めに〈グラ〉の長として天界から降り立った始祖が、妖精王と契りを交わしているのです。ですから、現在の〈グラ〉の血脈には……妖精の血が混じっている。契約がある限り、〈グラ〉は妖精に祝福された土地なのです」

妖精王——やはり妖精には独自の王がいるのか。でも、妖精に囲まれているユーシスを目にしていると、彼が妖精王のようにも見える。

「どこにいるの？　その妖精王って」

「〈神樹の森〉にいるといわれていますが……いまは卵です」

「卵？」と律也が口をあんぐりと開けると、レイは真面目に頷く。

「ええ。生まれ変わりの最中なのです。五百年ぐらい前から卵のはずです。卵が孵《かえ》るのは、あと何年かかるのか……そのあいだは、〈グラ〉の長がヴァンパイアでありながら代理の王なのですよ」

代理の王だから、妖精たちもなつくわけか。それにしても妖精王とヴァンパイアがかつて契りを交わしていたとは……夜の種族の妖精事情はなかなか複雑そうだった。

「なんで妖精王と契りを？」

「そもそも契ったかどうかも不明で、ほかにも諸説があるんですが……律也様は知らないほうがいいと思います」

レイがやけに意味深にいうので、よけいに気になって仕方なかった。もっと話をしたかったが、「わたしも忙しいので、あとは櫂様でもさがして聞いてください」とやんわりと仲直りをするようにとすすめられた。

「そういえばレイ――昨日、宴の最中に櫂になんの報告だったんだ？　急ぎだったんだろ？　ひょっとしてオオカミ族の件？」

レイは一瞬表情を硬くしてから「ええ」と頷いた。

「なにかわかったの？」

「いいえ、具体的にはまだ……ただ、問題を起こしたとされるオオカミ族の男たちはなにか麻薬でもやっているかのように興奮していたということだったでしょう？　調査した者たちが調べても該当するものがなく、噂では新種の幻覚剤ではないかといわれているらしいです。それでちょうど我々が〈グラ〉にきているので、〈グラ〉の氏族に協力を頼めないかという話を櫂様に伝えたのです」

「どうして〈グラ〉に協力を？」

「妖精の琥珀色の酒からもわかるように、この土地には〈神樹の森〉があって、不思議な効果をもつ植物や果実の宝庫だからです。妖精や〈グラ〉の氏族はなによりもそれに詳しい」

偶然にも訪れた地が手掛かりにつながるかもしれない事実に、律也は「ああ――」と驚きの声をあげた。

燿は外の空気を吸いにいったというので、律也は城の中庭をさがしてみたが、姿が見えなかった。

そういえば昨夜からアニーも行方知れずなのだ。最後に見たのは宴で料理を頬張っている姿――ペンダントの石を見ても、赤い光が見えないので戻ってはいないようだった。どこへ行ってしまったのか。

「もしかしたら燿様は〈神樹の森〉を散策しているかもしれません。城の裏手ですよ。警備兵にいえば案内してくれるはずです」

レイはそういって「仲直り」の後押しをしてくれたが、すでに昼を過ぎていたので外は薄暗くなっており、とうてい森に散策にいったとも思えなかった。律也がいったん城のなかに戻ろうかと踵を返しかけたところ、背後から声をかけられた。

「誰をさがしているの？」

振り返ると、ユーシスが子狼姿のアニーを腕に抱いて立っていた。肩には今日も妖精がちょこんと乗っている。

「アニー……」

「ああ、彼か——大丈夫。心配しなくても眠ってるだけだから。ここは〈神樹の森〉が近いから、彼も石のなかに戻らなくても休息できるようだ」

言葉のとおり、アニーはユーシスの腕のなかですやすやと心地よさそうな寝息をたてていた。普段から舐められっぱなしの飼い主として不遇の立場を甘んじて受け入れている律也だが、さすがに自分の精霊がユーシスに抱かれているのは不愉快だった。

「アニーは俺の精霊なので……」

「もちろん。語り部の石の精霊は〈浄化者〉のものだ。僕には少し荷が重い」

ユーシスはあっさりと律也にアニーを返した。アニーは目覚める様子もなく安心しきって眠っているようだった。いくらペット扱いされていても、本体は偉大な精霊——それなりの警戒心をもっている彼が無防備で石の外で寝入っているのを見るのは初めてだった。

「……ユーシス様。その——」

ユーシスに会ったら昨夜の件で抗議したいと思っていたのに、いざ面と向かうとなかなか切りだせない。訴える内容が大声でいえない類の内容であるし、なによりもこの世の穢れなど知らぬような無垢《むく》な顔をした妖精が彼の肩に座っているので話しにくい。いや、問題の卑猥な酒をつくっているのは、そもそもこの小さい人たちのわけで……と考えると、ますます混乱してしまう。

「ああ……そうか、ごめん。ちょっと離れててくれる?」

ユーシスは律也の心を読んだかのように、妖精たちに話しかけた。妖精たちは頷いて飛び去っていく。「またね」と笑顔で手を振っている彼はほがらかで実に愛想がよい。

しかし、もうだまされないぞ——と律也はあらためてユーシスを睨みつけた。

「ユーシス様。昨夜の宴ですすめてくださったお酒のことで申し上げたいんですが、あれは……」

「五百枚」

にっこりと五本指を広げて見せられて、律也は「は？」と首をかしげる。

「金貨五百枚分だ。きみが昨日飲んだ妖精の琥珀色の酒の値段」

「え？　いや……一杯五十枚だって聞きましたけど。十杯も飲んでない」

「最低でも五十枚だろう？　きみが昨夜飲んだのは、秘蔵酒のなかでも極上品だ。相場のさらに倍はする。一杯金貨百枚だ。〈グラ〉の氏族にとっても希少で高価なものなのだが、舌に合わなかったかな？」

いきなり酒の値段を説明されて、出鼻をくじかれた形になった。そもそも高い安いの問題ではない。

「高価な酒をご馳走《ちそう》してくださったことは感謝しますが……そうではなく、特別な効果があるのを黙って飲ませるなんて、ひどいじゃないですか」

「サプライズだ。説明したら、おもしろくなくなってしまうじゃないか」

レイにも「軽くいなされるだけですよ」といわれたが、ユーシスがあまりにも堂々としていて悪びれないので、律也はどう攻めていいのかわからなくなった。

「そうか……。贈り物はきっと喜んでもらえると思ったんだが、律也は不満だったみたいだね。それはすまないことをした。どうしていやだったのかな」

「あたりまえでしょう。あんなものを知らずに……」

「きみは怒ってるけど、櫂はどうだった？　喜んでくれたんじゃないかな。違う？」

「………」

櫂の反応を聞かれて、律也は完全に詰まった。ユーシスはいかにも申し訳なさそうな顔になる。

「両者とも満足する品を贈るのは難しいね……。僕ももっとおもてなしの勉強をしなくては」

しらじらしい台詞を吐かれて、すっかり抗議する気も失せた。人間の感覚だとあの酒は飲むのに不安を誘うが、ヴァンパイアの世界では祝福の酒――事実として受け入れるしかなかった。人間とヴァンパイアでは感覚が違うのだから。

「そう。あの酒は――ヴァンパイアにとっては媚薬だけど、妖精にはまた違う意味をもつから、立ち位置によって捉え方は様々なんだよ。見るものによって異なるのは、妖精の酒に限ったことじゃないがね」

またもや頭のなかを読まれた気がして、律也は困惑した。

「妖精にとっては、あの酒はどんな効果があるんですか」

「感覚を冴えさせるから、複雑な意思の交信に使うらしい。妖精は交接によって繁殖するわけではないから、色事のための酒ではないんだよ。種族によって体質が違うから効き目も異なる」

律也は心のなかで「すまない」と妖精たちに手を合わせた。卑猥な酒をつくってるなんて勝手に想像して――。

すると、ユーシスが「ふふふ」とおかしそうに笑ったので、いよいよ確信を深める。

「ユーシス様は、ひとの心が読めるんですか？」

「読めるというよりも、読める相手もいるだけ。きみはわかりやすい。表層にのぼってくる考えが伝わってくるだけだ。だから、意図的に隠し事をされたりすると、まったくわからないよ。複雑なタイプの思考もね。夜の種族は閉鎖的でひねくれてるやつが多いから、ほとんど読めない」

おまえは単純だ――と馬鹿にされているようでおもしろくなかったが、いまは不平を訴えるよりも話の内容に興味があった。

「それって……〈グラ〉の氏族には妖精の血が入ってるから？　どうしてヴァンパイアが妖精王と契ることになったんですか」

「――卵を見る？」

単刀直入に切りだされて、律也は即座に「是非」と食いつきそうになった。「妖精王の卵」なんてレイから話を聞いたときから、いったいどんなものなのだろうと興味があったのだ。しかしあまりにもスムーズにことが運ぶので、脳内の危険注意報のランプが点滅した。

「で、できれば……」

見たい、でも怪しい——と葛藤《かっとう》のすえに声がうわずった。ユーシスが見透かしたように唇の端をあげる。

「それほど警戒しなくてもいいよ。卵がある〈神樹の森〉は城のすぐ裏手だ。〈グラ〉と〈スペルビア〉は友好的な関係だから、きみに危害など加えやしない。僕が若かったら、〈浄化者〉のきみを奪いたいところだが、あいにく血気盛んな年齢でもないのでね」

すっかり年寄りのような口のききかただが、律也の目の前で微笑んでいるユーシスはやはり若くて美しい。細身の体格は律也と似ているが、背は彼のほうが高かった。夕闇のなかで見る、白い髪と薄い色の瞳をもつ彼の容姿は幻想的で、美しい絵本の登場人物のようだった。

それにしても律也は櫂との関係を疑っていたのにユーシス本人もあっさりと律也を奪いたいなどと口にする。櫂の「意識するとしたらきみのほうだ」という指摘はほんとうだったのか。

「そう。僕はアドリアンの若造と同じような変わった趣味はもってないからね。櫂ときみだったら、きみのほうが一万倍くらい魅力的だ。というよりも、比べ物にならない」

疑問を呈する前にまたもや心を読んだような先回りの返事をされて、律也は唸るしかなかった。しゃべらなくても会話が成立するという摩訶《まか》不思議。

「櫂が迎えた〈浄化者〉の伴侶はどんなひとかとずっと会うのを楽しみにしていたんだよ。きみを実際に目にして、あまりにもかわいいひとなので、もしも僕が若いときに出会えていたら――と考えて、非常に残念に思ったけどね」

「………」

「疑ってるんだろう？　本気だよ。出会うのがあと百年早くて、櫂が白い翼の持ち主でなかったら、本気で戦いを挑んだろう。老いるのはつらいね」

はたしてこれは老人特有の冗談なのか、本気でくどかれているのか。律也と初めて対面したとき、ユーシスが表情を曇らせたように見えたのはまさかそのせいだったのだろうか……。

頭から疑うわけではないが、ユーシスが語れば語るほど、嘘か真実なのかが見抜きにくかった。この感覚は狩人の東條と話しているときと似ている。彼も口が達者だけれども、一緒にいて底が見えないような瞬間があった。

「老いるって――ユーシス様はとても若く見えますけど……」

「そうだね。きみや櫂みたいな若いひとと一緒にいると、僕も若返った気分になれるから。だが、僕はもうすぐ――個としての意識も曖昧《あいまい》になるかもしれない。かつてカインがそうだったように」

カインは長生きしすぎて、ほとんどしゃべることもなかったと聞いている。意思の疎通は心話のやりとりのみで、それも長としての発言にほぼ限られていた、と。律也も二度彼とは対面しているが、始祖の血を継ぐものとしての圧倒的な存在感のみが印象に残っているだけだった。彼自身がほんとうはなにを考えていたのかは不明だ。だから生ける神話のような存在でありえたのだと――。

「カイン様と親しかったのですか?」

ユーシスは少し考え込んでから「いい友人だったよ」と答えた。

「もっとも人間がイメージするような、こまめに連絡をとりあうような仲のいい関係とは違うけれども。――さて、〈神樹の森〉へ行こうか。僕も卵の様子を見るのは日課なんでね」

ユーシスが手をかざすと、どこからともなく妖精が数人ひらひらと透き通る羽をはばたかせて飛んできた。彼らがぼんやりと発光してあたりを照らしてくれるので、ランプの灯《あか》りは必要なかった。

妖精たちの灯りに先導されるようにして、城の裏手へと向かう。すると、城門から櫂が歩いてくるのが見えた。

「律――? どうしてこんなところに」

当初の目的どおり、櫂が見つかったことにほっと胸をなでおろした。いくら妖精王の卵に興味があって、友好的な長が自ら案内してくれるといっても、誰にも知らせないで行っていいものかと迷いはあったのだ。

「櫂をさがしてたんだ。そしたら、ユーシス様が〈神樹の森〉の妖精王の卵を見せてくれるっていうから」

「――」

櫂は驚いたように目を瞠り、ユーシスを訝しそうに見た。

「卵は〈グラ〉の氏族しか見られないのではなかったのか」

「これだけ長く生きてると例外もあってもいいかと思うようになってね。もちろん櫂――きみも一緒にどうぞ」

どうやら妖精王の卵を見るというのは貴重な機会らしい。櫂も「是非」と緊張した面持ちで答えた。

妖精王の卵の見学という一大イベントのおかげで、てっきり先ほどの子どもじみた態度は不問にされるかと思った。だが、城門に向かって歩いているとき、櫂が律也の隣に並んで悪戯っぽい視線を投げてきた。

「――機嫌は直った？　毛布をかぶったまま、さがしにくるかと思った」

意地悪な一言にお返しをしたかったが、律也は頬をわずかにふくらましただけにとどめ、「ごめん」と謝った。

「その……櫂に当たることじゃなかった」

「もとから怒ってない。律が謝る必要はないよ。顔を見せてくれたなら、もういい」

慈しむような眼差しを向けられて、レイの「ご自分の欲望を優先させる方ではありません。耀様は律也様に飲ませたことなんてないでしょう？」という言葉がいまさらながら胸に響く。耀はいつも律也を想ってくれているのだから、変なことで煩《わずら》わせないようにしなくては――と反省する。

「耀はいままでどこに行ってたの？」

「〈神樹の森〉だよ。散策にね。律が毛布にもぐって怒ってなかったら、一緒に行くつもりだったんだけど」

それは申し訳ないことをした――とあらためて頭をさげる律也に、耀は声をたてて笑った。

「灯りももたずに？　森には結局入らなかったの？」

「いや。少し見てきたよ。あそこは暗さは関係ないんだ」

城門には警備兵たちが並んでいた。ユーシスの姿を見ると、兵士たちはいっせいに頭をさげて門の扉を開ける。

はたして〈神樹の森〉へはどのくらい時間がかかるのか――それを問う必要はなかった。城門を出た途端に、すぐに明らかになったからだ。

「わ……あ」

思わず声をあげて、律也は立ちつくした。耀が「暗さは関係ないんだ」といった意味がよく理解できる。

城の裏手のなだらかな丘の向こうに〈神樹の森〉はあった。薄闇のなかで説明されなくても判明したのは、森の樹木が遠目にも光っていたからだ。人界のクリスマスシーズンなどに街路樹の枝に沿うようなかたちで電球を取り付けてイルミネーションをつくるが、それの天然版だった。

樹木の幹や枝や、そして豊かな葉が――それぞれライトをつけたように発光していた。森すべての木々がそんな状態なのだから離れていても美しく、夢を見ているのかと頰をつねりたくなる光景だった。さすが妖精の生まれる森――。

森の手前まで〈グラ〉の警備兵たちが何人かついてきたが、入口でユーシスが「ご苦労様」といって返した。律也はいくぶん不安になって兵士たちの後ろ姿を振り返る。

「〈神樹の森〉では、〈グラ〉の氏族は戦えないんだ。ついてきても無駄なのでね。翼を開くことは契約によって禁じられてる。もし、なにかあったら、きみたちを頼りにしてるよ」

妖精との契約で戦えない――。いささか緊張したものの、森のなかに一歩足を踏み入れた途端、周囲の幻想的な美しさに目を奪われて警戒心も薄れた。あちこちに目を向けながら、律也は興奮のあまり櫂の腕をつかむ。

「綺麗だろう?」

櫂はその反応を楽しむように目を細めた。

まるで別世界にきたようだった。夜の季節で薄闇につつまれている時刻だというのに、森のなかは明るかった。昼間の光というよりも、不思議な植物たちの発光する灯りに照らされているので、夢幻の世界に迷い込んでしまったかのような錯覚を受けた。

景観だけでなく、流れる空気までもが清らかで、森の外とは違う。森林浴という言葉があるが、森に入ってから五分もたたないうちに律也は自分のからだの内側までもが澄んでいく気がした。

森のなかを進むうちに律也の腕のなかのアニーが身じろぎして、「お？」と目を開ける。

『ここは――〈神樹の森〉か』

「アニー、目覚めたのか」

ユーシスの腕に抱かれて眠ったりして――と文句をいいたかったが、とりあえず律也は「アニーっ」と毛むくじゃらの小さなからだをぎゅっと抱きしめた。いくら飼い主に対して上から目線の俺様子狼でも、やはり律也にとっては大事な精霊なのだ。

一方、アニーは「おお？」と呑気な声をあげる。

『一晩会えなかったから、俺が恋しくなったのか？　いいぞ。この愛らしい姿を思う存分抱きしめてくれ』

ふたりにとってはいつものやりとりだったが、妖精たちが楽しそうに笑いざわめくのが聞こえた。〈神樹の森〉に入ってから律也たちによりそうように妖精たちが増えていた。

木陰にもっとたくさん隠れているのか、木霊のように笑い声が広がる。まさしく〈神樹の森〉は妖精たちの森だった。

ユーシスがおもしろそうに櫂の肘《ひじ》をつつく。

「――櫂。〈浄化者〉が語り部の石の精霊と仲睦まじいのは結構だけど、きみは妬《や》かないのか」

「あれは律の守り神だ」

「そうか。僕なら、人型のアニーの美青年ぶりを見たら、そんな穏やかな気持ちになれないけどね。きみは大人だな」

「あなたより大人だったら、俺は棺桶《かんおけ》に片足を突っ込んでいることになる」

ユーシスは声をたてて笑いだした。

「若いひとをいじめるのはやめておこう。きみに『くたばれ、ジジイ』みたいな目で睨まれたくはないからね」

ふたりのやりとりを聞いていて、律也はどう反応していいものか困った。腕のなかのアニーは「ほらな、俺の美しさが早速諍《いさか》いを生んでいる。罪だ」と勝手なことをほざいている。

「――気にするな。ユーシスの戯れだ」

櫂が微笑みながら律也の肩をぽんと叩いてきた。アニーに対しても「罪ではないよ」と人間の女子だったら卒倒しかねない蕩けそうな眼差しを見せて頭をそっとなでる。櫂はアニーをあくまで偉大な精霊として見ているから、扱いは紳士的で丁寧なのだ。

アニーはすぐに〈閉じた心話〉で「俺は国枝櫂と喧嘩をする気はないからな。おまえがあとでちゃんと機嫌をとっておけよ」と伝えてきた。こんな状態で、誰が誰を妬くというのだ。アニー本人が律也と櫂のどちらかを選ぶとなったら、「櫂に一票」といいだしかねないのに。

ユーシスはそんな様子を見て、「さすが色男のヴァンパイア」とさらに愉快そうだった。

こんなふうに櫂をからかえる者はいないから、たしかにユーシスはヴァンパイアとしては一目置かれる年長者といえるのかもしれない。

「――櫂、律也、こちらだ」

ほどなくして、先を行っていたユーシスが立ち止まり、森の奥を指さす。一本道に見えるが、ユーシスが手をかざすと、右手側の樹木が消えて、もう一本の道が出現する。普段は隠し扉ならぬ隠し道になっていて、見えなくなっているらしい。

ユーシスのあとについていくと、その隠された道はさらに清浄な空気に満ちあふれていた。律也たちが歩くと、周囲の植物たちが風もないのにかすかに揺れていた。

「櫂は原始の白い翼をもっているし、律也の青い気もあるから、森が歓迎しているね」

律也はいつのまにか自分のからだがオーラのような青い光につつまれていることを知る。

しばらく歩いていくと、道の突き当たりにひときわ巨大な樹木が見えた。

幹はひとが何人か輪になって囲めるほど太く、空に向かって伸びる枝は複雑に入り組んで広がっていた。豊かな緑の葉とチューリップを逆さまにしたような不思議なかたちの実がいくつもなっている。それもほのかに発光していて、洒落《しゃれ》たかたちのランプみたいだった。

根は大地に力強く張って、幾重にも盛り上がっていた。そして太い幹の中心には大きな洞が見えた。人間がすっぽりと隠れることができそうな空洞の中心にうっすらと光る球体があった。

「――あれだ」

ユーシスに指し示されて、律也と櫂は顔を見合わせてから巨木へと近づく。洞の真ん中に安置されているのは、まさしく卵だった。

巨大な卵――殻は薄いようで、中身がうっすらと透けている。シルエットしかわからないが、人間の大人ぐらいの大きさのものが膝をかかえて丸まっているようにも見えた。殻は真っ白で光沢があったが、それ自体が生きているように流動的に虹色の模様が時おり浮いて見える。

不可思議な七色の光は、どこかで目にした記憶があった。律也は首にさげているペンダントの石を衣服越しに握りしめた。〈七色の欠片〉――あれの放つ光とよく似ているのだ。

卵のなかのものは影としか見えないが、静かな脈動が感じられた。まさしくここにはなんらかの命が――生命のエネルギーが宿っていることは間違いなさそうだった。

「これが妖精王の卵……」

律也が呟く隣で、櫂はなにやら気難しい顔をしていた。一方、アニーは律也の腕から飛び降り、無邪気に『でかいな』と卵に近づいた。すると、卵が呼応するようにひときわキラキラと輝く。

ユーシスは「精霊の気配に反応したみたいだね」と説明したあと、卵の殻をなでながら話しかける。

「——やあ、ご機嫌はどう？　今日はお客さんを連れてきたんだよ。〈スペルビア〉の長と〈浄化者〉の伴侶、そして精霊のアニーだ。みな天界の血を色濃く残すものだから、心地よいだろう」

卵に話しかけたって返事なんてしないだろう——と律也は思ったが、会話が成立しているらしくユーシスが「ふむふむ」となにやら頷いた。

「——やっぱり気分がいいそうだ。とくに律也、きみからは神の血をとても感じるって」

「卵が？　そういったんですか？」

「そうだよ。これは生きている」

それは律也も感じるが、会話ができるとはにわかには信じられなかった。しかし、妖精たちの声が聞こえないのと同様、真偽は判断しようがない。

「見苦しいものを見せてすまないが、失礼するよ」

ユーシスはふいに上着の内ポケットから細身のナイフをとりだして自分の手首を切りつけた。したたりおちる血を、あろうことか卵に浴びせかける。

しかし卵は血で汚れるどころか、即座に血を内部に取り込んでいるらしく、表面はすぐに綺麗な白い光沢を取り戻した。血を吸収しおえると、満足したように七色の光を発する。

卵は本来〈グラ〉の機密事項で、櫂も今回初めて知ることが多いようだった。

「栄養としてヴァンパイアの血を与えてるのか?」

「そう。これが契約でね。〈グラ〉の長は、妖精王の卵をきちんと孵さなければならないんだ。僕の血と――あとは代替わりを挑んできた始祖の血を引くものたちの骸《むくろ》……散ったあとの塵を与えてる。ヴァンパイアはもとから天から降りてきたものだから吸収しても差し支えないらしい。それに〈グラ〉の血脈には妖精の血が混ざっているしね」

ヴァンパイアが消滅するときの、宝石を砕いたような光る塵。妖精王がそんなものを栄養にして孵化《ふか》するのか。

ヴァンパイアの血と屍《しかばね》を食らう妖精王。律也の頭のなかで既存の妖精のイメージがどんどん崩れていくような気がした。

「――なぜ俺に見せたんだ?」

櫂が鋭く問う。氏族の秘密をあかす理由が、律也も気になった。ユーシスはやわらかく微笑む。

「実はカインにもかつて見せてるんだよ。彼は誰にも見たことをしゃべらないから、〈グラ〉以外のヴァンパイアは見ていないとなっているだけだ。きみたちには知っておいてもらったほうがいいと思ってね。――さあ、卵は栄養を吸収させたあとはゆっくりと休ませたほうがいいから、見学はここまでだ」

再び卵に向き直り、ユーシスは「また明日」と声をかけた。

「またくるよ……待っていて」

小さな声で語りかけるさまは、恋人に逢引《あいびき》の約束でもしているようだった。卵をなでるユーシスの表情は甘く――どこかせつない。卵も彼の言葉に反応したように七色に輝き、巨木の葉が呼応するように揺れる。なんとも不思議な光景だった。

「さあ、行こう――」

ユーシスにうながされて律也は歩きだしたが、櫂は最後までひとりで残って卵を興味深げに眺めていた。「櫂？」と律也が声をかけると、ようやく妖精王の卵が安置されている巨木をあとにする。

普段は隠されている道から元の森の道に戻ると、入口はまたもや消えてしまった。妖精は魔法の塊だとユーシスはいっていたが、その産地だけあって常識では測れない森だった。

ユーシスの卵に対する特異な態度が疑問だったが、ふれてはいけないような気もした。まるで卵に愛情を抱いているみたいだなんて――そんなことがあるのだろうか。

「どうして〈グラ〉が妖精王の卵を孵すことになったんですか」

「妖精王は一定の周期で生まれ変わるんだ。地上の空気で少しずつ汚染された身を清めるためにね。だから卵の期間はそれを守って栄養を与える相手が必要だから、〈グラ〉の始祖と契約したんだ。〈グラ〉が妖精族を従えているのではなくて、どちらかというと妖精のお世話係をさせていただいているといったほうが正しい。そのおかげで、この地は妖精の祝福を受けていてずっと安全だったから」

「妖精の祝福？」

「彼らはなかなか強いのでね。あんな小さなからだでは戦えないと思うだろう？　でも彼らが攻撃的になると、あの美しい透明な羽から特別な鱗粉《りんぷん》がでるんだ。それは夜の種族の神経中枢に作用して、幻覚と呼吸困難を引き起こす。もっとも彼らを見てればわかると思うけど、平和的で自然を愛する種族だから、攻撃的になることはまずない。だが、もしも大群で襲ってきたら厄介だ。だから、誰も〈グラ〉の地では悪さはできない」

妖精にそんな攻撃能力があるとは――それが抑止力となって他の氏族からの攻撃も避けられるから、〈グラ〉の氏族と妖精はもちつもたれつで共存しているわけか。

「それに、卵を孵すのは……かつての罪の代償でもあるから」

罪の代償――？

ふいにユーシスが辺りを不審げに見回して立ち止まったので話が途切れた。「失礼」と木立のなかに入っていき、そのまま姿が見えなくなる。

「ユーシス、どうしたんだ」

擢がユーシスの後を追ったので、律也も続く。「離さないで」と手をつながれて木立ちに分け入ると拓けた一帯があり、奇妙なことにそこだけ植物のすべてが枯れていた。

ユーシスは枯れた草木の一部を手にしてなにやら考え込んでいた。擢も奇異な光景を目にして当惑を隠せないようだった。

「これは……」

美しく発光する植物の無残な姿。自然に枯れたのではなく、意図的にこの一帯だけ枯らしたように見えた。

「〈神樹の森〉の草木が枯れるなんてことがあるのか？」

「普通ならないはずだけど……空間の気が乱れているね。気を付けて。翼を開いてもらうかもしれない」

ユーシスは緊張した面持ちで辺りに目を凝らした。翼を開く——つまり戦闘になるかもしれないといっているのだった。擢も周囲を見回したあと、律也に「さがって」と指示した。

律也がわけがわからないままアニーを抱きしめて擢の後ろに回ったところ、いきなり草の枯れている地帯に禍々《まがまが》しい黒い靄《もや》が広がる。

突如、枯草のうえに闇色の消し炭で描かれたような不気味な魔法陣が浮かび上がる。

次の瞬間、その円の中心に、どこからともなく狼が唸り声をあげて出現する。目が黄色く濁り、鋭い牙が覗いている口許からは大量の涎《よだれ》が垂れていて、正気を失っているようだった。

どうして狼がここに——？

「——獣か」

ユーシスは意外そうに呟いたあと、「櫂、頼むよ」と声をかけて後ろにさがる。

間をおかず、櫂の背に豊かな白い翼が広がった。発光する植物に囲まれたなかで、さらに眩《まばゆ》いきらめきがあたりを照らす。真紅の薔薇が燃えたつようなオーラが幾重にもたちこめて、その場を圧倒した。狼に近づく櫂の目があやしく赤く光る。

「地を這う者よ——もうひとつの姿を現せ」

櫂の命令に、幻惑された狼は金縛りにあったように動きをとめた。いつのまにか魔法陣が消えている。もともと一帯だけ枯れていたその場の草木が、黒く変色してしおれていく。

狼は苦しそうにうめいてその場に倒れこんだ。やがて獣の肉体が輪郭を変えて、黒い体毛が徐々に薄れていき——全裸の男が現れる。年齢は二十代半ば、体格の良いオオカミ族の男だった。

「……う……あ、薔薇が……」

男は血走った目で櫂を見上げると、手を伸ばしながらうめく。

薬でもやっているような正気ではない顔つき——とっさに律也はこの男が、例のオオカミ族の事件に関係している人物なのではないかと考えた。どうしてこんな場所にいるのかは不明だったが。

「櫂……」

それを伝えようと櫂の腕を引いたところ、男が声を振り絞って訴えてくる。

「おまえ……薔薇――裏切ったな……」

オオカミ族の男はあきらかに櫂に何事かを訴えているようだった。櫂が「なにをだ？」と問い返したところ、男は口から泡を吹いて動かなくなった。

「櫂――この獣はきみの知り合いか？」

ユーシスの問いかけに、櫂は「いや」とかぶりを振った。だが、おそらく櫂も律也と同じように例の事件と関係があるのでは――と考えているに違いなかった。はりつめた表情の奥で何事かを懸念しているのが伝わってきた。

Ⅲ　薔薇の枯れる日

〈グラ〉の領土の境界線に、広大な薔薇《ばら》の咲く地がある。まるで自然の城壁のように野生の薔薇が咲き乱れているのだ。その薔薇がとくに手入れされることもなく美しい姿を保っているのは〈グラ〉が妖精に祝福されているためだといわれていたが、最近その薔薇の一部が枯れはじめたらしかった。

かねてからの目的である枯れた薔薇の視察——問題の土地へと向かう馬車のなかで、律也《りつや》は物思いに耽《ふけ》っていた。

流れゆく景色を見ていても、〈グラ〉はどこを切り取っても絵本の風景のように美しい。だが、薔薇が枯れた——。それがなにを意味するのか、先日〈神樹の森〉で草木が枯れた一帯を目にした身としては、あれこれ考えを巡らせずにはいられないのだった。

例の魔法陣とともに現れた狼は、結局あのまま絶命してしまった。遺体は〈グラ〉の城に運び込まれて、オオカミ族の到着を待っている。

律也が慎司《しんじ》に問い合わせたところ、男は問題の男——スポーツジムで働いていて消えた樋渡《ひわたし》という男と特徴が重なる。慎司と男の群れの代表が〈グラ〉に確認にくることになったが、到着までは数日かかるため、とりあえず律也たちは当初の目的の視察に向かうことになった。

あの魔法陣が出現したことからも、今回の件には術師が関与していると見て間違いない。先日、アドリアンの城でも術師の企てた陰謀に遭遇した経験があったため、律也の気はよけいに晴れないのだった。あの首謀者たちは皆亡くなったはずだ。なぜ、また術師たちが……？

問題のオオカミ族が〈グラ〉の地に現れて亡くなってしまったからには、いよいよ先日のマンションの件も隠せなくなりそうだった。

いったいあの部屋にいたのは、どこのヴァンパイアなのか……。

「術師だとしたら、凶悪な一派ですね。それこそ〈ルクスリア〉で起こした事件と同規模のことをやってもおかしくないような」

〈神樹の森〉でオオカミ族の男が亡くなったと知ったあと、レイはマンションの部屋でやたら厳しい顔をしていた理由を説明してくれた。

「相手が誰だか見当がついていたわけではないのです。あのときは律也様が怖がるといけないと思って申し上げなかったのですが……あの部屋で、ヴァンパイアが落としていった羽根があったでしょう？」

「俺がレイに渡そうとしたら消えたやつ？」

「あの羽根が消えたのは……翼の持ち主が消滅したからです。部屋から消えたヴァンパイアは、あそこから逃れたはいいが、そのあとすぐに何者かに殺された。わたしたちがやりとりしてる、あのほんの短いあいだにです。たぶん正体を見破られると危惧《きぐ》した者が殺したのでしょう。ヴァンパイアが死ねば、落とした羽根はなくなる。短時間に証拠隠滅のために平然と仲間を殺す。ものすごく冷酷な相手です」

以前、翼は霊的エネルギーがかたちづくっているだけだと説明されたことがある。ヴァンパイアが散れば、落とした羽根も消えてしまうのだと。

あの部屋にいたヴァンパイアは始末された。羽根からどこの者かをさぐられたら困るから？

翼が霊的エネルギーだという知識はあったのに、レイに説明されるまで羽根がなくなったのは相手が死んだからだという考えに結びつかなかった。さらに櫂が〈グラ〉への出発を急いだのも、マンションでの一件を知って、とりあえず調査をしているあいだ〈グラ〉なら危険が及ばないと考えたためだというのだから、律也は己の認識の甘さと、この事件のきな臭さをあらためて思い知る羽目になった。

しかし、妖精の祝福があるという〈グラ〉ももはや安全ではない。不審なオオカミ族が死んでしまったのだから。

聖なる〈神樹の森〉に得体の知れない獣が入り込み、亡くなったという事件は、〈グラ〉

の氏族にとって衝撃的らしく、ユーシスは当初視察に同行する予定だったが、対応のために城に残ることになった。それも仕方ない、と櫂も律也も納得した。

一行は明け方近くに境界線のそばの出城に到着したあと、休むひまもなく問題の薔薇を見に行った。夜の季節は午前中に動かないとすぐに薄暗くなってしまうからだ。

朝陽《あさひ》に照らされるなだらかな丘陵《きゅうりょう》の緑豊かな大地——川の近くの低い土地には畑が作られ、小高い丘には白い土壁の可愛《かわい》らしい住居が並んでいる。畑の区切りごとにも薔薇が植えられており、樹木や湿った土から生まれるひんやりと冷たい空気が涼しげな風をつくりだしていた。

そして領土の境界線がある広大な土地に、野性味のあふれる色とりどりの薔薇が咲き乱れていた。朝露がしたたる花弁はみずみずしく、濃厚な薔薇の香りが風によって辺り一面に運ばれる。

「……綺麗《きれい》だ」

鮮やかな薔薇に彩られた道を歩きながら、律也は思わず呟《つぶや》く。

視察の一行についてきた妖精のひとりが、律也の肩に乗っかって同意するように頷《うなず》く。懸命に口をぱくぱくとさせてなにかを訴えてくるので、律也は走り回っているアニーをつかまえて通訳を頼んだ。

『なんだ？　俺は朝の爽《さわ》やかな運動の最中なんだぞ。まったく……なになに？　『とても綺麗。

だけど、怖い穴があった。この土地の仲間たち、みんな散っていった』……物騒なこといってるな、こいつ』

「……仲間？　怖い穴？」

そういえば、これだけ自然の美しさがあふれているのに、この土地の妖精の姿が見られない。薔薇の周辺では向こうの城からついてきた妖精しか飛んでいないのだった。

「――薔薇が枯れた一帯は、もう少し先です」

案内をしてくれている〈グラ〉のヴァンパイアの声が先頭から聞こえてくる。律也はわずかに遅れていたので、先を行く櫂《かい》が立ち止まって待っていてくれた。

「俺から離れないようにしてくれ」

「……危険なの？」

「いや。そうじゃないが――なにがあるかわからないだろう。〈神樹の森〉でさえ、あんなものがいきなり現れるんだから」

櫂のいうとおりだった。妖精たちの森の一帯が枯らされてしまうのだから。今回の一連の事件を起こしているのが何者なのか――正体がつかめないだけに不気味だった。

〈神樹の森〉の枯れた草のうえに現れた魔法陣――。前回のアドリアンの事件といい、いやな予感がする。

「こちらです」

しばらく歩くと、問題の一帯に到着した。説明されるまでもなく、辺りの薔薇がすべて枯れて散っていた。枝や葉も傷んでいて、折れたり、しおれたりしていた。律也は茫然《ぼうぜん》と周囲を見渡した。いままでのどかで美しい緑や花々が目に映っていたので、突如線を引かれたように枯れた植物が広がっているのは異様な光景だった。よく見ると、薔薇だけではなく、道に生えている小さな草花までもが枯れているのだ。薔薇に限ったことではなく、この一帯の植物が被害を受けているようだった。

「ひどい……」

櫂は案内人の〈グラ〉のヴァンパイアを呼んだ。

「どのくらいの範囲で枯れているんだ？」

「上から見るとわかるのですが、円状に枯れているんです。だいたい直径三十メートルぐらいかと」

「きれいな円状に？」

〈グラ〉のヴァンパイアは「はい」と頷いて、植物の病気などではないことだけはわかっていると説明した。

円の中心部分にすすむと、さらに植物は黒く焼けたようになっており、〈神樹の森〉と同様の状態だった。

人為的なのか自然発生なのか――〈神樹の森〉に現れた魔法陣のことを考えれば、間違いなく人為的なのだろう。また術師がからんでいる。

でも、なぜ植物が枯れる——？　そしてオオカミ族との関係は？

律也が頭を悩ましていると、「律」と櫂に腕をひかれた。櫂の視線の先に、金色の翼が見えた。

律也たちがいるところから少し離れたところに、翼を開いた狩人《かりうど》たちがきているのだ。狩人はふたり組で、枯れた植物を手にしてはなにやら話しあっているようだった。遠目にもすらりと均整のとれた身体《からだ》つきは美しかったが、顔まではよく見えなかった。しかし、東條でないのはたしかだった。

「……なにしてるんだろう……」

「さあ。ただこの現状を見れば、狩人が興味を示すのはわかる。枯れた原因は呪術《じゅじゅつ》がらみなのか、なんなのか……でもこんな田舎《いなか》の薔薇を枯らして、なんの意味があるのか」

櫂がいうとおり、律也にもそれが疑問だった。中央の城やその近くの薔薇が枯れたなら、なんらかの企みの意図があるのかと推測できるが、すぐそばには畑が広がっているような、のんびりした地域だ。

「この薔薇の一帯には……妖精はいなかったの？　たくさんいてもよさそうなのに、まったく見ないけど」

案内人の話によると、「薔薇が枯れるまでは多くいた」とのことだった。こんな状態だから、よその土地に移動してしまったのだろうという。妖精は綺麗なところにしか住めないから――とのことだった。

律也が先ほど妖精に聞いた「怖い穴」について質問すると、〈グラ〉の案内人は途方に暮れた顔をした。

「それはわたしたちも聞きました。でも……辺り一帯を調べましたが、穴なんてどこにもないんです。それをいっているのは、もともとこの土地に住んでいた妖精ではないので、具体的に聞いてもわからないようで――妖精は遠く離れた仲間の思念をキャッチできるんですよ。穴はそこから出てきた情報なんです。だから、イメージが曖昧《あいまい》で」

地面に掘られている穴とは違うのかもしれない。落とし穴みたいなものを見つけようとしていたら、きっと見つからない。

穴といえば〈空間の穴〉――そもそも例のマンションを訪れる前に東條《とうじょう》が憂鬱《ゆううつ》な顔でそういっていたのを思い出して、律也は「あ」と声をあげそうになった。

狩人が興味をもっているのは人間が連れ去られた件でも、オオカミ族の男があやしい薬でおかしくなっている件でもない。〈空間の穴〉とやらが世界のバランスに影響あるから――。

狩人たちに話を聞けば、なにかわかるかもしれない。

律也は狩人たちがいた方向を見たが、先ほどまでいたはずの彼らはすでに消えてしまっていた。

薔薇を視察して出城に戻ってきたところ、思わぬ人物が律也たちを訪ねてきた。東條だった。枯れた薔薇の地で狩人たちを見かけたから、もしかしたら現れるかもしれないと思っていたが、〈空間の穴〉について質問したいと考えていたのでちょうどいいタイミングだった。

律也が「話をしたい」と櫂に頼むと、珍しく「俺も同席していいなら」との回答だった。出城の応接室に通された東條は、意外なことにひとりではなく、仲間の狩人を連れていた。

この事態は想定していなかったので、律也はおおいにとまどった。

天使のような美貌《びぼう》の麗人たちは無言のまま、東條の背後に監視員のようにふたり並んでいた。先ほど境界線で見かけた狩人たちのような気もしたし、違うような気もした。つねに〈閉じた心話〉でやりとりしているらしく、顔を見合わせているが、会話はまったく聞こえない。

「彼らは気にしないでくれたまえ。きみらの顔をちょっと見たいだけだから。すぐに出て行くよ」

東條の言葉通り、ふたりの狩人は彫像のようにまったく感情のこもっていない——なおかつ造形的には完璧《かんぺき》な笑みを浮かべながら律也を凝視した。そして隣に座っている櫂のことも同じくらい長く見つめていた。観察が終わると、美麗な狩人たちは東條と目を合わせてなにやら心話で会話をする。

律也の膝《ひざ》にいるアニーが警戒するように、東條の背後の狩人たちを睨《にら》んでいた。そのうちにひとりがアニーをちらりと見て、極上の笑みを向けてきた。精霊にだけは親しみがわくのかと思ったが、アニーはなぜかますますご立腹の様子で唸《うな》る。

狩人たちは東條と再び心話で会話したあと、静かに応接室から出て行ってしまった。

「――狩人は礼儀知らずなのですか。〈スペルビア〉の氏族の長である櫂様もいるというのに、あいさつもなしで……」

背後に控えていたレイが冷たくいいはなつ。櫂は苦笑しただけだったが、東條は「申し訳ない」と頭を掻《か》きながらソファに腰かけた。

「非礼は僕から詫《わ》びよう。あのひとたちは俗世から百万年くらい離れてしまっているひとたちなので」

同じ狩人のいう台詞《せりふ》か――と律也は内心突っ込みながら、ご機嫌ななめで唸っているアニーの背中を「どうしたんだ?」となでる。

『あいつ――あの狩人、俺に笑いながら〈閉じた心話〉で「精霊のくせに面白い姿でいるんだな、珍獣」っていいやがったんだ。この俺に……偉大な精霊に向かって――天界に首輪をつけられた狩人風情めが』

東條は意外そうに目を見開く。

「彼がそういったのかい？　まだそういうユーモラスな感情が残っていたとは――アニー、きっときみがあまりにも可愛いから、意地悪をいいたくなったんだよ」

『おまえの仲間だろうに、恥を知れ。代わりに詫びろっ』

馬鹿にされたのが相当悔しいらしく、アニーはキャンキャン鳴きながら律也にしがみついてくる。律也は「よしよし」とアニーを慰めながら、彼に笑いかけていた狩人の表情を思い出していた。あれほどにこやかに笑いながら実際は毒を吐いていたとは……狩人にも相当癖のある人物がいるようだった。

「今日は国枝《くにえだ》櫂も一緒とは珍しいね。こうやって皆で顔を合わせていると、僕も律也くん一家に迎え入れられた気がして、なかなか感慨深いよ。うれしいなあ」

そういえば目の前に一番癖のある狩人がいた――と思いながら、律也は東條に向き直った。

「どうして狩人たちが俺や櫂の顔を見にきたんですか」

「僕も新参者だから仲間の頼みはことわれないんだ。とりあえず国枝櫂が白い翼をもっていたり、きみが〈浄化者〉だから興味があるんだと思うよ。薔薇の枯れた一件でなにか知っているのかと顔色を見てたんじゃないかな」

薔薇の件で情報を知りたいのは律也たちも同じだった。調査をしていたというが、狩人たちはなにも摑《つか》んでいないのか。

律也が〈空間の穴〉について質問しようとしたところ、東條のほうからいきなり話題を変えてきた。

「――ところで、あのマンションの一件、どこのヴァンパイアがいたのかわかったかい？」

律也は当惑しながら「いいえ」と応《こた》える。

「僕もまだ確定的なことはなにもいえないんだが、あのマンションの部屋に〈空間の穴〉があった形跡があると話しただろう？　どこかへ道が通じていた――と」

まるで心を読まれたような話題の流れに、律也は落ち着かなくなる。東條と話しているとままあることだが……。

「俺も……東條さんに〈空間の穴〉のことが聞きかったんです。なんなんだろうって」

「このあいだも話したけど、僕が追っているのもそれなんだ。最近、この〈空間の穴〉をぼこぼこ開けているやつがいて、すごく迷惑なんだ。世界が不安定になる要素が高まるからね。アドリアンの城の〈知識の塔〉でも同じようなことがあっただろう。未貫通の穴だったから、アニーが世界の境目に落ちた」

「――また術師がかかわってるんでしょうか？」

〈神樹の森〉で見た魔法陣のことを思い出すと、律也は苦い顔にならざるをえない。東條は「うーん」と首をひねる。

「このあいだの一件はアドリアンに恨みをもつ者たちの一派だったけど――本来、術師たちっていうのは、そんなに簡単に結託するものじゃないんだ。己の秘術を研究している一匹狼《おおかみ》タイプが多いからね。協調性なんて欠片《かけら》もない。大義なんてものより、自分の求める魔道が大事。そんな術師たちがかかわる事件が立て続けに起こるなんておかしいんだよ。誰かに依頼されているのだとしても、彼らの流儀だと決して証拠は残さないからね。悪どいことはいくらでもやるが、つねに日陰の存在なんだ。協調性がなさすぎて、術師たちのギルドは大昔に消滅してしまっているくらいだから。それがアドリアンのときも――術師狩りの恨みというのは動機としては充分なんだが、今回の件も続くとなると、どうも引っかかる。目立ちすぎるというか」

あの魔法陣を見たら、首謀者でないにしても術師がかかわっているのは明らかだ。

「オオカミ族の事件は――前の件の術師たちと関係あるんですか？　でも、あのときの術師たちは皆自害したって」

「そう。アドリアンにどうせ処刑されるから自害したと推測されている。やつにどんな拷問《ごうもん》にかけられるかわからないから――個人的におそろしいと思う気持ちは非常によく理解できるんだが、これも術師らしくないといえば、らしくない。だが、今回の件と関係があるとしたら、前回の動機が成り立たなくなってしまうから難しいところだね」

そうだ、もし前回の残党がいたとしても、今回はアドリアンはまったく関与していない。〈神樹の森〉では魔法陣が浮きでたところの草が枯れていた。オオカミ族の男が突然出現したことからも、あそこに〈空間の穴〉があけられていたということなのだろうか。なぜ、草が枯れる？

「〈空間の穴〉って――つくられた場所の草木を枯らしますか？　薔薇も？」

「僕もその関連性を調べていたけど、どうもはっきりしない。ただこちらの薔薇や草木は単純な植物とは違う。エナジーとなる精気がたっぷりと宿ったものだ。それが枯れるというのはね……。普通に〈空間の穴〉をつくって道を通じさせるだけじゃ、その場の草木は枯れたりしないんだよ」

単純に〈空間の穴〉のせいで枯れたわけではないのか。振り出しに戻ってしまって、律也はためいきをつく。

「狩人――聞きたいことがあるんだが」

いままで黙って話を聞いていた櫂がおもむろに切りだした。東條は「おや」と目を見開く。

「あらたまって珍しい。僕に答えられることなら、なんなりと」

「では遠慮なく――妖精王の卵が孵《かえ》らないということはあるのか？　もし、孵らない場合、なにが起きる？」

櫂が静かな口調でたずねると、東條はおどけたような笑顔を消して、食い入るように目を輝かせた。

一方、律也はいままで枯れた薔薇や〈空間の穴〉について話していたのに、どうしていきなり櫂が妖精王の卵の件をいいだしたのかわからなかった。

「それは面白い仮定だ。どうしてきみがそんなことを聞くのかまず知りたいが……〈グラ〉の長《おさ》になにか頼まれたのかい？」

「いや。ただもし卵が孵らなかったとき、狩人がなんらかの対策をとるのか知りたかっただけだ」

「それは残念ながら僕の知るところではない。卵はもう五百年も卵のままだ。僕もひょっとしたら〈グラ〉の長が食ってしまって、孵らないんじゃないかと疑ったことはあるが……」

「食われてはいない。先日、〈神樹の森〉で卵を見た。中身がどうなっているかはわからないが、少なくともなにかが生きている」

東條は「ふむ」と腕を組んで、櫂の顔色をさぐるように見た。

「ほんとに食べられてないかい？　ちょっと齧《かじ》られたりしてなかった？」

「じっくり見てきたが、疵《きず》ひとつなかったよ。それに、ユーシスは卵を大事にしてる。狂王ではない」

話の流れがまったくつかめない。櫂が「卵が孵らない」といいだしたのはいいとしても、なぜ「食べる」話になっているのか。

「ちょっと待って……。妖精王の卵の話はわかるんだけど——なんで食うとか食われてないって議論してるんだ？」

「律也くん、滞在してて知らないのか？　〈グラ〉の氏族は悪食《あくじき》で有名なんだよ」

「それは知ってるけど、ヴァンパイアにしては珍しく好んでものを食べるってだけだろ？」

「そのとおり、食べるんだ。大昔には妖精族を食べてたともいわれてる。だから、ちょっと良くない噂《うわさ》が流れてたりするんだよ。今回の妖精王の卵が五百年をすぎてもなかなか孵らないのは、食べたからなんじゃないかって」

「――妖精を……食べる？」

　衝撃の事実に、律也はさすがに絶句して青くなった。櫂がためいきをついて律也の頭をぽんと叩《たた》く。

「律――あくまで噂だし、食うというのも大昔の伝承だよ。それこそ〈グラ〉の始祖が下りてきた当初、遥《はる》か古代の話だ。昔話で鬼がひとを食っていた、と同じレベルだよ。〈グラ〉のヴァンパイアに妖精の血がまじったのは、契ったのではなく、食ったからだとね。いまの〈グラ〉に妖精を食べる習慣はない。……律が気味悪がって食欲がなくなると困るから黙ってたんだが」

　いくら櫂がフォローしてくれても、律也はなかなかショックが消えなかった。夜の種族の妖精事情はやっぱりハードだ。人界で語られているお伽話《とぎばなし》とは違う。

「律也様は繊細なところがおありですからね」

　レイがしみじみといったが、律也にしてみればどうして皆が平気な顔をして「食った」「食わない」と議論しているのかが理解不能だった。

「ほんとに伝承だけなの？」

「いまの〈グラ〉の氏族が、どれほど妖精と仲良しなのか知っているだろう？　あれが食べているように見えるか？　でも妖精の言葉は〈グラ〉にしかわからないし、ヴァンパイア世界では妖精の存在の成り立ちそのものが謎《なぞ》で憶測《おくそく》を呼ぶんだ」

「そうか……そうだよね。ユーシスにあんなに妖精たちはなついてるんだから」

耀の説明でいったん心が落ち着いたものの、東條がまた余計な話をしてくれた。

「時々、先祖返りで真の悪食が生まれるのは事実だけどね。ユーシスの前の長は妖精王を食おうとした狂王として有名だったんだよ」

狂王――先ほど耀がユーシスを「狂王ではない」といったのはそのせいか。

「……ほんとうですか、それ？」

「そう。だから当時、先代を倒して代替わりさせたユーシスは英雄だった。妖精王が卵になる少し前だから五百年以上昔になるのかな」

「でも、妖精は……怒ると、ヴァンパイアに致命的な鱗粉《りんぷん》をだすって……聞いたけど。そんなことされたら、まずは妖精たちが一致団結して攻撃するんじゃないんですか」

「普通のヴァンパイアはね。ただ〈グラ〉の始祖の血筋には効かないんだ。つまり長と、次代の始祖候補の強いヴァンパイアたちにはその鱗粉は怖くない。だけど、その他大勢の仕えるものたちのヴァンパイアにとっては致命的だ。だから、いくら自分たちが大丈夫でも、民のために妖精には喧嘩《けんか》を売らないっていうのが〈グラ〉の長だったわけだけど——先代は違った。狂王と呼ばれる所以《ゆえん》だよ」

東條によると、先代の〈グラ〉の長は妖精に限らず人間、そして他氏族のヴァンパイアさえ攫《さら》ってきて食べていた——といわれているのだという。

「先代の件は、〈グラ〉と〈スペルビア〉が友好関係を結んだきっかけだ。ユーシスは悪食の長を一騎打ちで倒したんだが、彼に仕えていたヴァンパイアたちの抵抗が激しくてね。ユーシスについているヴァンパイアがまだ少なかったから、〈スペルビア〉のカインが鎮圧に協力したんだよ。そして〈グラ〉のユーシスは〈スペルビア〉に永久的な友好関係を誓った。当時、七氏族は互いに反目しあってたんだから、歴史的瞬間だよ」

東條があまりにもよどみなく五百年前の事情を語るので、いったいどこからそんな知識を仕入れてくるのかと思ってたずねたら、「アドリアンの〈知識の塔〉。あそこはほんとになんでも文献がそろってる」との回答だった。

「他氏族がそういう諍《いさか》いに干渉することってあるんですか」

「普通はないね。だから、カインが動いて、〈グラ〉と友好関係を結んだとき、当時のヴァンパイア世界は動揺したと思うよ。カインがこのまま次々と他氏族の内政に干渉して、七氏族の統一を図るんじゃないかと騒ぎになったんじゃないかな。まあ、大昔のことだから、想像するしかないけど」

「――周りが騒いだだけで、カイン様にその気はなかった。〈グラ〉は妖精が絡んでくるから助力しただけだ。扱いが面倒くさいからな」

レイが口を挟むと、東條は「おお」と唸った。

「きみ、まさか当事者なのか。ドSくん、長生きだな。人生に飽きないか」

レイはちらりと東條を睨んだものの、櫂が同席しているからか、なにも物騒なことはいいかえさなかった。

「レイ……ひとつ訊《き》きたいんだけど、このあいだユーシスが苦手だっていってたよね。あれって〈グラ〉の氏族が妖精を食べたって伝承があるから？」

質問してしまってから、律也は妖精たちが置物のように応接室の飾り棚のうえに座っているのに気づいた。しかし、妖精たちは内容がわかっているのかわかってないのかニコニコと愛らしい笑顔を見せている。

「まさか。わたしがユーシス様を苦手なのは――あの方の立ち位置がヴァンパイアではなく、妖精そのものだからです。嫌いなわけではないですが、正直得体が知れない。〈グラ〉との友好関係は大切ですが……。〈グラ〉は妖精を従えているというより、妖精に支配された氏族だと考えています」

櫂が苦笑しながら「レイは正直すぎる」と呟く。レイはすぐに「申し訳ありません。あくまで私見です」といいそえた。

妖精に支配された氏族――。

「櫂は……なんでさっき、いきなり卵のことをたずねたの？　あれが薔薇の枯れた件やオオカミ族の件と関係あるのか？」

律也はそもそもの疑問を呈した。いまのところ〈神樹の森〉で狼が突如現れて亡くなったとはいえ、直接妖精王の卵にはなにも関係ないように思える。

「まだよくわからない。関係ないのかもしれない。だけど、ユーシスは俺に卵を見せた。本来は〈グラ〉の氏族しか見られないものを――カインにも見せたといいわけしていたけど」

「卵を見せたら……なにか問題あるの？　友好関係の証だとか思ってるだけじゃないのか」

「そうかもしれない。だけど、そうだとしても、友好の絆《きずな》をさらに深めたいという意思が込められてるということになるだろう？　普段しない行動を起こすのには、必ず意味があるんだ。その意味が――友好なのかどうか、現段階では正しくつかめないが」

正直なところ、卵を見せてくれたのは好意の表れだと思っていたので、律也は櫂のように深く洞察していなかった。〈グラ〉は友好関係にある氏族だから気を許しているのだと思っていたら、櫂はユーシスの一挙一動を実に細かく観察して分析しているのだ。

律也の膝で丸まっていたアニーがむくりと起き上がって、突然いいはなった。

『そのとおりだ。〈グラ〉は食べ物がうまくていい土地だが、薔薇があんなふうに枯れているのに、他所《よそ》の氏族の訪問を受け入れるのは変だ。現場を見たら、あれはどう見ても植物の病気ではないし、なんらかの脅威ととらえるべきなのに、わざわざ他氏族の視察を受け入れてる。普通だったら原因を突き止めるまで秘密にしていてもおかしくない。対応がちぐはぐすぎる。そしてあの卵――たしかに妖精王の卵だが、五百年をすぎても孵らないのはおかしい』

一気にしゃべりまくると、それで今日の語り部の石の精霊としての仕事は終わったとばかりに再び膝のうえに寝そべる。

櫂は苦笑してから考え込むように呟く。

「――そうだな。ユーシスはたぶんなにか隠している」

そう断言するのを、飾り棚の上の妖精がどこか心配そうに聞いていた。

〈グラ〉にどんな秘密があるというのか――。

出城に滞在したあと、律也たちは〈グラ〉の中央の城に戻った。

翌日には慎司たちのオオカミ族一行が遺体の確認のために到着して、〈神樹の森〉に突然現れて亡くなった男は問題を起こしたとされる樋渡だと判明した。

樋渡の群れの者たちは遺体をオオカミ族の居住地に運ぶためにすぐに城を発《た》ったが、慎司は残った。

〈グラ〉の城は〈スペルビア〉よりもヴァンパイアたちが冷ややかにとりすましてないし、妖精たちがそこらじゅうに飛び回っていたりするので、慎司は居心地がよさそうだった。櫂やレイには気軽に近づかないのに、妖精も慎司の周りにはたくさん寄ってくる。

『慎司、ゆっくりくつろいで長居するといい。ここはいいところだぞ』

翌日になってサロンでお茶を飲んでいるとき、アニーはさも自分が城の主のような口をきいた。慎司が笑顔で「そうだな、食べ物もうまいしな」と答えたので、律也は〈グラ〉の氏族がかつて妖精を食べていたという恐ろしい伝承がある——ということは死んでも教えないであげようと決めた。

しかし、行方不明者のマンションにヴァンパイアがいた形跡があったことは、いまさら隠すとややこしくなるので事実を告げるしかなかった。

「そうか……やっぱり……」

意外なことに慎司は驚かなかった。まるで知っていたようなくちぶりに、律也は拍子抜けした。ずっと慎司に黙っていたことに気が咎《とが》めていたのに。

「実は——樋渡の部屋にもヴァンパイアの気配があったんだ。強烈な薔薇の残り香が……りっちゃんには黙ってたけど。前に話したとき、俺は『ほかにも気になる要素がある』っていったろ」

慎司が「まだ調査段階だから」と言葉を濁していたことを思い出す。

「あれはそのことだったの？」

「あのときは事情がよくわからなかったから、ヴァンパイアが絡んでるかもしれないとはいえなくてさ。どうやら樋渡はヴァンパイアとつきあってたらしいんだよな。……そのことを群れの連中が表沙汰《おもてざた》にしたくなくて」

「つきあってた――ってオオカミ族とヴァンパイアなのに？」

「仲良くないと思われてるけど、ヴァンパイアの見てくれに惹《ひ》かれるオオカミ族もいるんだ。とくに若い連中は――ほら、俺なんかはただの気障《きざ》な野郎たちだと思うけど、やつら独特のすました雰囲気とか、あとは階級制度とか……オオカミ族にはないものだから、新鮮で憧《あこが》れるのかもしれない」

そういえば以前、オオカミ族の街に滞在したとき、宿屋の息子がレイやフランに好意的に話しかけていたのを思い出す。その後、レイは息子と関係をもっていたようだから、慎司の説明も納得だった。

「もちろんオオカミ族のあいだでは歓迎されないんだよ。物珍しい餌《えさ》にされてるだけだからな。だから、秘密にしてつきあってるのがほとんどなんだ。りっちゃんは遺体をよく見てないだろうけど、樋渡の首にはヴァンパイアの嚙《か》み傷があった。……馬鹿だよ、自業自得だ」

つまり樋渡がおかしくなったのも、人間を攫っていたのも、ヴァンパイアが関与しているのだろうか。マンションで薔薇の残り香を嗅《か》いだときから危惧していたことが気にかかる。

「……慎ちゃん、今回の件、オオカミ族とヴァンパイアの関係が悪くなったりする？」

「いや……そこまではいかないだろう。事実関係がよくわからないし、なによりもこれがどこかの氏族が組織立って仕組んだことなら、怒りの感情も向きやすいけど、明確な敵がわからない。個人的な関係でだまされたのなら、さっきもいったように自業自得としかいえないしな。それに——」

慎司は苦笑しながら頭を掻く。

「こうやってヴァンパイアの城に滞在させてもらってお茶飲みながらじゃ、俺も文句をいいにくいよ。おまけに、最愛の甥《おい》っ子はヴァンパイアの伴侶《はんりょ》だからな。あっちこっちに気遣いして大変だ」

「ご、ごめん……」

「馬鹿《ばか》。りっちゃんが謝ることじゃないって」

くしゃっと頭をなでられて、律也は心のなかで「ごめん」ともう一度詫びる。慎司は冗談めかしていっているが、複雑な立場なのは事実だろう。

「——ところで、樋渡の件に直接関係あるかどうかもわからないんだけど、俺も独自に調べててちょっと気になることがあったんだ。樋渡がヴァンパイアとつきあっていて、たとえば妙な麻薬を与えられて、人間を無節操に攫ってきていたと仮定する。そこで犯人が誰だかはおいておいて、疑問点をあえてふたつに絞る。妙な麻薬っていうのはなんのか、そして人間を攫わせてなにをするつもりだったのか」

慎司はテーブルの上のシュガーポットを開けて、角砂糖をひとつつまんでみせた。まずはこれが麻薬だというように。

「麻薬の件は、オオカミ族の裏のマーケットで、最近やけに純度の高いあやしげなものが出回っていて、それはヴァンパイアが秘密裏に流してきたものだって噂があるんだ。その出元がこの〈グラ〉じゃないかって。〈神樹の森〉では幻覚成分のある不思議な植物がとれるだろう？　もともと妖精の秘蔵酒なんかは――こいつは表できちんと高価な品として出回ってるものだけど、〈グラ〉はそういった酒や薬なんかを売って、結構金貨を稼いでて金持ちな氏族だって有名だからな。裏にも妙なものを流しはじめたんじゃないかって」

妖精の秘蔵酒と聞いて、律也は自然と頰《ほお》が赤らんだ。慎司が目ざとく気づいて、「新婚さんだから覚えがあるのかな？」とからかってくるのに、「違うよ」といいかえすのが精一杯だった。

「……つまり新種の麻薬を裏で売ってたってこと？」

「そういう金儲《かねもう》けが絡んでるのかもな。樋渡は〈神樹の森〉に突然現れたんだろう？　悪者のヴァンパイアと組んで、こっそり麻薬の植物を持ちだしていたのかもしれない。変な麻薬をやらされたせいで樋渡自身もボロボロになって、結局ヴァンパイアと揉《も》めて死んだ……」

〈神樹の森〉に自由に出入りできるように〈空間の穴〉をつくっていた？　植物をもちだすために？　樋渡は櫂を見て、「裏切ったな」といった。あれはヴァンパイアに裏切られたということを伝えたかったのか。大筋は矛盾せずに合う。

「人間を攫った目的は？」

「——それはわからん。人間の競り市があると都市伝説みたいに聞いたことはあるけど……オオカミ族がいくら噂話好きでもさすがになあ……ヴァンパイアでも〈閉ざされた氏族〉ってのがいるだろう？　やつらは契約せずに人間を攫ってくるとは聞くが、実態はそれこそ外部との接触がないからわからないしな」

律也もその話はよく聞くが、実情は摑めていないのだった。〈スペルビア〉は人界に多くの契約者をつくっているし、いままでかかわった氏族——アドリアンの〈ルクスリア〉なども同じタイプの氏族だ。ヴァンパイアは血生臭いことをするとはいえ、独自の美学があって自分たちのルールは遵守《じゅんしゅ》するから、人間も契約して連れてくるのが当然の風潮になっている。もっともそう感じるのは、律也がプライドの高い上位の貴種に多く接しているせいもあるのだろう。実際はかなり残酷な事例も存在する。

かつて〈浄化者〉のクリストフがヴァンパイア嫌いになったように……。

『——食べるのかもな』

ふいにアニーが無邪気に声をあげたので、律也は紅茶のカップを落としそうになった。

「食べる？　なにが？」

慎司が身を乗りだすのを見て、律也はあわてて『なにがって……ひとを攫う……理由』といいかけるアニーの口を必死に塞《ふさ》ぐ。アニーはうめいて、心話で不満を訴えてくる。

（なんだ、なにするんだ。素晴らしい推理を披露してやったのに）

（慎ちゃんは俺の身内だから、俺と同じように健康的でデリケートなんだ。ショックを与えるのはやめてくれ。ごはんが食べられなくなるじゃないか。アニーは慎ちゃんの落ち込む姿見たくないだろ）

最後の一言で日頃から慎司びいきのアニーは納得したらしく、「そうか、それはいやだ」と引き下がった。

「なんだよ？　ふたりでこそこそと話して感じ悪いな。俺も混ぜてくれよ」

屈託のない笑顔を見せる慎司を前にして、律也とアニーは顔を見合わせて「駄目、内緒」と声をそろえた。

ひきつった笑いを浮かべている律也の肩に、どこからか妖精が飛んできて、肩に乗って何事かを訴える。

通訳を頼むと、アニーは律也の膝のうえから妖精を見上げながら「ふむふむ」と頷いた。

『「食べたりしない。ユーシスは違う。もっと悪いヴァンパイアいる」――だとさ』

ユーシスが悪くいわれているのだと思って、妖精は必死に弁明しているようだった。律也だってユーシスが悪者だとは思っていない。でも櫂がいうようになにかを隠しているかもしれないとは思うのだ。

でも、いったいなにを——？

アニーはゆっくりしていけといったが、慎司はその二日後には〈グラ〉の城を発っていった。やはり事件が気になるし、ヴァンパイアの土地にそう長居はできないのだろう。

見送りに出て、律也が城門から戻ってきたところ、中庭でユーシスに出会った。

「オオカミ族の叔父《おじ》上は帰ったのかな。きみたちと一緒にしばらく滞在するかと思っていたけれど……。狩人の友人がいるというし、きみの周囲はバラエティに富んでていいね」

ユーシスが東條を知っているのに驚いたが、出城で彼を招いて話をしていたのだから当然部下から報告されているのだと気づく。

「この城は居心地がよくて楽しんでたみたいですけど、やっぱり時期が時期ですので……」

「そうだね。あの狼には気の毒なことをした」

現実離れしていて妖精のように美しいユーシスだが、いささか疲れているように見えた。

狼が痛ましいからだろうか、それとも〈神樹の森〉が荒らされたのを嘆いているのか。

「これから〈神樹の森〉に行くんだが、きみも一緒にどう？　散歩がてら」

現在、〈神樹の森〉は〈グラ〉の氏族たちが枯れた一帯について、そして櫂の部下たちが麻薬の植物の件を共同で調査している。行方不明者や樋渡本人の部屋にヴァンパイアの気配があったことを伝えると、ユーシスは麻薬の件についてできるだけ協力してくれるといった。樋渡の遺体の検査結果から、どういう系統の薬かも調査中らしい。

（――ユーシスはなにか隠している）

櫂のあの台詞を聞いてから、律也はもう一度あらためて妖精王の卵を見てみたいと思っていた。ユーシスとふたりきりで行動してもいいのだろうかと一瞬迷ったが、いま〈神樹の森〉には調査のために多くの者が出入りしているから、もしなにかあっても心配はない。

「……はい。ぜひご一緒させてください」

並んで歩きだしてから、ユーシスはおかしそうに笑った。

「そんな警戒しなくてもいい。ほんとに散歩したいだけだよ。あえていえば、ふたつ下心がある。ひとつは、〈神樹の森〉では僕は役立たずなので、ちょっとした護衛をしてもらおうと思ってね」

「俺が護衛ですか……？」

「もしなにかあったら、語り部の石の精霊が守ってくれるだろう？」

ユーシスは律也の胸もとのペンダントの石を指さす。アニーは慎司が滞在していたあいだ、我が物顔で城を案内していたので疲れたらしく、先ほど慎司の見送りが終わると同時に石のなかに引っ込んでしまったのだ。

それにしてもまた心を読まれてしまったらしい。

「……俺はそんなにわかりやすいですか？　単純ってことですか」

「気に入らない？　このあいだもいったようにほんの表層の考えが伝わってくるだけだよ。そんなに悪いことじゃない。単純というと言葉が悪いけれども……そうだな、心を絵に例えると、見えて美しい絵と、見えた瞬間に目をそむけたくなる絵がある。きみは前者なんだよ。ずっと見ていられるからこそ、読みやすいというか」

アドリアンほど芝居がかった口調ではないが、ユーシスも口がうまい。だが、褒めてくれているみたいなのに、含みがあるように感じてしまうのはなぜだろう。

「きみの友人の狩人も――だから、きみと仲がいいんだと思うよ。見えてしまって苦痛なもののそばにはいられないだろう。彼らもひとの心を読もうと思えば読めるようだから。そのせいか年長の狩人は心そのものの機能を停止してしまっているみたいなところがある。すべてが見える目で心豊かでいるのは難しいのかもしれないね」

そう語るユーシスの横顔が初めて老いたものに見えた。遠くに想いを馳《は》せるような目は誰を思い描いているのだろう。ほとんど個人の意識というものをもたなくなったカインだろうか、それとも……。

「ところで律也――櫂が今回の調査にあたって、〈ルクスリア〉のアドリアンの城で起こった事件を話してくれたんだが……術師が関係していたとか。先日の件も魔法陣が見えたから、術師がらみかもしれない」

律也も今回の件に術師が絡んでいるのは間違いないとみている。気になるのは東條が術師は本来そんなに結託するタイプではないといっていたことだ。

「あのときはアドリアン様の側近が〈変異の術〉で、術師たちの傀儡《くぐつ》に仕立てあげられていたんです」

「側近が術師に操られていると、周りの者はまったく気づかなかった?」

「なんでも高度な術みたいで……ヴァンパイアにわかる匂いや力のオーラなどは本人なのに、中身が術師の意図したままに動く人形のように変えられていたそうです。もともとは間者が違う氏族に紛れ込むために匂いやオーラを変える術だったと聞いたけど、その改良版だって」

「なるほど……ヴァンパイアの目には気づきにくいのか。側近でもわからないとは……」

なにやら考え込む様子を見ていると、ユーシスはアドリアンの城の事件にだいぶ興味があるようだった。術師がらみと聞いて、心あたりでもあるのだろうか。

「〈グラ〉にも術師はいるんですよね?」

「〈グラ〉の術師は妖精たちがいる土地柄のせいか、どちらかというと光の術師だけどね。

もちろん闇の術師もいる。厳密に分かれてるわけではなくて、たいていは仕事によって術を使い分けるんだがね。かつて〈ルクスリア〉の術師狩りにあったのは、闇の術が得意な者たちだろう。僕のところも城のお抱え術師が何人かいるが……一番優秀な者がいまはいないので、例の魔法陣の調査は櫂が手配してくれた術師に頼ってる状態だ」

一番優秀な者がいない――というのはひっかかった。

「行方不明なんですか？」

「いや、そうではないよ。主《あるじ》を替えられただけだ。ノラという者なんだが、若い始祖候補にいまは仕えていると聞いている。僕が妖精と遊んでばかりいるから愛想をつかされたらしい。老いた主だと向学心に燃える若者をつなぎとめるのは一苦労でね」

ヴァンパイアの世界では仕える主を替えるのは珍しいことではない。レイもかつてはカインの側近だった。

そういえばユーシスはいつもひとりでいて、側近らしい者がいないなと気づく。仕えている者はたくさんいるが、たとえば櫂にとってのレイ、ラルフのところのナジルのように、長につねに付き従っている高位のヴァンパイア――〈一の者〉がいないのだ。

しかし、〈グラ〉はほかの氏族とはかなり異なった点があるし、妖精の祝福がある土地だからまた事情が違うのかもしれなかった。寄り添う側近はいなくとも、ユーシスの肩にはいつでも妖精がいる。

〈神樹の森〉に辿《たど》り着くと、明るい陽光のもとで見る森も違った味わいで美しく、神秘的で清涼な空気が流れていた。

森のなかの道を歩き、オオカミ族の男が現れた木立ちの奥まで行ったところ、幾人かのヴァンパイアたちがいた。

ユーシスにことわって様子を見に行くと、不思議なことに枯れた草木が消えていた。場所を間違えたかと考えたが、術師らしいマント装束に身をつつんでいる者たちが一緒に検証していることからも現場に相違ない。

「あの……草は？　真っ黒になってたと思うんですけど」

「〈神樹の森〉は特別だからね。本来はここの植物が枯れるなんてありえないんだ。森が浄化して自然に再生させたのか、狼が見つかった翌日の朝には元通りになっていたよ。僕が先日妙な気の乱れに気づいたのは偶然で、以前から同じような状態になっていたんだろうね。そのたびに森が自然に修復していた」

なんとも不思議な森だった。妖精たちが生まれる場所なのだから、さもありなんという気もするが。

「……あの枯れた薔薇の一帯は……」

「あそこが枯れた原因もここと同じかもしれない。ただあの大地に、この〈神樹の森〉と同じ力がないからね」

現場から森の道に戻って、律也たちは卵の元へと向かう。調査している者たちと離れてしまうと、森は普段と変わらない静けさにつつまれていた。たとえ〈空間の穴〉が開けられて、草木が枯れて、何者かが侵入しようとも、この森は自浄してしまうのか。

「妖精たちは森の異変についてユーシス様に訴えてこないんですか？　もし以前にも枯れた場所があったなら、妖精は気づいてるんじゃないでしょうか」

「――きみはペットの猫や虫籠《むしかご》のカブトムシに自分の悩みを打ち明ける？」

「は？」

突拍子もない問いかけに、律也は目を丸くする。

「どういう意味ですか」

「たとえどんなに可愛がっていても、猫やカブトムシに悩みを相談したりしないだろう？『僕も大変なんだよ』と独り言のようにぼやくことはあっても、彼らに具体的な解決策を求めたりはしない」

どっちが猫やカブトムシなのだろうと一瞬頭を悩ませたところ、ユーシスはすぐに反応した。

「決まってる。僕が猫かカブトムシの立場だよ。妖精が僕を見る目は実際そんなものじゃないかな。どういったらいいのか……たまたま〈グラ〉は妖精と縁があるけど、彼らにとって僕らは異質な存在だ。僕らからしても、あの妖精王の卵を見たって、同じ次元の生きものとは思えないだろう。だから仲良く会話しているようで、実は意思が通じてるわけじゃない」

あれほど妖精たちと戯れているのに、ユーシスが意外にシニカルな考えなのに驚いた。

そうだろうか。先日妖精のひとりは律也たちの会話を聞いて、「ユーシスは食べない」と必死に訴えてきたのだ。妖精は相手をべつの存在として割り切ってなんかいない、少なくともユーシスのことは心配している。

しかし、それを告げるとしたら、「卵の捕食疑惑」をかけていたことを知られてしまうので躊躇《ためら》われた。

すでにその件も筒抜けなのか、ユーシスが「ふ……」とおかしそうな笑いを漏らした。

「きみを散策に誘ったふたつ目の下心をまだ教えてなかったね。森が喜ぶからだよ。〈浄化者〉の気は歓迎されるから。〈神樹の森〉に自浄作用があるとはいえ、今回みたいなことがあると森も疲れているだろう」

たしかに〈神樹の森〉に入ると、自ら望まなくても特別濃い青い気を発しているように感じる。気がつくと、青いオーラのような光が広がっていて、森の樹木が風もないのにざわめく。楽しげに笑っているかのごとく。

「……〈浄化者〉というのはすごいね。きみが毎日散歩してくれたら、森はうれしくてたまらないだろう。きみを伴侶にできた罹が羨《うらや》ましい。気苦労も多そうだけど」

またただ——と思う。褒めてくれているわりには、ユーシスの言葉は妙に引っかかる。

「気苦労って――俺が未熟者で迷惑をかけているから……ですか？」

「まさか。そんなことをいってるんじゃない。きみに想いを寄せている男が多そうだからだよ。あれじゃ心配で、櫂も気が休まるひまがないだろう。先ほど帰ったオオカミ族の叔父上も、友人の狩人も、かつてはきみに伴侶になってほしいといったんだろう？　狩人なんて、本来伴侶をもつなんて概念はないはずなのにね。おまけに美形の精霊までなついてる。僕が櫂の立場だったら、嫉妬《しっと》でおかしくなってるかもしれない。きみを取り合った男たちがつねにそばにいるんだからね」

律也が櫂の伴侶になった経緯は、どうやらヴァンパイアの世界では有名らしい。しかし、律也本人にはいまいちピンとこない。

「そういわれると、俺がすごくモテていたみたいだけど、違うんですよ。あのときは――俺のもつ気が特別だってわかって周囲が驚いて……だから、たとえば俺を恋愛って意味で好きなのとは異なるんじゃないかと思うんです。取り合いになったわけじゃなくて、みんな理解して引き下がったというか」

「違うよ。きみが取り合いをさせなかったんだろう？　きみの頭のなかには国枝櫂しかいないから、周りはそうせざるをえなかっただけだ。強引に攫っても、きみを悲しませるだけだからね。僕なら無理矢理に奪うところだが……きみの周りの者たちはやさしいね。櫂にしても、たとえきみの叔父上や友人に嫉妬したとしても、彼らがきみにとって大切なひとたちだとわかってるから、その関係を邪魔したりはしないんだろう。どんなにきみを独占したいと思ってもね」

ユーシスが意外にも深いところまで踏み込んでくるのに驚いた。なぜそこまで律也に関心をもっているのか。

律也の頭のなかには耀しかいない――それはそのとおりだった。慎司も東條もそれぞれ魅力的だが、律也はただ耀しか選べない。

(耀、いいにおい)

そういってしがみついていた子どもの頃から――耀のいうとおり、これは「刷り込み」なのだろうか。でも、耀はそれでもかまわない、律也をあきらめないといってくれた。だから、律也も耀のそばを離れる気はないのだ。

耀もかつては律也を誰にも見せずに閉じ込めておきたいと発言したこともあるし、つい先日もアドリアンやユーシスに会わせるのは気が気ではないといっていた。最初の頃は慎司との仲ももっと険悪だった。だけど、ユーシスがいうように律也を大事にしてくれるから、いまのように柔軟に対応してくれるようになったのだ。

先日、耀は律也が子どもの頃と同じような想いしかもってないのではないかといっていたが、そんなことはない。再会してからのあいだに、耀自身もこれほど変化しているのだ。だから、そばにいる律也も当時のままではありえない。耀が律也の意志を尊重して見守ってくれていることに感謝して――それに応えたいと願っている。

いま一度、しみじみと櫂への想いを噛みしめていると、ユーシスがこちらをじっと見ているのに気づいた。すっかり自分の世界に入って考え込んでいたので、律也は猛烈に恥ずかしくなった。

「――あ、あのユーシス様は、俺と櫂のことをよく見てるんですね。伴侶になったときの経緯を知ってるなんて」

「いっただろう？　櫂が〈浄化者〉の伴侶を得たときから、僕はものすごくきみに興味があったんだよ」

すべてを見透かすような目――まさか先ほど櫂について考えていたことは知られてないよなと内心焦っていたところ、ユーシスが唇の端をあげた。

「きみはほんとにかわいいね」

やはり読まれていたのかと、律也は冷や汗をかく。

「見ていて飽きないよ。きみは〈スペルビア〉よりも妖精がいる〈グラ〉で暮らしたほうが似合っていそうだ。だから……いまからでも遅くない。律也、僕の伴侶になる気はない？」

「――」

あまりにもさらりといわれたので、一瞬意味がつかめなかった。啞然《あぜん》としていると、ユーシスが微笑《ほほえ》む。

「〈グラ〉にこないかといってる。ここならきみは毎日美味《おい》しいものを山ほど食べられるし、妖精たちも歓迎してくれる。性格的にも能力的にも、クールな〈スペルビア〉の氏族とは相性が悪そうだ。〈神樹の森〉のあるグラの地が、〈浄化者〉としてのきみの居場所には相応《ふさわ》しいと思うんだ」

「——無理です」

きっぱり断ると、ユーシスは苦笑する。

「即答でふられたか」

「だって……だいたいユーシス様はそんな気持ちは欠片もないじゃないですか。もしそうだったら、さっきみたいに俺の気持ちを再確認させるようなことをいわないはずです。慎ちゃんたちや……なによりも櫂を大切に思ってること——どうせ伝わってるんでしょう？」

「あれが逆効果だったか。失敗した。口説くのも下手《へた》になったかな。年はとりたくないものだ」

おどけたような台詞でしめくくるところからして、本気の誘いではないのは明白だった。

なぜ律也に伴侶にならないかなどというのか。わざわざ口にだすからには、きっと意味があるのだ——。

「ユーシス様はどうして櫂と俺の関係をそんなに気にするんですか。櫂だけじゃなく、慎ちゃんや東條さんのことまで」

他氏族の長は――アドリアンにしてもラルフにしても、みな好意的に接してくれたが、ここまで律也本人に関して突っ込んだ話をされたことはない。

「きみが気になるから」

もしも〈浄化者〉として欲しいのなら、もっと即物的な欲望が伝わってきてもいいはずだ。律也も櫂の庇護《ひご》がなければ、ヴァンパイアたちが自分を上等の生肉のように見るのは知っている。

「きみと話せば話すほど、やっぱり夜の種族の世界に向いてるとは思えない。きみは――ヴァンパイアの伴侶の契約を破ろうと思ったことはない？　ひととしての生を取り戻したいと考えたことはないだろうか」

「…………」

意表を突かれたせいで、すぐに返答ができなかった。夜の種族の世界にきてから、その質問をされたのは初めてだった。

「どうしてユーシス様がそれを気にするんですか」

「純粋に興味があるんだよ。でも、きみはまったく考えたことがないって顔をしてるね。それなら気にしなくてもいいんだ」

櫂についてきたことは後悔してない。でも、ヴァンパイアの契約を破る者もいる。現時点では推測でしかないが、律也の母もそうだったかもしれないと祖母はいっていた……。

それにしても、ユーシスはなぜこんな質問をするのか。

「――きみはこの世界を壊すかもしれない」

心のなかの問いかけに応えるようにユーシスが呟いた。

「……どういう意味ですか」

「〈浄化者〉が〈破壊者〉にもなりえるという話は知ってる？　いま、きみの気はあらゆるものを浄化して本来の力を呼び覚まし増幅させる――つまりはプラスの祝福の力だけど、その反対にもなる」

「……知ってます」

「〈浄化者〉はいずれ攻撃の道具としてマイナスの気を使うことを求められる。いや……きみは櫂の伴侶として、自らそれを望むようになるかもしれない。ヴァンパイア世界の争いに身を投じるとなればね。だが、マイナスの力を使うのはすごく難しいんだ。それを間違うと、〈破壊者〉になってしまう。でも――もしも伴侶の契約を破って櫂との絆《きずな》を断ちきれば、少なくともきみは〈破壊者〉となることはない。ヴァンパイアには追われる立場になるだろうけど……でも、櫂はきみを狩るくらいなら、自ら塵になることを選ぶかもしれない」

契約を破ったら、きみの魂と血肉のすべてを狩ってでも食らわなくてはならない――櫂は以前そういっていた。

破壊者とならないために櫂から離れる……？

「意地悪をいったように聞こえるだろうね。だけど……いま、ほんとうにヴァンパイアの世界は大きく動くかもしれないんだよ。もしかしたら、アドリアンの城の件も、この地の薔薇が枯れたことも……その一部なのかもしれない」

「え――？」

ユーシスは今回の件と、アドリアンの城の事件が関係あると考えている？

「残念ながら、まだ推測の域をでなくて、僕にも説明はできないんだが……きみが破壊者になったら、誰よりも櫂が苦しむだろうと思ってね。もちろんきみ自身も――大切に思ってる相手を傷つける凶器になってしまうんだから、その苦痛は計り知れない。だったらいっそのことときみが夜の種族の世界を捨てて人間としての生を取り戻せばいいんじゃないかと――」

途中でわずかに声を詰まらせて、それをごまかすようにユーシスは微笑んだ。

「すまない、年寄りの世迷いごとだと聞き流してくれていい。僕と違って、きみたちが若いことを忘れていた。ただ愛するひとが穢《けが》れて壊れていくのを見るのはつらいものだから」

誰のことをいっているのか。ユーシスはそういうひとを見たことがあるのか。

律也が言葉を返せないでいるうちに、話はいったん打ち切られた。隠された道に入ると、聖域らしく清涼さのなかにも荘厳な雰囲気が辺りを支配する。

ユーシスと律也の訪れを知って、樹木の葉が揺れる。道の突き当たりのひときわ巨大な樹木の洞のなかで妖精王の卵は待っていた。

そう――なぜだか卵を見た瞬間、律也は「待っていた」と感じたのだ。卵がふたりの訪れを楽しみにしていたみたいに。

大木のそばまで行くと、枝についているチューリップを逆さまにしたような不思議なかたちの実が先日よりも大きくなっているのに気づいた。卵と同じように、それの表面にも時折七色の光がうっすらと浮かぶ。成長したぶんだけ皮が薄くなったのか、中になにかいるような影が見えた。

「それは妖精の実だよ。ずいぶん育ってきたから、あとわずかで生まれる」

頭上を見上げていた律也は、ユーシスの説明にぎょっと驚く。

「え？　実？　この木に妖精が成るんですか？　妖精って木から生まれるんですか」

「ただの木じゃない。神樹だから。そうか……このあいだは櫂がいたから、きみも知ってるような気がして説明してなかったね。この樹の霊力を受けて妖精は生まれる。妖精王の卵がここに安置されるのもそのためだ。大地に這《は》った根からも神樹の力を吸収してる」

「これが……」

〈神樹の森〉と名付けられている所以か――と律也はあらためてまじまじと巨木に見入った。

実の表面に時おり浮かびあがる虹《にじ》色の光はやはり〈七色の欠片〉とよく似ている。

ユーシスは先日と同じように卵に挨拶《あいさつ》をしてから、自らの手首を切って血を与えた。

「……今日は調子がいいみたいだね。〈浄化者〉がきてくれると、きみも気分がいいだろう。

少しでも……良くなるといいんだが」

卵をやさしくなでるユーシスを見ていると、まるで愛《いと》しいものを愛撫《あいぶ》でもしているかのようだった。

〈グラ〉の氏族にとって妖精王の卵が大切なのはわかるが、ユーシスの卵への対応はもっと個人的な執着を窺《うかが》わせる。あれこれと語ってくれるわりには本音が見えにくいユーシスの生身の感情がそこにはあるような気がするのだ。

卵への愛情——その事実に嘘《うそ》はないというように。

しかし、卵を大事にしているわりには先ほどのくちぶりでは妖精と根本的には通じあわないと考えているのだから、矛盾している。

「律也。きみもさわってみて」

「いいんですか？」

「正直にいうと、〈浄化者〉の青い気のエネルギーを与えてくれるとうれしいんだ」

律也は卵に近づいてふれてみた。つるりとしていて、なめらかな手触り。ほんのりとあたたかく熱をもっている。

体内からあふれでる気をイメージしてみると、律也のからだはさらに濃い青色のオーラのような光につつまれた。それらが一瞬にして卵へと吸い込まれていく。

ふとユーシスが祈るような表情でこちらを見ているのに気づいた。

なぜ？　五百年経《た》っても孵らない卵——ここに秘密があるのだろうか。

「愛するひとが穢れて壊れていくのを見るのはつらい」とは、どういう意味なのだ？

その疑問を抱《いだ》いた瞬間、卵にふれている手のひらから反対に律也のなかに流れ込んでくる思念のようなものを感じた。

妖精の言葉がわかるものなら、理解できるのだろうか。卵が訴えかけているのはたしかだったので、もどかしい気分にさせられた。卵はユーシスの秘密を知っている……。

「——ありがとう」

ユーシスは律也にお礼をいうと、再び卵に話しかけた。

「また明日くるよ。待っていて」

卵の表面に虹色の輝きがぽわんと浮かんで、ユーシスの言葉に応えるようだった。ユーシスはうれしそうに笑みをこぼす。

まるで卵を恋人みたいに見るんですね——という言葉が喉元まででかかった。黙っていたのは、前回と同じく揶揄《やゆ》するのも憚《はばか》られる雰囲気が漂っていたからだ。

ユーシスに隠しごとがあるとしたら、間違いなく妖精王の卵に関することのように思えた。

愛していたのは妖精王——？　卵になってしまって、なかなか孵らないから辛《つら》いのだろうか？

隠された道から元の森の道へと戻ると、神樹の周辺は聖域なのだとあらためて実感する。

森のなかはどこも清らかだったが、あの隠された道の先だけが別格なのだ。神樹の霊力と妖精王の卵があるからなのか。

「妖精王ってどんな方なんですか。卵になる前は——ユーシス様もお会いしたことがあるんですよね？　あの卵の大きさからすると、普通の妖精たちみたいに小さくはないみたいだけど」

先日レイにたずねてみたら、姿は見たことがないと答えられた。基本的に〈グラ〉の氏族だけが特別で、人前に滅多《めった》に姿を現す存在ではないのだと。

「僕たちと同じサイズの人型だよ。ヴァンパイアの血や屍《しかばね》の塵を食らって受肉してるからね。もちろん神々《こうごう》しいまでに美しい。樹の実から成る妖精たちと、王だけは存在が異なるから」

自身も美貌のヴァンパイアが「美しい」というのだから相当なものなのだろう。もしも会ったら、いくら美形慣れしている自分でも眩《まばゆ》すぎて目がつぶれるかもしれない——と律也は馬鹿なことを考えた。

妖精王は卵のなかで意識があるのだろうか。先ほど思念めいたものが伝わってきたし、ユーシスとは会話をしているのだから生まれ変わるあいだも起きている状態なのか。

どんな感覚なのだろう。五百年もの長い間——ひとりで外の世界を見ることもなく過ごしているなんて。

「……五百年も卵のままだったら、淋《さび》しくならないんですかね。外の状況はわかったりするんでしょうか」

「誰が？」

「妖精王です」

律也が「決まってるでしょう」といった顔で答えると、ユーシスは驚いたように目を瞠《みは》って小さく噴きだした。

「淋しくはないんじゃないかな。神樹とはつながっているし、卵のあいだは妖精を育てる役目もあるからね。彼の理屈でいうと忙しくて外界のことなんてさほど気にしてないと思うよ」

そうだろうか。自分だったらいくらなんでも淋しい……。

それにしてもユーシスは卵を大事にしているのに、なぜこんなに突き放したいいかたをするのか。もし彼が妖精王を愛していたのだとしたら――。

その疑問が伝わったように、ユーシスは複雑な表情を見せた。そして「きみはなにもわかっていない」とためいきをつく。

「律也――昔話をしようか。きみみたいに妖精も自分と同じように感じて、意思が通じると考えていたある男がいるんだ。いくら違う存在のように見えても、想いを通わせることは可能で、感じる心は一緒だとね」

「ある男」とはユーシス自身なのだろう。他者のように語るのはなぜなのか。

「その男は始祖候補の血筋に生まれたけど争いごとは好きじゃなくて、毎日野原を散策しては妖精たちと戯れていた。始祖の血筋だったから、覚醒《かくせい》したときから城持ちだったけれど、誰も彼が次の始祖になるとは期待しなかったんだろうね——仕えてくれるヴァンパイアも少なくて……それでもまったく気にしなかった。〈グラ〉の氏族は妖精の血が混ざっていると いうが、自分はきっとヴァンパイアというよりも妖精に近いんだと男は考えていたよ。自由に飛び回って、いつでも楽しそうな妖精たち——生まれ変わるなら、今度は彼らのようになりたいと思った。気楽なものだったよ。……長が所有している妖精王に出会うまでは」

「長が所有……？　妖精王を？」

所有という言葉は妖精にふわさしくない気がした。眉《まゆ》をひそめる律也に対して、ユーシスは「そう」と微笑む。

「代々、〈グラ〉の氏族の長のものだったんだよ。妖精王、その卵についての真実は、長になったものしかわからない。妖精王は地上の穢れがたまると、新しい血肉を得て生まれ変わるために長い期間をかけて卵になる。卵のあいだは妖精が成る実に神樹とともに霊気を与え続けて、ひとの姿でいる期間は長の城に住んでいるんだ。普通は気軽に姿を拝めるものじゃないけれど、男は運よく出会えた。彼は夢のように美しくて……男は一目見ただけで恋に落ちた。叶《かな》うはずもないのに」

ユーシス自身と妖精王のなれそめを語っているのなら、違和感があった。なぜなら、ユーシスは現在長の座についてる。つまり妖精王を手に入れているのだから、叶わないとはどういうことか。卵になってしまったから？

「男は長になろうなんて気持ちは微塵《みじん》もなかったけれど、当時の長が先祖返りの悪食になったと騒がれた。人間はもちろん妖精や民のヴァンパイアまで攫って、肉を食らっていると噂になってね。妖精王まで食べられるのではないかと皆が心配していた。〈神樹の森〉で出会った美しい彼を救うために、男は奮起した。代替わりでいまの長を退けなければ――その一心で男は奇跡を起こした。狂王と呼ばれていた長を倒したんだ。従わない狂王の部下たちが反乱を起こしたが、それも他氏族の協力も得ておさめた。……これにて一件落着、めでたしめでたし。だけど、結果的には悲劇なんだけどね」

先日、東條から聞いた〈グラ〉の代替わりの歴史と経緯は同じだった。目にしている現実と、「悲劇だ」というユーシスの言葉が相容れない。

「なぜですか？　長になって――妖精たちと仲良く暮らしてるし、妖精王だって……その男のものなんでしょう？」

具体的にはこういいたかった。だってユーシス様はいつも妖精たちを肩に乗せて楽しそうにしているし、妖精はあなたを庇《かば》うし、妖精王の卵だってあんなに大切にしてるじゃないですか……なにが悲劇なんですか、と。

例のごとく声にださなくても伝わったのか、ユーシスは微笑んだ。

「なぜなら妖精には――恋心なんてわからないからだよ」

妖精王の卵はだいたい百年かけて新たな肉体をつくりあげるのだという。ときには二百年近くかかることもあるが、五百年は例がないらしい。

〈グラ〉の城の図書室に案内にしてもらって、律也は書物で事情を調べようとしたが、妖精に関して記述されているものは少なかった。

いつまでも孵らない卵。でも、律也が見たところ、あれは間違いなく生きている。卵が孵らない理由はなんなのか。

駄目元でアニーを介して妖精たちにもたずねてみたが、皆そろって首をかしげるばかりだった。自分たちの王様がいつまでも不在で心配にならないのかと訊いても、「だって代理の王のユーシスがいるから」とニコニコ笑うばかり。

どこが悲劇なんだ、ヴァンパイアのくせに妖精たちに滅茶苦茶好かれてるじゃないか――と律也はますます頭を悩ませる羽目になったのだった。

朝から図書室にこもっていたら、アニーは飽きたのか午後過ぎにはどこかへ行ってしまい、夕方には櫂が様子を見にきた。今日は長としてユーシスと会談していたらしい。

「律は最近勉強熱心なんだな。この城にきても図書室通いとは」

閲覧席に座っている律也の隣に、櫂は椅子を引いて腰かける。律也は昨日ユーシスから語られた「ある男」の話を櫂に伝えたが、〈破壊者〉についていわれたことは黙っていた。もうすでに自分のなかで覚悟が決まっていることに関してはいう必要がない気がした。

「……ユーシスが自分の現状を悲劇だっていうから。〈グラ〉の氏族も妖精たちも幸せそうなのに、どこに不満があるのかと思って調べてるんだけどわからない」

「不満は——どこでもいろいろある」

「いろいろ」の部分に含みがあるように聞こえて、律也は櫂の表情をさぐる。

「なにかわかったの？」

「いや……〈グラ〉も平和なだけじゃないということだ。いつまでも卵が孵らないことを不審に思う者もいる。いままでその声が大きくならなかったのは、ユーシスが悪名高い前長を倒した功績があるからだったが、それにも限界がある」

「不穏分子がいるってこと？」

「そうみたいだな。麻薬の調査だけでなく、間者に内情をさぐらせてみたんだが、やっと報告があがってきた。ユーシスはああやって穏やかな顔をしているが、近年になって幾度となく代替わりを挑まれている。すべて返り討ちにしているが、ちょっと尋常な数ではないらしい。ここ最近だけでも立て続けに五人ほど候補者を散らしたという話だ」

見るからに平和な土地なのに——蓋《ふた》をあけてみれば代替わりの争いの真っただ中というわ

けか。

「ヴァンパイアは再生能力があるから致命傷でなければ傷は治るんだが……ユーシスが高齢なことと、傷が治る間もなく挑まれて新たな傷をつけられてるから、体調もよくないらしい。薔薇が枯れた騒動があるのに、俺たちの訪問を受け入れたのも、客人がいるあいだは代替わりの決闘を受けなくてもいいからだ——という見方もある」

「……あんなに元気そうなのに？」

〈グラ〉にきてからずっとユーシスを見ているが、具合が悪そうだなんて気づかなかった。

「いくら〈スペルビア〉とは友好関係にあっても、他氏族に弱っていると悟られたい長はいない。俺でもたとえ傷の血が乾かないままでも平然とした顔で隠し通す」

苦笑する櫂を見て、律也はあらためて長とは大変なものなのだと実感した。

氏族の頂点に立っているのだから、軽々しく弱点はさらせない。その理屈でいうと、律也たちに見せた卵は問題ないのだろうか。

「……ユーシスの体調の件はべつにしても、俺もひとつだけ最初からおかしいと思っていた点がある。長のユーシスがいつでもひとりなんだ。最初の出迎えに妖精たちとともに丘に立っていたのは——あれは彼の性格としてパフォーマンスだから問題ない。ただそのほかの場面でも、彼のそばに上位の側近がいない。まったくいないわけじゃないが、前に〈スペルビア〉への訪問についてきた腹心ともいえる部下たちが消えている。今日会談に立ち会っていたのも違う顔だった。俺が名前まで憶《おぼ》えているのは〈一の者〉のアランという者なんだが……今日現れたのは上位ではあるが、〈一の者〉ではないし、不慣れな様子だった」

律也もその点には気づいていた。〈グラ〉が平和な土地だからユーシスはひとりでぶらぶらと気軽に歩けるのだと思っていたが——〈グラ〉の氏族は妖精たちと共存しているから比較的穏やかな気性のヴァンパイアが多いとはいえ、あらためて考えてみるとこの城のなかでは上位のヴァンパイアたちが発する威圧感のようなものを感じないのだ。

妖精たちが賑《にぎ》やかだったり、ほかの者たちも楽しそうにしているから違和感に気づかなかった。そういえば、「ヴァンパイアは気障ですましている」と苦手な慎司がこの城は居心地がいいといったのも、食べ物がおいしいことだけが理由ではないのかもしれない。

「腹心の部下たちはどこに行ったんだろう……」

「仕える主を替えたんだろうな。これだけ君臨している期間が長いと、かつての英雄でも大変なのかもしれない。ユーシスはあの気取らない性格といかにも妖精の代理の王といった容姿のイメージで、城勤めをしてない民には絶大な人気があるんだ。しかし城で仕えている者たちも最高齢の長として敬意と信頼を寄せていたはずだが……俺が長になってから何度か会ったときには、不穏な空気は感じられなかった。一年も経たないのに、なにがあったのか。やはり卵が孵らないことが関係あるのかもしれない」

「そういえば一番優秀な術師に主を替えられたっていってた。自分が老いたから愛想をつかされたとか笑ってたけど」

「術師が……?」

優秀な術師のほかにも重臣ともいえる部下が主を替えて去っていったのなら、ユーシスは状況的にだいぶ辛い立場にあるのだった。そのうえ薔薇が枯れて、〈神樹の森〉に狼が現れて、相変わらず卵も孵らないとなったら、対応に苦慮するだろう。

「長っていいことないね……」

思わずつぶやいてから、律也は「しまった」と口をふさいだ。櫂の立場も大変だといいたかったのだが不適切な表現だった。青くなっていたら、櫂は静かに微笑んだ。

「そうでもない。愛しい伴侶がそばにいてくれれば、たいていのことは切り抜けられる」

「……そうなの?」

「そう——」

いきなり甘い眼差《まなざ》しを向けられて動揺したものの、櫂が肩を抱き寄せて顔を近づけてきたので、律也はおとなしく目をつむった。唇がふれるかふれないかのそのとき——。

「律也様——櫂様もここでしたか」

レイがいきなり図書室の扉を開けて、慌ただしく駆け寄ってきたので、キスはお預けになった。

背後には今回同行している〈スペルビア〉のヴァンパイアたちが並んでいた。皆一様に緊張した面持ちで、櫂と律也の姿を確認するとほっとしたように見えた。

「どうした？　なにかあったのか」

「いま、城内が厄介《やっかい》なことになっています。ユーシス様に代替わりを求める者が部下を引き連れてきていて……。律也様がご無事でよかった」

「城に客人がいるあいだは、慣例で代替わりの決闘は行われないはずだろう」

「それを守るような輩《やから》ではないようです。そもそも決闘をしにきたわけではなく、妖精王の卵が孵らない責任をとって長の座から退けと要求しているようで……〈グラ〉の将来にとって縁起が悪い、と」

「馬鹿な――力が伴わなければ長の代替わりはありえない。たとえどんな暴君でもだ」

「ヴァンパイアの風上にもおけない軟弱者ですが、〈グラ〉は少し特殊なのでしょう。いま城門の警備兵が数人人質にとられて、『長と話をしたい』といっている状況です。警備兵のなかに内通者がいたらしくて」

櫂は「ユーシスは？」といいながら立ち上がる。

「……いま城にいないそうです。ちょうど櫂様との会談を終えたあと、〈神樹の森〉に散策にでかけられているようで――櫂様、ユーシス様の部下からは、とりあえず〈スペルビア〉の客人になにかあったら大変だから、地下に避難してくれといわれました。隠し通路と隠し部屋を教えられましたが……どうなさいますか」

「誰も俺を傷つけられる者はいない。隠れる理由がない」

「――ごもっともです」

レイが頭をさげると同時に、他の部下たちもいっせいにそれにならう。

「礼儀知らずの始祖候補はどこに？」

「大広間に――」

「行こう」

耀が図書室を出て行こうとすると、レイは「さすが我が主」と微笑んであとに従い、部下たちも続いた。「ちょ……ちょっと」と律也がとまどっていると、レイが戻ってきて「わたしから離れないでください」と腕を引っ張る。

「どうするの？　地下に避難するつもりはないのか。〈グラ〉のことなのに、関わったら……」

「耀様にはそのつもりはないようです。もはや〈グラ〉ではなく、〈スペルビア〉の問題になりました。耀様が客人として滞在していると知っていながら、この無礼――お許しさえあれば、わたしも軟弱者どもの断末魔が聞きたい」

目をきらきらさせるレイを見て、律也はやる気満々じゃないかと怖くなった。〈グラ〉の部下がすすめてくれるとおりに、ユーシスが戻ってくるまで地下に避難していたほうがいいと思うのだが、その意見が少数派なのは他の者たちの顔つきからも明らかだった。普段は冷ややかな美貌の麗人たちだが、氏族同士の争いとなると闘争本能を掻き立てられるらしい。

大広間は始祖候補とその部下たちが占拠していた。扉の付近にはユーシスたちの部下が固まっている。城の主もいないうえに人質をとられているので手出しができないのだ。

一番位が高いとみられる者が櫂の前に「恐れ入りますが」と頭をさげて進みでた。力をもつ側近は主を替えて城を去っている――という櫂の見方は当たっているのだろう。彼は対応に慣れていないらしく、動揺しているのが明らかだった。

「地下の隠し部屋に避難してくださいますよう――お願い申し上げます。わが主が不在で……」

「問題ない。通せ」

櫂の言葉に、〈グラ〉の者たちは否《いな》とはいえないようだった。

櫂はレイを振り返って「皆はここで待て。律也から離れないように」と指示した。

扉が開けられると、大広間にいる者たちが一斉に振り向く。長のユーシスがやっと話し合いに現れたのかと思っていたらしく、櫂の姿を見て動揺した。

「なぜ〈スペルビア〉が……」「長はどうした」という声が聞こえてくる。人数は全部で三十人ほどだった。ふたりの警備兵が人質として背後で拘束されている。

警戒したように、始祖候補とその部下たちはいつでも戦闘に入れるように次々と黒い翼を開いた。

一触即発の空気だったが、櫂がたったひとりで大広間に入ってきたことで一同にとまどいが広がる。

始祖候補とおぼしきリーダー格の青年が一歩前にすすみでてきた。見た目が若いのはもちろんだが、貴種として覚醒してからそれほど時間が経っていないように見えた。どう表現したらいいのか――まだ人間くさいのだ。自分もこんなことがわかるようになったのかと、律也は首をかしげる。

「〈スペルビア〉の長よ、他氏族の問題に口をださないでいただきたい。これは客人には関係のないことなのだ。我らはあくまで長のユーシスに用がある。悪《あ》しき根源は断たねばならない」

入口から大広間を見ていて、律也は男たちのなかにマント姿の術師がいるのに気づいた。フードをかぶっていて顔は見えない。

「聞こえないのか。我らはユーシスと話し合いたいだけなのだ。邪魔をしないでいただきたい。外部の者にはわからない。わが氏族は窮地にあるのだ。妖精王の卵が五百年孵らないどころか、領土の薔薇は枯れ、聖域である〈神樹の森〉にさえ変異があらわれた。これらの凶兆はすべて長のユーシスのせいなのだ」

いっていることは立派だが、下手な学生の演説大会のように空々しく聞こえた。覚醒して間もないだろうに――そのせいで言葉に真実味がないのだ。

彼が訴え終わるのを、櫂は黙って聞いていた。話が終わると、さらに足を進めて近づく。青年の背後のヴァンパイアたちは怯えたようにわずかに後退する。

「――なぜ翼を開く？」

櫂はそう切りだした。

「ユーシスの招待を受けて、俺はこの城に客人として迎え入れられたはずだ。〈グラ〉とわが氏族は友好関係にあるはず――〈グラ〉の内々の揉めごとに興味はない。俺にとってはそなたらもユーシスと変わらぬ〈グラ〉の氏族だ。それが俺の前で翼を開いているのは、友好関係を断って戦闘の意思があるということなのか」

「…………」

ユーシスとの関係を仲裁をされると考えていたのか、思わぬところを突かれて、青年は困惑しているようだった。

櫂はさらに男のほうへと一歩近づく。

「――俺と闘うのか否か」

いつもの櫂の声とは違った。律也をやさしく見守ってくれる彼ではなく、ヴァンパイアの氏族の長として、誰もが耳にしただけでその威厳に震えあがるような強い響き。

次の瞬間、櫂の背中に光り輝く白い翼が広がった。地に堕《お》ちたといえども、神の恩寵《おんちょう》がそこにはまだあると表現されるのにふさわしい、原始のパワーを持つ、豊かな美しい翼――。

見た目の眩さだけでなく、同時に周囲を圧倒するように放たれる力のオーラ。霊的なエネルギーの放出にその場の空間がわずかに歪《ゆが》む。

見慣れているはずの律也や、隣に立っているレイ、そして櫂の部下たちまでもが固唾《かたず》を呑《の》んだ。少し離れている位置からでもそうなのだから、間近で対峙《たいじ》している者たちへの威圧感は半端ないはずだった。

始祖候補の青年が固まって動けずにいると、部下のほうが先にあわてふためいたように次々と開いた翼を閉じて抵抗の意思がないことを示す。背後を振り返って部下たちが頭をたれているのを見ると、青年も自らの翼を閉じて「とんでもない。畏《おそ》れ多いことで……」と返答する。

いつだったか東條が、「あの白い翼の効果は絶大で、たいていのヴァンパイアは神様にふれたみたいに委縮する」と語っていたことがあったが、まさにいまその場面を目撃しているようだった。

先ほどまで人質をとられて身動きできないはずだったのに、櫂が白い翼を開いただけで状況が一変した。

とはいえ、好戦的な相手だったらこんなに上手くはいかないのかもしれない。今回は代替わりの決闘を挑まずに長を譲位させようとしていたような連中だからだろう。

それにしても不自然な点が目につく。櫂も覚醒してから数年でカインに挑んだとはいえ、今回の相手はさすがに若すぎる……。

「そなたらがわが氏族と友好関係にあるというのなら、捕えている者たちを解放せよ。〈グラ〉の地を訪れたのは争いを見るためではない」

燿はあくまで客人がいるあいだは揉めごとを起こさないというヴァンパイア独自の慣例に則って、それを破った非礼を責めているのだという立場を貫くようだった。それならば内政に干渉していないし、なによりも相手があまりにも若く迫力不足なので温情をかけたのだろう。

「燿様はおやさしい……。わざわざ翼を見せなくても、雑魚《ざこ》はわたしが蹴散《けち》らしたのに」

争いごとになると、普段クールなレイのテンションが尋常ではなくなるので、律也は傍《はた》で見ていて不安だった。いまにも相手の喉笛に嚙みついてやりたいとウズウズしているのが伝わってくるからだ。

「レイ……ちょっと興奮を抑えて聞いてほしいんだけど。俺にはあの始祖候補がとても若く……見た目だけじゃなくて、覚醒して間もないように見えるんだけど、当たっている？」

レイはようやくぎらついた目の光を消して、考え込むように口許《くちもと》に手をあてた。

「若いなんてものではないですね。覚醒してせいぜい数か月というところでしょう」

「やっぱり……」

いくら始祖候補とはいえ、数か月では夜の種族の世界の諸事情すら理解するのにやっとの時期だろう。よくも長の城に乗り込もうと考えたものだった。

すっかり勢いを削《そ》がれたのか、青年の一行は人質を解放したあと、「客人の滞在の邪魔をしたことはお詫びする。また日をあらためて」といって素直に出て行こうとした。櫂が登場したのは予想外だったのだろうが、ずいぶんと及び腰だった。「譲位しろ」というわりには覚悟がなさすぎではないか。

――なんだろう、このちぐはぐした……嚙みあわない感じは?

律也がさらなる違和感の正体をさぐろうとしたとき、ようやく〈神樹の森〉から戻ってきたユーシスが姿を現した。緊迫した事態だというのに、その肩にはまた妖精がちょこんと腰を下ろして愛らしい笑顔を振りまいている。おまけに遊びに行っていて姿が見えなくなっていたアニーまでもが腕に抱かれていた。

「ユーシス様……いま大変なことに」

「わかっている。大騒ぎに巻き込んですまない。でも櫂がうまくやってくれてるだろう?」

まるでそれを当て込んでいるようないいかただった。

ユーシスは律也に「はい、きみの精霊を返すよ」とアニーを渡したあと、肩のうえの妖精となにやら頷きあってから、大広間へと入っていった。

律也は腕に抱きかかえたアニーを睨む。

「どこ行ってたんだ」

『ユーシスが頼みごとがあるというから、断れなかったのだ。あいつには旨《うま》いもの食わせてもらってるからな』

「頼みごと……？」

しかしそれを問い質《ただ》している暇はなかった。大広間に入ったユーシスが櫂のそばへと歩み寄る。

「いま戻ったよ。客人にすっかり手間をかけてしまったみたいだね。櫂、ほんとに申し訳ないことをした」

一方、始祖候補の青年は厳しい顔つきになっていた。ユーシスはおっとりと微笑みかける。

「なんの用なのかな。客人が滞在しているあいだの代替わりの一騎打ちの申し出ならおことわりしているのだが」

「一騎打ちをしにきたわけでないが、いつまでそうやって逃げる気なのだ。――長よ、あなたが強いのは認めよう。だが、ここ最近の挑戦者との対決でだいぶ痛手を負っているはずだ。薔薇が枯れる事態が起こっているときにわざわざ〈スペルビア〉からの客人を受け入れたのは、自分のからだが万全ではないから休むためだろう。卑怯《ひきょう》者め」

櫂が受けていた間者からの報告の噂は、すでに青年も知っているらしい。

それが真実なのかどうかは不明だが、ユーシスはさらに笑みを濃くしただけだった。

「もしそうだとして――弱った老いぼれの僕に挑んでこない者にどうこういわれる筋合いは

ない。見ればまだ若い。どうしてそんなに生き急ぐのか。あと百年ぐらいのんびり修行して、それから僕を実力で退ければいい。せっかく貴種として覚醒したばかりなのに、すぐに散ってどうする」

ユーシスから見ても相手は若輩者なのだ。櫂と同じように「なぜこんなものが無謀にも――」と考えているのかもしれない。

「……きみは見かけぬ顔だから、こちらにきて間もないのだろう。城はどこに？　空いている城はあったかな」

「ない。新しく館《やかた》をたてたところだ。長が譲位してくれれば、この城の主となる」

「それは――なにかと不便だろう」

呑気に住居の心配などしている場合なのだろうか。

青年もとまどっているらしく、背後の部下たちをちらりと振り返って、なにかを確認するように見てから再びユーシスに向き直る。

変だ――と律也は目を凝らした。先ほど櫂に「戦うのか」と迫られたときも、青年は背後を振り返った。あのときは不甲斐《ふがい》ない部下たちが翼を次々閉じていく気配を察して振り返ったのだと思っていたが、いまはそういう場面ではない。部下のことなど気にする必要はないのに、どうして後ろを見る？

もしかしたら背後の者が〈閉じた心話〉かなにかで、どうするべきか指示を青年にとばしているのではないか。

そこで先ほども目にとまったマント姿の術師らしき男に注目する。そしてもうひとり、その男と目を合わせるようにして会話している上位の貴種がいた。心なしかユーシスもそちらのふたりの男たちの方向を見ているような気がした。

「アラン、ノラ——息災か」

知り合いなのか、親しげに声をかける。

どこかで聞いた覚えがあると考えていたら、ユーシスの元から去った〈一の者〉、そして優秀だったという術師の名前だと気づく。

〈一の者〉の側近だったアランは能面のような表情でかつての主を見た。ノラのほうはフードを深くかぶっているので表情はうかがえない。

ふたりは返事もせず、代わりに現在の主である青年が誇らしげに胸を張った。

「元部下たちが気になるのだな。そう——あなたが可愛がっていた術師のノラと、側近だった〈一の者〉のアランは、いまはわたしに仕えている。この者たちもあなたに不審を抱いていた。〈グラ〉はかつてない危機にある。いま、ここでお聞かせ願いたい。妖精王の卵がなぜ孵らないのか——その真相を」

始祖候補の青年は高らかにいいはなったが、ユーシスはもはや彼を見ておらず、肩に乗っかっている妖精と「ん？　なに？」と会話をしていた。

そのやりとりを見て、櫂が入口を振り返ってレイになにやら指示を送ってきた。レイが隣で身構えたのがわかる。

一方、始祖候補の青年は憤慨していた。

「わたしが真面目に訴えているのに、あなたは妖精と戯れて……馬鹿にしているのか」

ユーシスは妖精を肩から手のひらへと移動させてから、男に視線を移した。

「とんでもない。若いひとを馬鹿になんてしていない。ノラとアランが主に選んだのなら、きみは素晴らしい男なのだろう。ふたりとも優秀だから、僕に愛想をつかして主を替えるのも仕方ない——新しい力がでてくるのは素晴らしいことだ。きみのいうとおり、いま〈グラ〉は最大の危機を迎えている」

ユーシスは青年のいいぶんを肯定した。もしやこのまま譲位するとでもいいだしやしないかと律也ははらはらとした。

「だが、最近は物騒な噂も聞く。〈ルクスリア〉では長の側近が新しい〈変異の術〉で、何者かの傀儡にされていたそうだ。なかなか巧妙な術らしくて普通は気づかない」

なぜかユーシスはいきなりアドリアンの城の事件のことをいいだした。青年の顔に動揺が走る。

その反応を見て、律也はようやくある可能性に気づいた。もしやここでもまた呪術が使われている——？

「ヴァンパイアの視界をうまく欺くから、どんなに親しい者でも中身が変わってしまったとわからないそうだ。だが、わが氏族にはほかにはない特長がある。妖精の血が混じっているのだからね。もしも〈変異の術〉が施されれば、ヴァンパイアは欺けても妖精はごまかせない。――さあ、教えておくれ。おまえが近づけないのは誰なのか」

ユーシスが腕を大きくあげると、その手のひらから妖精が飛びたって、始祖候補たちの一行の頭上をくるくると回る。

柱の陰にでも隠れていたのか、次から次へと妖精たちが飛びだしてきた。「なんだなんだ」といいながらとまどう一行の頭や肩に妖精たちが次々と乗っかっていく。一瞬のうちに、妖精たちがそばにいけるものとそうでないものが判明した。

「――三人か」

ユーシスは視線を落として呟く。

同時に、レイをはじめとする〈スペルビア〉や〈グラ〉のヴァンパイアたちがいっせいに大広間に飛びだしてきて、マント姿の術師であるノラと、〈一の者〉のアランを拘束した。彼らには妖精が寄りつかなかったのだ。

そして残りのひとりは――最初のふたりは律也も予想できていたが、意外だった。

レイが「失礼」といいながら、始祖候補の青年を後ろから羽交い締めにする。彼にも妖精がつかなかったのだ。

青年は青ざめてぶるぶると震えていた。ユーシスは痛ましげに彼を見た。

「……信じられない。仕える者ならともかく、きみは覚醒したばかりの若輩とはいえ、わが氏族の始祖の血を継いでいる者に見える。匂《にお》いもエナジーも僕と同じ血脈だと感じられるのに」

一方、残りの者たちはなにが起こったのかすぐには理解できないようだった。純粋に若い始祖候補に仕えているつもりだったのだろう。「傀儡？」と囁《ささや》きあうのが聞こえてきた。

櫂が困惑している者たちの前に進みでた。

「……おまえたちが仕えていた主は偽物だ。城持ちではなかったのだろう。〈グラ〉には主のいない城がいくつも残っているはずだ。だが、城の主になるためには城付きの精霊に認められなければならない。それができないから館を建てたのだろう」

先ほどの会話は単純に住居の心配をしていたわけではなかったのだ——と律也は納得した。あのやりとりのときから、櫂はすでに青年があやしいと気づいて成り行きを見守り、レイにいざとなったら動くようにと指示を送っていたのだ。

「心配するな。なにも知らずに始祖候補に仕えていただけなら、大事にはならない」

白い翼の櫂にそう声をかけられると、仕える者たちはただ頭をたれるのみだった。

律也はアニーを抱いたまま大広間に足を進める。

『あいつら、まだなにかやりそうだぞ』

櫂の部下たちによって、〈一の者〉のアランと術師のノラが前に引っ張りだされてきたところだった。アランは腕を押さえつけられて、「う……う」と苦しげな声をあげている。

「ユーシス」

異変に気づいて、櫂がユーシスを呼んだ。つい先ほどまでは能面のように無表情だったはずのアランが突然「わあああああっ」と叫び声をあげた。

「アラン？」

ユーシスが近づく前に、アランはがっくりと床に倒れ込む。あやつり人形の糸が切れてしまったような不自然な動きだった。倒れたあとは揺さぶられてもびくともせず、仰向《あおむ》けにされた顔はもはや何者をも見てはいない。

この人形のような表情には覚えがあった。アドリアンの城の事件で見た光景だ。あのときのルネと同じく、アランの白い肌が急速に土気色になっていく。止めていた時間がいきなり動きだしたように人体が崩壊し、腐敗がはじまる。

〈変異の術〉をかけられていたのだ。用済みとなった肉体から術師の力が去った。

「なんてことを……」

ユーシスは茫然とかつての側近のそばに立ち尽くす。親しい者にとっては辛い光景のはずだった。

律也は見ていられなくて顔をそむける。またもや目の前で同じことが起こるとは……いったいどうなっているのか。

アランは主を替えたという話だったが、〈変異の術〉をかけられて、ユーシスの元を離れたのかもしれなかった。〈グラ〉は妖精がいるし、ユーシスのそばにいたら心を読まれてしまうから欺くのが難しかったのだろう。現段階ではどういう経緯なのかははっきりしなかった。

アランが腐っていくのを見て、始祖候補の青年は「いやだあああ」と悲鳴をあげた。

「嘘だ、嘘だ……俺は知らない。こんなことは聞いてなかった。いやだ」

すっかり仮面がはがれてしまったように、情けなくわめいている。先ほどまで芝居でもやるように始祖候補として堂々としゃべっていたのに、やはり彼は指示されて動いていただけらしい。中心人物ではない。

もうひとりのノラは――?

フードを深くかぶったマント姿のノラは、仲間の死を見ても微動だにしなかった。その唇からぞっとするような声が漏れる。

「わたしはやつのように傀儡ではない。自分の意思で新しい世界を見たくなったのだ」

ユーシスがノラに近づいて行って、そのフードを剝《は》いだ。ノラの目は血走り、異様にぎらぎらとしていた。捕えられたというのに、まったく不敵な表情だった。強固な意思があるというよりも、なんらかの薬物でも摂取して興奮を抑えきれないようだった。

「長よ、わたしはあなたが誰よりも愚かなのを知っている。妖精王の卵を孵らなくしたのはあなただ。しかし、これからヴァンパイアの世界は変わる。階級制度による支配は終わるのだ。術師たちが手を結べば、七氏族の長など敵ではない。〈ルクスリア〉、〈グラ〉……ほんの小手先の攻撃で、簡単に我らが爪痕《つめあと》を残すことができた。なんてもろい。いまこそ闇の術師のギルドを復活させるときなのだ――」

大声でそう叫んだあと、ノラはなにやら小声で呪文のようなものを呟く。すると、彼の立っている床に禍々しい闇の魔法陣が浮きだした。

「馬鹿め。大広間を占拠していたあいだに準備してたわ。ここを彼の地につなぐ――!」

櫂が「魔法陣のなかから出ろ」と叫ぶ。ノラを取り押さえていた部下たちはいっせいに翼を開いて円のなかから飛び退《すさ》った。

「譲位しろ」というわりにはやけにあっさり帰ろうとしていたのは、もともと城の大広間に呪術の下準備をするのが目的だったからなのか。

ノラは一心不乱に呪文を唱えていた。どこかにつなぐということは、道を通じさせて逃げるつもりなのか。どうしたら――。

『おいおい、こんなときに偉大な精霊に頼らなくてどうするんだ?』

つぶらな瞳で見上げてくるアニーを、律也は「え」と見つめかえした。

「できるのか?」

『舐めるな』

アニーはそう応えるなり、律也の腕から飛びだして魔法陣へと近づく。

『おっと、この魔法陣のなかに入ったら、えらい目にあうのは経験済みだからな。俺は生憎《あいにく》賢いのだ』

床からぽんと跳ね上がったときには、アニーは光る球体になっていた。そのまま天井近くまで浮き上がり、魔法陣の真上に飛ぶ。球体は輝きを増しながらどんどん大きくなり、やがて燃え盛る炎のような豊かな翼と鮮やかな長い尾をもつフェニックスの姿となった。

『天上の清浄なる火にて、闇の呪文を焼き尽くす』

普段のアニーからは想像もつかない、威厳のある重々しい声が響く。

次の瞬間、太陽のような強烈な光が大広間全体に炸裂《さくれつ》した。まるで炎につつまれたようだったが熱くはなかった。ただ眩《まぶ》しくて目が開けていられず、一瞬、時間が止まったようだった。

ようやく目を開けたそのとき――。

「うわあああああああああっ」

ノラの悲鳴が聞こえた。律也が目をこすりながら見たときには、すでに魔法陣は消えてしまっていた。

ノラは「ないっ、ないっ」と跪《ひざまず》いて床をさぐっていた。そうして、いきなり泡をふいて倒れた。麻薬のショック症状のようだった。

フェニックスは光の球体となって床に落ちてくると、くるくると回転してすぐに子狼の姿になった。「褒めろ!」と飛びついてくるアニーを、律也は「よくやった!」となでまわした。

「……死んでいる」

櫂がノラに近づいてからだを揺り動かし、顔を確認する。その肌はアランと同じく土気色に変化していた。律也は茫然としながらアニーをぎゅっと抱きしめた。

いったいなにが起きているのか。

闇の術師のギルド――?

新たな脅威の出現に、律也はひたすら戦慄《せんりつ》するばかりだった。

「永遠の命がほしくないか——そういわれたんです。契約者ではなく、ヴァンパイアそのものにしてくれるって」

アランの腐る肉体を見てわめいていた始祖候補の青年は元々ヴァンパイアではなく、二か月前に人界から連れられてきた人間だった。夜の種族の好む気を発するもので、ヴァンパイアの契約者だったらしい。

ノラとアランが亡くなったあと、捕えられた青年は素直に取り調べに応じた。人界に未練がなかったので、ヴァンパイアの誘いに乗ったのだという。また、青年は「自分と同じように誘われてきた、もしくは攫われてきたひとに複数会った」と証言した。ヴァンパイアだけでなく、オオカミ族に攫われたと話していた者もいたという。

ヴァンパイアの貴種は本来人界の契約者たちの血脈からしか覚醒しない。貴種は自分の下僕がほしい場合、混血のヴァンパイアを作ることもあるが、その者はよく人界で語られる生ける死体のヴァンパイアであって、貴種とは性質が違う。

青年は一見貴種の仲間と同じ匂いと力のオーラをもっていた。「氏族の長になれるから」

と始祖候補を演じることを徹底的に叩き込まれたらしい。主に指示していたのは術師のノラで、〈一の者〉のアランは当初から〈変異の術〉を施されて傀儡にされていたようだった。アドリアンの城で起こった事件の被害者であるルネと同じだ。その肉体は術によって変化し、ヴァンパイアとして散って美しい光る塵になることはない。

長のユーシスに仕えていたアランが、若々しい始祖候補を次代の長として担ぎだしたとなれば、仕えるものたちが増えるから人集めのために利用されたようだった。

「わざわざ貴種が覚醒するのを待たなくても、人間を連れてくればいくらでも始祖の血脈の強いヴァンパイアの仲間が作れる。ヴァンパイアの世界は血と力がすべてといわれていて、覚醒したときから階級によって決められている。我々はそういったものに頼らない新しい夜の種族の仕組みを作ろうとしてるんだって――術師のギルドの目的をそう説明されました。オオカミ族とも種族の壁を越えて協力しあうつもりだと……俺は選ばれたんだといわれて――」

青年は自らの意思でこちらの世界にきたが、攫われてきた者もいると知って、途中から疑問を抱いていたという。だが、見知らぬ世界で頼れる者もいないので、ノラたちに従うしかなかったのだ、と。

彼の証言によって、ノラたちが拠点としていた館の捜索が行われた。地下室には攫われてきた人間が複数残っていた。樋渡が関係していると思われる者たちは比較的最近の事件だったので、無事が確認された。だが、それ以前にどのくらいの人々がどんな地域から連れてこられたのかは不明だった。

青年のような「つくられた貴種」――このような者が呪術で誕生させられるのかどうか。城おかかえの術師たちによれば、「不可能だといわれていたが、禁断の術の領域に挑戦しつづけている術師はいる」とのことだった。

「――えらいことになってたんだな。樋渡の件はほんの末端って感じなのか」

事件が新たな展開を迎えたのを受けて、慎司が再び樋渡の群れの仲間とともに〈グラ〉の城を訪ねてきた。樋渡だけではなく、ほかにもオオカミ族の者がいたようなので、館の捜索などで協力を仰いだのだ。

丸二日をかけた捜索から帰ってきたあと、詳しく話を聞くことができた。応接室で律也が出迎えると、慎司はまず麻薬について説明してくれた。

「やっぱりヴァンパイアがオオカミ族を仲間に引き込むための餌として利用してたらしいな。麻薬は常用性があって、つきあってる相手に渡されて気づかないうちに中毒になってるってパターンだ」

先日の推察どおりにギルドの活動資金を稼ぐためにそれらを闇のマーケットに流していたことも判明した。

館にて麻薬の現物を押収したが、強烈な快感と依存性を生むように調合されていて、多量に摂取すると死に至る危険性があるという。

「じゃあ樋渡はつきあっていたヴァンパイアからもらった薬が原因で死んだの？」

「たぶん危険性に気づいたときには遅くて、樋渡は術師たちのところから〈空間の穴〉とやらの道を通じて逃げようとしたんじゃないかな。それで、〈神樹の森〉にでてきた……。もしくは術師がボロボロになったヤツが邪魔になって追いだしたか」

「樋渡と関係してたのがノラかどうかはわからないんだけど……ノラ自身も麻薬に侵されていたんだ。どういうことなんだろう」

ノラの遺体を調べた結果、彼も麻薬を常用していたことが判明したのだ。彼自身は「傀儡ではない」といっていたが、妖精が寄りつかなかったうえに死後は散ることなく肉体が腐ってしまったから、〈変異の術〉を施されていたのは間違いなかった。

樋渡をたぶらかして仲間に誘い込んだのはノラだったのか。そして、始祖候補の青年と最初に契約していて「永遠の命がほしくないか」と連れてきたのは誰なのか。

青年は人界でヴァンパイアに接しているときは夜の種族に関して詳しく知らなかったという、七氏族に分かれている事情さえ聞いたことがなく、どこの氏族なのかはわからないと話している。相手がいたのは覚えているのに、いまでは顔も名前も思い出せないというのだ。

幻惑の能力で記憶を操作できるヴァンパイアならではだった。

「ノラは今回の事件の実行犯ではあるけど、裏に誰かいて利用されただけなんだろうな。アドリアンの城の事件も自分たちの仕業だと匂わせていたんだろう？」

全容を解明するには始祖候補の青年と契約していたヴァンパイアが鍵《かぎ》になるはずなのだが、その人物はこちらの世界にきたときにノラに青年を預けたきり、二度と姿を現さなかったのだという。ノラと同じく〈グラ〉の者かどうかもわからないが、はっきりしているのはノラが敬語でしゃべっていたので階級は向こうが上だということくらいだった。ただ闇の術師のギルドとやらが各氏族にまたがる連合体ならば、どこの氏族の者かというのはさほど意味はないかもしれない。

「あの青年と契約していたヴァンパイアと、行方不明の女性のマンションに行ったときにいたヴァンパイアが誰だったのかわかればいいんだけど……。あのとき、どうして攫った人間の部屋なんかにいたんだろう」

律也が首をひねると、膝のうえで丸くなっていたアニーがむくりと顔をあげた。

『人界に手軽に出入りできる〈空間の穴〉として利用されていたんだろうな。ノラのやつが魔法陣のなかで『彼の地とつなぐ！』とか叫んでただろう』

「彼の地ってどこ？」

『知らん。それは〈空間の穴〉が大好きな狩人に聞いたほうがいいんじゃないか。あいつが興味をもってるのはそこだろう』

アニーはそれだけいうと、再びぐったりと寝そべった。先日の大広間での騒動でだいぶ霊力を消耗したらしく、ここ数日律也の膝のうえから離れようとしないのだ。かつて石から目覚めた当初も、出てくるたびに「疲れた」を連発していたものだが……。

いつになくアニーの元気がないことは、慎司にもすぐ伝わったらしく心配そうな顔になる。

「アニー、だいぶ疲れてるみたいだな。フェニックスになって大活躍だったんだって？」

『ふむ……。皆は俺の偉大さに驚いただろうが、俺にしてみれば造作もないこと。しかし、なんだかな……あの闇の呪文――焼き消すには、少々厄介な代物《しろもの》だったのかもしれんな。俺だからできたのだ。俺はやはりすごい。自分の偉大さが怖くなる……』

ぐったりしながらも強気の発言が変わらないのは頼もしかったが、かなり衰弱しているのは明らかで、律也もずっと気がかりだった。変幻自在の力を持つ語り部の石の精霊であるアニーをこれほど弱らせた闇の術。もし闇の術師のギルドがあるとしたら……。

「術師ってのはやっかいだな。それで薔薇が枯れたことと、〈神樹の森〉の草木が枯れたことは？　原因はわかったのか」

「ううん。まだ不明のまま」

そう――最大の謎が残っているのだ。

薔薇が枯れた件に関しては始祖候補の青年もなにも知らないと証言した。ただ〈グラ〉に起こっている変異として、ユーシスを糾弾《きゅうだん》するときの材料に使えると教えられたそうだ。

城に「譲位しろ」といって乗り込んできたのは、大広間を占拠して例の魔法陣の呪術の下準備をするのが目的だった。最後にノラがいっていたように「彼の地」とつないで、いつでもここから入り込めると漏らしていたらしい。だが、彼の地がどこかはわからない――。

「そうか。なんだかすっきりしない終わり方だな。いや、終わってないのか……あっちもこっちも」

憂鬱そうにためいきをつく慎司を見て、律也の胸のなかで当初から抱いていた懸念が膨らむ。

「……慎ちゃん、樋渡のほかにもオオカミ族は関わってたの？」

「そうだな。何人かヴァンパイアにそそのかされたヤツがいたみたいだな。世界各地から攫ってきてたみたいだから規模はもうわからない。人界ではヴァンパイアよりもオオカミ族のほうが人間には溶け込んでるから、攫うには都合がよかったんだろう。ヴァンパイアの場合はひとりひとり誘惑していって、部屋に入り込むのも人界じゃ招待されなきゃ入れない。だけど、オオカミ族は力ずくでいけるから……数を揃えたかったんだろうな」

同朋がヴァンパイアに利用されたのは気持ちのいいものではないはずだった。もしもオオカミ族とヴァンパイアの関係が本格的に悪化したら……。

今回の件に関しては、オオカミ族がヴァンパイアに対して良くない印象をもつのは避けられない気がした。黒幕の正体がわからないだけに、オオカミ族を巻き込んだことにも頭数を増やしたい以外の目的があったのではないかと勘ぐってしまう。

「なんだ、りっちゃん。そんな心配そうな顔するな」

慎司は律也を気遣って「大丈夫だよ」といってくれたものの、今回の事件の余波は少なからずあるようで、「結果を報告して他の群れとも話し合わなきゃいけないから――」とその日の夕刻には仲間とともに慌ただしく〈グラ〉の地を発ってしまった。

「――慎司は帰ったのか」

その夜、櫂がようやく始祖候補の青年の取り調べがひと段落したといって部屋に戻ってきた。ここ数日は間者たちからの報告を受けて部下との話し合いなども多く、夜は律也と一緒にベッドに入ることもなかったのだ。

「うん。オオカミ族も今回の件で話し合いをするみたいだから」

「いろいろ協力をしてもらったのに、礼をいうひまもなかったな。悪いことをした」

櫂が申し訳なさそうな顔をするので、律也はつい口許がゆるみそうになった。

「なにを笑う？」

「……ううん。だって櫂が慎ちゃんに礼をいうだなんて――ちょっと前まで考えられなかったなって思って。覚えてる？　櫂と慎ちゃんが初めて顔を合わせたとき、ふたりともすごい顔で睨みあってたのに。櫂は慎ちゃんのこと『脳筋の獣』とか呼んでたし」

櫂は「ああ……」と少し決まり悪そうな顔を見せた。寝台に座っている律也の隣に腰を下ろして微笑む。

「――きみの叔父上だ。あのときは失礼なことをいった」

「それ、慎ちゃんに直接いったら、びっくりして腰ぬかしそうだけど」

「俺はまだ嫌われてるか」

「ううん……慎ちゃんも――きっともうそんな気持ちはない」

だけど……と律也は心のなかで呟く。せっかく櫂と慎司の距離が縮まっているのに、今回みたいにヴァンパイアとオオカミ族が悪い意味で関わる事件が起こってしまった。世の中はままならない。

「語り部の石の精霊は具合が悪いのか」

いつもならアニーは櫂が夜に部屋を訪れる前には気をきかせて石のなかに引っ込むのだが、今夜は律也の膝で子狼姿のまますやすや眠っている。石のなかのほうが休息できるはずだが、〈グラ〉は〈神樹の森〉の霊力が感じられるせいもあって、外にでて休んだほうが楽なのかもしれない。

「例の魔法陣を消したときにかなり力を消耗したみたいなんだ」

「そうか――」

せっかく櫂が隣にいるのに、膝でアニーが眠っている状態ではキスすら困難だった。肩を寄せてみたものの、子狼の寝息が聞こえてくるなかでは甘いムードになりようがない。

律也の努力を察してくれたのか、櫂が笑いをもらす。

「もうすぐ〈スペルビア〉の城から術師関連の報告で連絡がくる予定だから、気にしなくてもいい。……俺と律のあいだにいるのは腹立たしいが、守り神だから許そう」

先日、ユーシスが「妬《や》かないのか」と訊いてきたときのやりとりを思い出す。

最初ユーシスとの仲を誤解したとき、櫂は「きみが妬くとは思わなかった」といったが、櫂のほうこそ慎司にもすでに敵対心をもっていないようだし、アニーにも仏のような対応で、嫉妬という感情にほど遠い。

「櫂は……俺とアニーが仲良くしてて、ほんとに焼きもちやかないの？」

櫂は驚いたように目を瞠ってから、膝のうえのアニーをじっと見やった。

「——妬く？　こんな丸っこい生き物に、俺が？」

いくら皆がアニーをペット扱いしていても、櫂だけはつねに偉大な精霊として紳士的に対応していたので、この発言は意外だった。

唖然とする律也に、櫂はおかしそうに唇の端をあげる。

「きみはまだわかってない。このあいだもユーシスやほかの長に会わせるだけで心配だといっただろう。もちろんこの丸っこいものにも妬いてるよ。時々、噛みついてやろうかと思うくらいには」

「そ、そうなの？」

「——でも、きっと噛みついたら、律がかなしい顔をするだろう。なにより自らがこんなに弱っても、きみを主として守ってくれる精霊だ。本来ペット扱いしてはいけないのだろうが、きみも周りも楽しそうにしているし……きみを和《なご》ませてくれるなら感謝するしかない。それに……前の主との関係の顚末《てんまつ》を知ってしまったから、きみになついている姿を見て無下にできない。だから、かわいく見えないこともない」

嫉妬するか、しないか——というレベルではなく、權はもっと広い心で律也をつつみこんでくれているのだ。つまらないことを訊いたのが恥ずかしくなった。

「……ありがとう。櫂」

「礼をいわれることじゃないが——明け方、部屋にきたときに埋め合わせをしてくれればいい。その頃には精霊も石のなかに戻ってるだろうから」

櫂は悪戯っぽく片目を閉じると、律也の額《ひたい》にそっとキスをして立ち上がり、部屋を出て行った。

ほんの軽く唇をつけられただけなのに、律也は胸の鼓動が激しくなり、火照った頰をさまそうと必死に息を吐く。

どんなに大変な状況になっても、櫂がそばにいてくれるだけで乗り越えられると思うのはこんな些細《ささい》なやりとりにすら宙に舞いあがってしまうほど幸せを感じられるからだった。

櫂との絆を実感するたびに強くなれる気がする——。

「櫂、大好きだ……」

小さく呟いてしまってから、律也は真っ赤になってひとりでなにをやっているんだと自らを叱咤する。それでも、あふれでる幸福感と照れくささのあまり膝のうえのアニーをぎゅっと抱きしめてしまった。

『なんだ』と不機嫌そうに睨まれて、「あ、ごめん……」と起こしてしまったことにあわてる。

『いいとも。おまえらの惚気《のろけ》を眠ったふりして聞いてるのも大変だ。さっさと俺に石に戻れといえばいいものを』

またふたりのやりとりを「小芝居か」と思いながら聞いていたらしい。

「起きてたのか」

『真上からあれこれ話されたら目も覚める。しかし、あれだな、俺の愛らしさには国枝櫂も屈服するしかないようだな。罪なことだ……』

櫂の話していた内容にクリストフの件が含まれていたから心配だったが、アニーは気を悪くはしてないようだった。それどころか「遠慮なく俺をかわいいと思ってくれていいのだぞ——と伝えておけ」と相変わらずとぼけたことをいって石のなかに引っ込んでしまった。

だが——せっかくアニーが気を利かせてくれたのに、その日の明け方に櫂が部屋に戻ることはなかった。なぜなら、捕えられていた始祖候補の青年が亡くなっているのが発見されて大騒ぎになったからだ。

青年が亡くなった数日後、〈神樹の森〉に狩人たちが現れた。

城内はいまだ動揺がおさまらないのに、狩人たちはユーシスの元部下たちが謀略を企てていた事件に興味はなさそうで、〈神樹の森〉が枯れていた事実の調査をしたいとの申し出があったらしい。

こうした変異に狩人たちが出没するのは夜の種族たちの世界では当然として受け止められているらしく、ユーシスも好きに調べるようにと許可を与えたようだった。

律也は好奇心をそそられて、狩人たちがいる〈神樹の森〉を見にいったが、彼らはつねに〈閉じた心話〉で話し、律也の姿を見かけても空気のように無視した。しかし、ひとりだけ――以前、出城を訪ねてきてアニーに毒舌を吐いた狩人だけは目を合わせてきて微笑んだ。もしかしたら律也にではなく、腕に抱いているアニーに興味があったのかもしれない。アニーは前回の恨みを忘れていないらしく、彼を見ると唸っていたが。

東條は今回の調査に参加していないらしく、残念ながら姿が見えなかった。

「――誰をさがしているのですか」

突然、例の狩人が声をかけてきたので、律也は驚いてすぐには返事ができなかった。腕のなかでアニーが毛を逆立てて威嚇する。

狩人はふっと目を細めて、アニーの頭に手を伸ばしてきた。

「愛らしい獣だ」

アニーは顔をそむけるように律也の胸にしがみついて、視界に彼が映るのも不愉快といった意思表示をしている。意固地な態度だったが、相手は「照れ屋なのだね」と気を悪くした様子はなかった。

「もしかして探しているのは、あなたの友人ですか。彼も近くまできてますよ。境界の薔薇を調べているんですが、もう片はついた。用があるなら呼びましょう」

片はついた——では薔薇の枯れた理由がわかったのだろうか。狩人は律也の心を読んだかのように「さあ、どうでしょう」と首をかしげた。

「すぐにきますよ。その獣を大切に」

狩人は軽く会釈をしてから歩きだした。アニーが「やっといなくなったか」と顔を上げたところ、その気配を読んだかのごとくにくるりと振り返って、「バイバイ」と満面の笑みで手を振ってくる。

『——むかつく野郎だ』

彼の背中が見えなくなってからアニーは呻《うめ》く。

「いいひとみたいじゃないか。東條さん以外の狩人がしゃべるの初めて聞いた」

『いいひとなもんか。あいつ、おまえに親切面してるあいだもずっと俺に〈閉じた心話〉で

「なに隠れてるんだ。顔をあげろよ、顔を見せろよ。甘えん坊か、オラオラ」っていいつづけてたんだぞ。怖すぎるだろ』

「……いまのひとが？　アニーの幻聴じゃないのか？」

アニーは「馬鹿め」と一喝してきた。

『おまえは単純にひとを信じすぎる。狩人なんて二枚舌に決まってるだろうが。あいつらは顔が善人に見えるだけで、中身は真っ黒だぞ。精霊の俺にも心が読めないんだから』

「でも、面白いひとだよね。狩人って、ほんとに調整役って感じで世界に対して中立で感情がないみたいに思ってたけど。東條さんのいうとおり、アニーがかわいいから気になるんじゃないのかな」

アニーはまんざらでもなさそうに鼻をならした。

『ふ……ふん。まあ、俺の愛らしさには、誰もが冷静ではいられないらしいからな。鉄の理性をも揺るがしてしまう。罪なことだ』

「すごいね」

律也が頭をなでてやると、アニーは機嫌が直ったらしく、鼻歌をうたいだした。だんだん操縦法がわかってきた――と思う。まったく単純なのはどっちなのだと問い詰めたい。しかし、これも自分の映し鏡の部分かもしれないと考えると、律也は迂闊《うかつ》に突っ込めないのだった。

「――律也くん？　僕をお呼びだと聞いたが」

もの五分もしないうちに東條が背後から現れた。

直前まで狩人の仲間たちと行動していたせいか、東條の聖堂の天使のような顔に神々しいような――ほかの狩人たちと同様、どこか近づきがたい雰囲気が漂っていた。思わぬそれに圧倒されてしまって、律也はしばし言葉を失う。

「……すいません。呼びだしてしまって。出城にきてた狩人のひとが声をかけてくれたから」

「ちょうど彼らと合流する予定だったから、かまわないよ。こっちの城でもアドリアンのときと同じく事件が起こったみたいだね。物騒なことだ」

東條はいつもの調子で「やれやれ」と肩をすくめてみせた。こちらの動揺が伝わっていたのか、「どうしたんだい？」と問いかけられて律也は「いいえ」と首を振る。

「東條さん……境界線の薔薇のところにいたんでしょう？　ずいぶんと早くにきましたね」

「〈空間の穴〉を使ったから。狩人が行き来するために一時的に道を通じさせてるんだ。すぐに閉じるけど」

「なぜですか？　便利そうだけど」

「説明したかもしれないけど、そこらじゅうに穴を開けたら、空間が不安定になってしまう。世界の壁が薄くなる。隣接する異世界にも影響がでてくるからね」

〈空間の穴〉――初めから狩人たちが興味を抱いているのはその一点なのだ。彼らにとっては〈グラ〉の内部で起こった〈変異の術〉の事件など些細なことにすぎないのかもしれない。人間から貴種のヴァンパイアに変えられた青年にも興味はない――？

あの青年のことを考えると、律也は複雑な気持ちになってしまう。亡くなる前、青年は「俺はこれからどうなるんでしょう」と心配していたと聞いた。取り調べや館の調査から、彼が嘘をついているといった矛盾は発見されなかった。

これからも真相解明のために調査に協力するならいずれは〈グラ〉の地で暮らせるように手配する、もしくは落ち着いたら人界に戻らせることも可能だとユーシスが約束すると、青年は心から安堵《あんど》したようだったという。「できれば人界に戻りたい」というのが彼の希望だった。

ヴァンパイアになったといわれたのに、青年は血や生気が吸えるわけでもなく、かといって普通の食事をしたいという食欲もわかなかった。数か月間、術師のノラからもらう薬で栄養をとっていたというのだ。

人界に戻るという目標を得て、朗らかな表情を浮かべるようになっていた青年だったが、取り調べがひと段落ついた翌朝にベッドで冷たくなっていた。

もしかしたら証拠隠滅のために術師のギルドの者が彼を殺害しにくるのではないかと警戒して厳重に見張りをたてていたため、何者かが侵入した可能性は低いという。

ヴァンパイアの目には貴種に見えるのに、彼の肉体は実際にはヴァンパイアに変化しているわけではなかった。血も生気も吸えないのでは栄養を摂取できない。もしくは術が未完成で、実験段階だったのかもしれない。彼のいっていた「術師のくれる薬」がなければその生命を保つのは難しかったのだろうか。

青年が亡くなったことで、実行犯のノラたちの裏にひそんでいる者たちの正体を突き止めるのは困難になった。はたして闇の術師のギルドとやらは実在するのか。薔薇や〈神樹の森〉の草木が枯れたのは謎のまま――。

「……今回の件、闇の術師のギルドが絡んでいるみたいなんです。ユーシスの元部下だった術師がその存在を匂わせて亡くなってしまって。ヴァンパイアにされた青年もつい数日前に……」

律也は「つくられた貴種」だった青年の事情をかいつまんで東條に説明した。以前、東條が術師たちのギルドは大昔に消滅したと話していたことから、もしかしたら情報を得られないかと期待していたのだが……。

「――闇の術師のギルド、か。あるのかなあ、そんなの。このあいだ話したよね。術師たちってのは、基本的に群れないいんだよ」

「でも、ノラの背後になにかあるのは確実なんです。彼がひとりでできることじゃない。ヴァンパイアの貴種を覚醒もしてない人間から作りだそうなんて――術師以外に誰が考えつくんですか」

「そうだね、術師にとっては魅力的な実験ではあるね。例外的に禁忌の術のために結束してるってはあるかもしれない。できればあってほしくないってのが僕の考えなんだけど、現実的にはどうなのかなあ。いや、個人的には非常に興味があるけどね。いますぐにでも薔薇の枯れた調査なんて放りだして潜入捜査したいぐらいだけど――でも……」

東條は再度首をひねり、「……可能性としては……いや、しかし……」と口のなかでぶつぶつぶやいている。

ほんとうに東條は――狩人たちはギルドについて詳しい情報はつかんでないのだろうか。もしくはとぼけているのか。

まったく知らない可能性もある。なにせ狩人がはっきりと関心をもっているのは〈空間の穴〉、そして境界線の薔薇や〈神樹の森〉が枯れた事象についてなのだから。

「東條さん、薔薇の件は……なにかわかったんですか？　ギルドについては不明だけど、ノラと青年が今回の事件を起こした経緯はある程度把握できた。でも薔薇のことは彼らの口からもなにも情報がでてこなくて」

「術師がらみだろう。なんらかの呪術で薔薇や草木が枯れたとみてる。どうしてヴァンパイアにとって大切な薔薇を枯らしたのかには興味があるけどね。それより始祖の血筋のヴァンパイアを量産しようってほうが、僕的にはすごいと思えるが」

一理あるのだが、妙にあっさりと片付けられたのが引っかかった。単純に術師のかけた呪術なのだろうか？　そのわりには、狩人たちはだいぶ薔薇や〈神樹の森〉の一件にこだわっていたではないか、と。

「どういう術なのか、わかってるんですか？　さっきの狩人のひとは、片がついたみたいないいかたをしてたけど」

東條は「え」と驚いたように目を瞠った。

「彼がそういったのかい？　……そうか……。残念ながら、僕は知らないことが多いんだ。覚醒して間もない下っ端だから――あと百年もして後輩の狩人ができたら、もうちょっと偉くなれると思うんだが、それまで待っていてくれれば情報を流すよ。まあ僕は集団のなかで出世できるタイプではないので、あまり期待しないでほしいんだが」

「はあ……」

話しているうちに論点がずれていく。とぼけた口をきくところは普段の東條だったが、どこかわざとらしいようにも見えた。

「東條さん……ほんとは薔薇の枯れた原因、知ってるんでしょう？　狩人の秘密事項だから俺にいえないだけ？」

「そうじゃないけど。僕もすべてを知っているわけではないからね。それに――律也くんは、知らないほうがいいかもしれないよ」

不意打ちの返答に、律也は「え」と息を呑む。

「どういう意味ですか」

東條は困ったように「うーん」と頭を掻いた。

「以前、僕がいったことを覚えてるだろうか。余計なお世話だと思うが、きみは夜の種族の世界に立ち入らないほうがいいという意見だ。ほら——どうせきみはうんざりするほど長生きするんだし、人界で暮らせるうちは楽しい大学生活を送るほうが有意義なんではないかと僕が提案しただろう？　きみは案の定、『でもでも櫂が』だったけど」

「ええ。それは……でも……」

東條は待ってましたばかりに「ほら、『でも』だ」と指摘する。

「きみは僕がなにをいっても、『俺は櫂のそばにいたい』なんだろう？　僕も律也くんの頭の中身が九割方『国枝櫂』って名前で埋め尽くされているのは知ってるから、議論してもしようがないとは思うが……きみは所詮、普通の大学生男子の思考回路の持ち主に過ぎないし、こっちの事情はいろいろハードだろう。人間の青年が貴種のヴァンパイアにされたっていう話だって」

たしかにショックだった。自らの意思で夜の種族の世界にきたとはいえ、青年の最期はあまりにも憐《あわ》れだった。人間としての時間の流れを捨てたつもりだったのに、結局ヴァンパイアにもなれなかったのだから。

「……大変なことだと思います。でも……だからこそ、俺の大切な人たちが関わっている世界なんだから、そんなハードな事情を俺だけ知らんふりできない」

「大切なひと、か。厳密にいうと、みんなもう人間じゃないけどね」

揚げ足をとる東條に、律也はむっと唇を尖らせる。

「俺はいつも『糴が糴が』かもしれないけど――糴だけじゃない。慎ちゃんだってそうだし、アニーも、東條さんだって、その大切なひとのうちのひとりですよ。みんなが関係してくるから、こっちの世界の事情もきちんと知っておきたいんです。あっちで普通に大学生してろっていう東條さんのいいぶんもわかるけど、自分だけ安穏としてられない」

東條は虚をつかれたように黙り込んでから「まったく……」と苦笑した。

「……だから、きみは危なっかしい」

あきれているような笑顔――表情豊かなのに、不思議と真意を窺《うかが》わせないのは、東條の特徴だった。その顔かたちが完璧に整っているからだろうか。生の感情は伝わってこない。こちらの思考は筒抜けだろうに、向こうの考えは決して読めないのだ。

心話で会話をし、ものいわずに静かに思考する麗人たち――それが狩人の本来の在り方だ。人間の頃のオカルトマニアの人格が前面にでている東條がむしろ例外的で……。

先ほど一瞬感じた近づきがたさのようなものが再び頭をよぎる。

「……東條さん、俺たち友達ですよね」

律也が思わず問いかけると、東條は目をぱちくりとさせた。

「もちろんだよ。律也くんは僕のたったひとりの心の友だ。何度同じことをいわせるんだい？照れるなあ」

はにかみながら髪をかきあげる東條を見て、腕のなかのアニーが「馬鹿か、こいつ……」と〈閉じた心話〉で呟いた。

律也に接してくれる東條の態度や言葉に嘘はない。昔から人の心が読めるせいで、親しい人間はいなかった——あの告白もたぶん真実だ。だが、律也が自分だけではなく、櫂の伴侶として行動するように、東條も律也の友人としてよりも狩人の立場を優先しなければならないこともあるかもしれない。この先、夜の種族の情勢が複雑になるたびに、互いに秘密にしなければいけないことが増えていくのだろうか。

致し方ないとは思いつつも、幾ばくかの淋しさを感じる。誰も変わってほしくない——そう願いながらも、人も時も移りゆくものだから。

「ん？　アニーがなんだかユニークな顔をして僕を見てるんだけど、なにを伝えたいんだろうか。ようやく僕と仲良くしてくれる気になったのかな」

アニーが〈閉じた心話〉で「馬鹿といってやれ」とけしかけてくるので、律也は「め」とその頭を軽くたたいた。

「……じゃあ東條さんの意見としては、薔薇が枯れた件は心配しなくてもいいってことですか？」

「それはいずれはっきりするだろう。もうひとつ大きな謎があったけど、解けたかな？　そっちのほうが僕は個人的に気になる」

「謎？」

「妖精王の卵だよ。どうして孵らないのか。〈グラ〉の長はきみたちになにか教えてくれた？」

妖精王の卵の件も気にかけてはいたが、ノラの騒動でそれどころではなかった。

しかし、思い起こせばノラも大広間でユーシスに対して「卵を孵らなくしたのはあなただ」と非難していた。一連の事件と卵はなにか関係があるのだろうか。

そういえばひとつ引っかかったことが——と考えかけて、律也は首をかしげた。

「あれ？　なにか言及しなきゃいけないと思ってたことがあったはずなんだけど……思い出せない」

「そういうときはあまり考え込まないほうがいいよ。なにかの拍子に思い出すものだから。卵の件はまだ謎のままなのか。残念だ」

東條は眉間《みけん》に皺《しわ》を寄せて「僕も見せてもらえたら。見たいなあ、妖精王の卵」と唸《うな》った。

「アドリアンなら自慢屋だから『見たい』といえば簡単なんだが、ここの長のユーシスは理由もなく部外者には見せてくれないだろうしね。国枝櫂は傷ひとつないといってたけど、実は卵の底に穴でも開いてて、中身はすでに食われてるんじゃないかと僕は推測してるんだけど、どうだろう。ほら、卵に穴開けて、ちゅうちゅう吸うみたいにして」

ユーシスが巨大な卵にかじりついてすすっているところを想像して、律也は顔をしかめた。

「穴なんて開いてないし、食べてもいませんよ。東條さん、よくそんなグロいこと考えつきますね」

「だって〈グラ〉の長は自身が妖精めいた容姿をしてるじゃないか。なにか特別な栄養をとっていると推測してもおかしくないだろう？　〈グラ〉の氏族に妖精の血が混じってるのは何故なのか——妖精を食っていたのが伝承だとしても、じゃあほかの原因があるのかっていったら謎だし。ほんとはそっちの調査をしたいくらいだよ」

オカルトマニアの本領発揮で、東條は目をきらきらとさせている。

「妖精ってのは美味《うま》いんだろうか。一匹つかまえてポケットに入れて飼いたいとは思うけど、食欲はそそられないなあ。律也くんはどう思う？　今度、国枝櫂に聞いてみてくれないか。ヴァンパイアとしては食欲をそそられるのか、どうなのか」

「自分で聞いてくださいよ」

「あんなストイックで真面目そうな彼にそんな下世話なこと聞けるわけないじゃないか。あの綺麗な顔で蔑《さげす》むように見られでもしたら、僕は己を恥じて赤面してしまうかもしれない」

「……俺にならば、なにを聞いてもかまわないんですね」

「だって心の友だから」とあっさり返されて律也は頭をかかえたくなったが、東條があくまで東條らしいことに内心ほっと胸をなでおろした。

気になっていたことをやっと思い出したのは、東條と話した翌日――お茶の時間に下僕たちが「こちらはアニー様に」と大量のプチケーキを銀の皿に載せて運んできたのがきっかけだった。

アニーは城の主のような顔で『ご苦労』とふんぞりかえったあと、テーブルの上にちょこんと乗って色とりどりのケーキを満足そうに眺める。

『ユーシスのやつめ、気の利《き》くことだ』

その一言で、律也の記憶の頁《ページ》がめくられて、ある一場面で止まった。「あ！」と叫んだ途端、アニーがびくっとして睨んでくる。

『なんだ？　これは俺のためのケーキだぞ。わけてやってもいいが、俺が一番に選ぶのだ。少し待ってろ』

「ちが……アニー、そうだ、聞きたかったんだ。あの大広間の騒動のとき、ユーシスに抱かれて戻ってきただろ？　どこに行ってたんだ？」

そう――あのとき「頼みごとをされた」といわれて気になったはずなのに、騒動のせいで問い質すひまもないうちに失念していたのだ。

アニーは「なんだ、そんなことか」と拍子抜けした顔になる。

『〈神樹の森〉を散策してたら会ったのだ』

「なにか頼まれたっていってただろ？　ユーシスとなにをやったんだ？」

『いえんな。それは男同士の固い絆の秘密なのだ』

やけにキリッと凛々《りり》しい目をするアニーに、律也はしらけた視線を向けた。

「ケーキもらう絆か？」

『失敬なことというな。買収されたわけではない。口止めされてもいないが、俺が気を遣ったのだ。やつは卵を大事にしてるからな』

「妖精王の卵に関すること……？」

聞けば、アニーはあの日〈神樹の森〉でユーシスに「妖精王の卵のところに一緒に行ってくれないか」と声をかけられたのだという。

「卵のところにいって、なにかしたのか？」

『いや、ただ耳をすましただけだ。無駄だったがな』

アニーはユーシスに「もしも卵が伝えたいことがわかるなら教えてほしい。きみなら精霊だから、彼ととても近い存在だろう」と頼まれたとのことだった。

卵に微笑みかけるユーシスの姿を思い出して、律也は困惑する。

「でも、いつもユーシスは親しげに卵に話しかけて……会話してるんじゃなかったのか？

彼にだけは声が聞こえてるんだと思ってた」

『よくは知らん。俺の前でも普通に話しかけてたからな。おまえが国枝櫂と小芝居してるような甘ったるい感じだったぞ。でも俺に「なにかいってるなら教えてくれ」と頼むのだから聞こえてはいないんだろう』

「……………」

ユーシスと妖精王は会話をしているわけではなかった――。

いったいどういうことなのか。秘密の一端にふれたようだが、ますますわけがわからなくなる。

「それで……アニーにもやっぱり聞こえなかったのか」

『卵のなかから、必死に訴えかけようとしているのは伝わってきたがな。俺にも聞こえないくらいだから、たぶん意思の疎通がきちんとできるのは神樹くらいだろう。こちらのいうことはわかってるみたいだ。あの卵は――生きてはいるが、ちょっと不完全みたいだな。理由は俺にもわからん』

やはり妖精王の卵には異変が起こっているらしい。

卵と会話ができるわけではない。では、なぜユーシスはあんなふうにうれしそうに話をしている振りを？

「――お茶の時間か。語り部の石の精霊は食欲が戻ってきたみたいでなによりだな」

ちょうど櫂が部屋に戻ってきて、テーブルの上の山盛りのケーキを見て微笑んだ。

律也があわててアニーから聞いたユーシスの話を伝えると、櫂はいくぶん緊張した面持ちになった。

「卵に問題があるのか。――本人に聞こう。どう関係しているのかわからないが、ノラの件や薔薇が枯れたことといい、闇の術師のギルドが実在しているのなら、〈グラ〉の問題だけではない」

ケーキをゆっくり食べ損ねてむくれるアニーを抱きかかえながら、律也は櫂とともに部屋を出てユーシスの姿をさがした。毎度のことながら、供も連れずに外に出て行ったらしい。行き先は〈神樹の森〉――客人もいない普段ならばユーシスは何時間でも〈神樹の森〉にいるとのことだった。

ずっと妖精王の卵のそばに……？　会話もできないのに？

律也たちが裏門に向かう途中で妖精たちが群がってきた。律也の肩に乗って口をぱくぱくとさせているので、アニーが通訳してくれる。

『ユーシスに「律也がくる」ってことを伝えたから、待っててくれてるといってるぞ』

すでに律也たちがどういう目的でユーシスをさがしているのかも知っているようだった。〈グラ〉の地では妖精たちは至るところにいてつねに誰かの話に耳を傾けている。様々な状況をいち早く把握しているのだ。

妖精に支配されている氏族――レイのいっていた言葉がふっと頭をよぎる。

〈神樹の森〉はいつも通り厳《おごそ》かで神聖な静けさに満ちあふれていた。忌《い》まわしい〈変異の術〉による事件があっても、俗世の諍いごとなど、この森では意味をもたないように。

ユーシスは隠された道の手前で待っていた。

「――きたね。卵についてはいずれ話さなくてはいけないと思っていたんだ」

律也と櫂は顔を見合わせて、「さあ」と導かれるままにユーシスのあとについて歩きだした。

隠された道の先はさらに清らかな空気につつまれていた。呼吸するだけで癒《いや》されるような不思議な空間。会話ができないなら、ユーシスは卵のそばでなにをしているのだろう。

「アニーに聞いたのだろう？　そう……僕は卵と話をしているわけではないんだよ。ただ勝手にしゃべりかけているだけ。卵の表面が返事をするように光ることがあるから、いいように解釈して彼の意図を察したつもりになっているけれど」

「どうしてそんなことを……？」

ユーシスの横顔にわずかに暗い翳《かげ》りがよぎる。

「僕にはそれしか残されていないから」

神樹の洞に置かれている妖精王の卵――律也たちがそばにいくと、その表面に虹色の光が走り、今日も来訪を歓迎してくれているように見えた。この前も「待っている」ように感じたが、卵が意思をもっているのは間違いない。

ユーシスは「やあ」と声をかけて、卵をいとしそうに撫《な》でた。

「今日は何度もすまないね。騒がしくして、悪いとは思っているのだけれども……」

卵は相槌《あいづち》を打つようにぽわんと光る。

いくら会話ができなくても、ユーシスと卵のあいだに特別な絆があるのは事実で、どこまで踏み込んでいいのかわからなかった。これはもはや個人的な領域ではないのか。

だが、先ほど櫂がいったようにもはや〈グラ〉だけの問題ではない。妖精王の卵に異変があるのならば、確認しなければならなかった。

櫂がおもむろに一歩前に進みでる。

「ユーシス、差しさわりがなければ、教えてほしい。卵はいまどういう状態なんだ？」

ユーシスはしばらく黙ったまま卵を見つめていた。過去に想いを馳せているのか、もしくは卵との対話を試みているのか。やがて観念したように目を伏せる。

「——そうだね。順を追って話そうか。アニーに妖精王の声が聞こえないかどうか頼んだのは、今回の事件の真相を聞きたかったからだよ」

「……妖精王がなにか知ってるのか」

「おそらくは——薔薇の枯れた地でも、この〈神樹の森〉でも妖精たちはなにがあったのかを見ているはずなんだ。でも、本人たちにも理解できない現象だから、僕には正しく伝えらない。ただ『怖い穴』というのみ——これは魔法陣のことか、それによって開けられた〈空間の穴〉のことだろう。でも、妖精たち同士なら言語に頼らない、もっと高度な意思の伝達ができる。たとえば実際に見た映像をそのままイメージとして相手に伝えられるんだ。衝撃も感情もそっくりコピーするようにしてね。妖精たちは妖精王になら薔薇の枯れたときの現象を伝えているかもしれない。もしくは、この〈神樹の森〉の一帯が枯れたことは、妖精王と神樹なら必ず見ていて知っている。なにせ彼らが枯れた草木を修復して甦らせているのだからね」

そのために妖精王と話をしたかったのか。事件のためだけに？

心の声が伝わったのか、ユーシスは微笑んだ。

「もちろんそれだけではないけれど。櫂が〈浄化者〉の伴侶を得て、語り部の石の精霊がそばにいると聞いたときから、僕はきみたちに期待していたんだよ。白い翼をもつ櫂と、〈浄化者〉のきみ、そして偉大な語り部の石の精霊なら……この停滞した事態を変えてくれるのではないかと思ってね。卵を見せたのも、そのためだ。奇跡を祈るような気持ちで――もしかしたら、妖精王は僕に怒って口をきいてくれないだけで、きみたちなら声が聞こえるんじゃないかと望みをかけた」

「怒るって……どうしてですか」

先ほどから卵は会話に反応するように光を浮かべていて、いまの状態を見ると「違う、怒っていない」と訴えているように映った。

「大広間でノラがいったことを覚えているだろうか。妖精王の卵を孵らなくしたのは僕だと……あれはきっと当たっているんだ。でもこうして見ると、まだ卵は生きている。孵るのか、孵らないか……どちらにせよ、五百年もこの状態が続いてるのは僕のせいだ」

「なにがあったんですか？　ユーシス様は妖精王のために長になったんでしょう？」

先日語ってくれた「ある男」の話が事実なら、ユーシスは誰よりも妖精王を愛しく思っていたはずだった。

「そうだね……。でも結果的に、僕は彼を壊してしまった」

「壊す……？」

「長になったあとに、僕は彼に自分と契るように強要したんだ。彼を穢した」

にわかには信じられなくて、律也はその話の先をどう促していいのかわからなかった。目の前にいるユーシスはほっそりとした優男で、いくらヴァンパイアといえども、強引に力ずくで相手をどうこうするタイプではない。

だいたいそんなことをしたなら、ユーシスの来訪を待ちわびているような卵の輝きは不自然だった。ふたりのあいだにいったいなにが起こったというのか。

「少し長くなるが――きみたちには聞いてもらおうか」

そうしてユーシスは語りはじめる。五百年以上前のユーシスと妖精王の出会いと、彼が自らを責めている理由を。

「僕が初めて妖精王に出会ったのは——〈神樹の森〉だった。僕はもともと妖精たちと仲がよくて、『こっそり僕たちの王様に会わせてあげる』といわれて連れられてきたんだ。もしも会えたら話のネタになると思ってね。妖精たちはご機嫌で『ユーシス、きっと気に入る。王様、とても綺麗』と楽しそうに笑っていた……」

〈グラ〉の氏族にとっても妖精王は特別な存在で、姿を拝められる者は限られていた。卵のときは〈神樹の森〉の隠された道の奥に鎮座し、人型となっているときは長の城に人目を避けて住まう——。

当時のユーシスは長になる気など到底なく、すでに二百歳を超えていた。数少ない仕えてくれる者たちを大事にして平和に暮らしていければいいと思っていた。

幸い〈グラ〉の地ではそれが許される。ヴァンパイアにしては珍しくものを積極的に食べるせいか、〈グラ〉の氏族は血に飢えた民とは少し異なっていた。口から食べるものや、妖精たちが自然に与えてくれる生気だけで満足して、吸血を行わない者もいるくらいだ。もちろん貴種の血をつなぐため、ユーシスも人界に時々赴いて契約者をつくっていたが、それほど積極的ではなかった。契約者のなかから伴侶を選べと側近からは進言されていたが、いまいち心が昂《たかぶ》る相手がいなかった。

目的もなく、ふわふわと生きているだけの毎日——妖精王に出会ったのはそんな日々にわずかに焦りを感じていた頃だった。

「妖精王は〈神樹の森〉の隠された道の手前で、僕を待っていた。初めて目にしたとき、時間が止まったように感じたよ。時々、僕の容姿を妖精の代理の王として相応しいという者がいるけれど——本物の妖精王は美貌だけにとどまらず、周りをとりまく空気からして違う。自然の祝福を受けた存在なんだ」

そのときもまず森の木々が彼を讃《たた》えるようにざわめいていた。存在するだけで空間を自らの霊的エネルギーで別次元につくりかえるような、圧倒的な原始の力。

だが、妖精王の外見自体はユーシスと同年代の二十歳前後の中性的な若者にすぎなかった。儚《はかな》さと凛々しさを同時に併せ持つ美貌——ゆるやかなウェーブを描く長い髪は銀色というよりは白く、発光しているかのように光り輝いていた。目は澄みきったブルーで、時おり猫のように金色に輝く。存在そのものがまさに神秘だった。

話を聞いていて、律也は妖精王の姿を頭のなかに思い描こうとしたが、うまく像を結ぶことができなかった。

「ユーシス様の髪みたいに白いんですか？」

「僕のとはまた違う。だいたい、僕の生まれつきの髪は金色なんだよ。いまでこそ白くなったけどね。そのときも二百歳は超えていたけど、まだ金髪だった」

律也の腕に抱かれていたアニーが空気を読まずに無邪気に突っ込む。

「では、おまえの髪が白いのは単なる老化現象か」

律也はあわてて「こら、アニー」と注意したが、ユーシスは気にしたふうもなく笑った。

「……そう、僕は老いた。でも当時は若かった。原始から生まれ変わりをくりかえして存在している妖精王に比べればほんの若造にすぎなかった」

初対面のとき、妖精王は寄ってきた妖精たちを手のひらや肩に乗せながらユーシスに「あなたがこの子たちのいう面白い男か」と微笑みかけたという。

不思議な金色に光る瞳に見据えられた瞬間、ユーシスは「は……」とその場に跪《ひざまず》くしかなかった。

「彼は『顔をあげてくれ』と僕に声をかけてくれた。畏れ多くて僕がうつむいたままでいると、いきなり僕の目の前に腰をおろして、顔を覗《のぞ》き込んできたんだ。まるで好奇心旺盛な子どもが珍しい虫でも見つけたみたいな、わくわくした目をして——僕が困惑して顔をあげると、彼はうれしそうに『せっかくこの子たちの紹介で会いにきたのに、顔を見られないのでは淋しいではないか』と笑った。高貴で威厳があるのに、その目はどこか無邪気で可愛らしくて……」

妖精王のよく動く表情は魅力的で、ユーシスは一目で惹かれた。彼は朗らかに微笑むだけで多くを語らなかった。ただ一緒に森のなかをのんびりと散策して、ユーシスの肩や頭に多くの妖精たちが寄ってくるのを見ると、「あなたはわたしより人気があるみたいだね」と楽しそうに笑った。

「『今日も王様が待ってるから』――妖精たちにそういわれて、たびたび森へ行った。彼は『いまの長は邪気が多いから、わたしが卵になる日も近い』と漏らしていた。妖精王が卵になるのは地上の穢れを払うため……当時はなにが起こっているのかわからなかった。やがて妖精王から『あなたに会えて楽しかった。あなたは妖精の血が濃いヴァンパイアだから』といわれた。その日以降、妖精たちから『王様のところへ行こう』と誘われることはなかった。……姿を拝めただけでも奇跡だったのだから、良い夢を見たのだと思うことにしたよ。だけど、ほどなくして長の悪行が噂になって耳に届いた」

例の悪食の件だった。当時の長は、おぞましくも妖精や仲間のヴァンパイアの肉を食らっていたという――。

「なにもいわなかったが、彼はきっと僕に助けを求めていたんだ……そう思ったよ。その頃はもう代替わりの一騎打ちというよりも、とにかく誰かが現長を倒さなければ――そういう雰囲気になっていてね。挑んだのは僕だけじゃなかった。城の内部はまさに地獄絵図だった。長に仕えている者たちも悪食が感染したようにおかしくなっていて……。もともとヴァンパイアは血生臭いことをするけれども、戦いで敗れた者にとどめをさすときはエネルギーを吸

い取って、光る塵として散らせるのが美学だ。だが、それを許さずに捕えた敗者たちを拷問して肉を貪《むさぼ》り食っていた……この世の光景ではなかったよ」

想像するだけで気分が悪くなりそうで、律也は思わず口許を押さえた。隣に立っていた櫂がそっと腕を支えてくれる。

当時を思い出したのか、ユーシスは痛ましげに眉間に皺をよせた。

「長の部屋には――食われかけの妖精たちの屍がたくさん散らばっていた。それを見た途端、慄《おのの》きは怒りに変わった。目の前の長を屠《ほふ》る。それしか考えられなかった」

〈神樹の森〉で出会った美しいあのひとも、この狂王の毒牙《どくが》にかかるかもしれない――そう考えると、畏れも迷いもなかった。長との死闘を終えたとき、ユーシスの鮮やかな金髪は真っ白になっていたという。自らは気づいていなかったが、以前とは形相《ぎょうそう》すら変わっていた。

しかし目の前に広がる悪夢のような光景はもちろん、自分の容姿の変化など些末なことに気をとめている暇はなかった。長を倒しても、狂信的な部下たちは止まらずに妖精王を連れて出城に立てこもってしまったからだ。

まだユーシスに仕える者が少なかったため、当時白い翼をもっていて実質的にヴァンパイアの王と呼ばれていた〈スペルビア〉の長に協力を求めて頭をさげにいった。氏族同士で張り合っていたから、その行為には反対する者もいたが、ユーシスにしてみればプライドなどどうでもよかった。ただそのとき、残党に攫われていった妖精王が心配で、荒れ果てた地に妖精たちと楽しく暮らせる平和が戻るのなら、と。

そして〈スペルビア〉の援助を得て残党を討伐したあと、ユーシスはようやく妖精王を救出して対面した。

囚《とら》われの身となっても、妖精王が輝くばかりに美しかったのが唯一の救いだった。出城の薄暗い地下牢のなかでも、彼が姿を現した途端に清涼な森の風が吹いたように空気が変わり、誰にも彼を穢すことは不可能だと悟った。

長の部屋で無残な光景を見てから、どれほどこの清らかな瞬間を待ったことだろう。妖精王はユーシスの白くなった髪に手を伸ばしながら、「痛ましい」と呟いた。満身創痍《そうい》でボロボロになった身体を抱きしめて、「あなたならやってくれると思っていた」——そう耳もとに囁いた。

「彼が僕を抱きしめて、『新しい長に祝福を。あなたこそ妖精の代理の王に相応しい』といってくれたときには……すべてが報われたような気がした。同時に、妖精たちが僕を妖精王に会わせたのは、最初から凶暴な長を排除して代替わりをさせるためだと気づいた。僕が妖精王に夢中になることも見越していたんだろう」

ユーシスがあれほど妖精たちと仲がいいのに「意思が通じてるわけじゃない」とシニカルなものいいをしたのは過去の経緯に原因があるようだった。

卵は沈黙するように輝きを失っている。それに気づいたのか、ユーシスは卵にそっと手をかけた。

「だが、利用されたのだとしてもかまわない。いとしいものはいとしい。妖精たちに選ばれただけで、妖精王が一緒に城のなかに住んでくれているだけで、僕は天にも昇る心地だった――」

卵がどこか悲んでいるように見えて、律也はつい代弁したくなった。

「利用されたなんて……単純に、妖精たちはユーシス様に長になってほしかったんだと思います。だから、いまだって妖精王が不在でも、『ユーシスがいるから平気』って笑ってるんです」

「――わかってる。でも、当時の僕は利用されてもかまわないといいながら、どこかで裏切られたような気持ちになっていたのかもしれない。だから強引に……」

卵が孵らなくなったと思われる理由――話す内容が核心に迫ってくると、ユーシスの声も徐々に重々しくなっていった。

当時、初めは妖精王を見ているだけでユーシスも満足していて幸せだった。だが、森でたまに会っていた頃と比べて、長として身近に接すれば接するほど、彼の存在は自分よりも遥かに高みにあって遠いと感じるようになった。

近づきたい。ふれたい。欲しい。ヴァンパイアというよりも、恋しているのだから当然の反応だった。

妖精王の清らかな笑顔も無邪気で残酷すぎた。ユーシスがなにを求めているのか、わかっていないはずはないのに、森に吹く清涼な風そのもののような彼には切羽詰まった熱は伝わらない。抱きしめようとしても、するりとかわされてしまう。

欲望の熱を抑えながら接するユーシスに、妖精王は困ったような顔を見せるようになった。親愛の証に手の甲にくちづけしたいといっても、それすらも「駄目です」とやわらかく拒まれた。

「わたしはあなたと同じ次元には住んでいない。わたしを愛してはならない」

妖精王の受肉した身体は、いくら地上に実体としてあろうとも決して肉欲で汚してはならないのだという。

しかしユーシスにしてみれば、妖精王を欲しいと思うのは肉欲のためだけではなかった。それを理由に拒まれるのは自分の純粋な恋心を否定されるも同然だった。

「ユーシス。あなたは大切なひとです。だからこそ、わたしはそういう相手ではない」

いっそのこと嫌いだと突き放されれば、まだあきらめられたのかもしれない。あくまでやさしく諭すように語りかけながら、妖精王の目は決してユーシスのすべてを拒絶しているわけではなかった。自惚《うぬぼ》れが許されるならば、自らが代理の王として選んだ者への情愛は感じとれた。だが、決して恋の相手としては受け入れてくれなかった。

手の届かない存在だとわかっているのに日に日に想いは募っていって、自分でもどうしようもなくなった。身を焦がすような恋情は苦しさゆえに苛立ちに変わり、とうとう相手を責めたてた。

「それではあなたは長を倒すためだけに僕を利用したのか……！」

ぶつけてはならない一言だとわかっていた。それがある意味事実であることも、また同時に真実ではないことも知っていた。

その瞬間、妖精王が表情をゆがめてかなしそうな顔を見せたことが忘れられない。彼はたった一言こう答えた。「そんなことはない」——と。

その夜、妖精王はユーシスを受け入れてくれた。彼は道に迷ったような心細そうな表情をして寝台のそばに立っていた。夢かと思って手をつかんでみると実体があって、そのまま引き寄せるとすんなりと腕のなかに入ってきた。交わす言葉はなく、ただふれた唇から「わかってほしい」という心の声が伝わってきた。

禁忌のはずの妖精王の肉体——交わりはいままでに経験したことがないほど甘く、心地よく溺《おぼ》れてしまうような悦楽と幸福の波が何度も襲ってきた。しっとりと濡《ぬ》れたような感触の白い肌を抱きながら、ユーシスは束《つか》の間の蜜月《みつげつ》に酔った。

重なりあう肌はふたりの距離をいままでになく近づけたように感じられたが、交わるたびに妖精王の肉体は目に見えてやつれていった。愛情があろうとなかろうとも、肉の悦びを覚えた身体は、妖精王の器としては相応しくないと判断されたらしかった。

「元々穢れがたまっていて、もうすぐ卵になる予定だったのですから」――彼はそういったが、せっかく邪気の多い長がいなくなったというのに、ユーシスとの行為が生まれ変わりの時期を早めてしまったのは間違いなかった。

当時は卵から孵ればまた美しい彼に会えるのだと信じていた。肉体的には衰弱しても、妖精王の朗らかでよく動く表情は変わらなかった。後悔の念にとらわれるユーシスを、「なんて顔をしているのですか」とからかうように笑った。

「大丈夫。また会いましょう。あなたはとても長生きだろうから、待っていて」

その笑顔には出会った頃と同じく、悪戯っぽささえ滲《にじ》んでいた。彼は最後の最後まで決してユーシスを責めるような発言はしなかった――。

一連の出来事を語り終えると、ユーシスは苦しげに息をついた。卵とともに過ごした年月を連想させるような、長く重いためいき。

「『待っていて』と彼はいってくれた。……だけど、百年待っても卵は孵らない。二百年経っても事態は変わらなかった。僕が原因で、彼が妖精王としてもうこの世に実体をもてないのだとしたら――」

以前、ユーシスは〈破壊者〉になる恐れのある律也に対して、「愛するひとが壊れていくのを見るのはつらい」と話したことがあった。

「きみは人間の世界に戻る気はない？」と――あの問いかけは自身の境遇を律也たちに重ねあわせていたのか。そばにいて、ふれることもできないのは苦しいことだ、と。

「……でも、こうやって毎日ユーシス様は卵のもとにきて話しかけているし、孵らないと決まったわけじゃないんでしょう？」

「わからないんだ。彼に聞きたいけど、手段がない」

ユーシスの口許に自嘲《じちょう》するような笑みが浮かんだ。時間が経てばたつほど、彼は自らの行為を悔いているのかもしれなかった。毎日、明日には卵が孵るかもしれないと希望をつなぎながら――そのくりかえし。

「――彼に会いたい。だから卵の孵る日を待たなければ……それだけを願っているうちに、僕は気がつけば最高齢の長になってしまった。そう遠くない未来に、きっと若い候補者に代替わりされる日がくるだろう。もしくは長く生きすぎた代償として、カインのように個としての感情を失って、彼に会いたいという気持ちさえなくしてしまうかもしれない……それが一番怖い」

すべてを俯瞰《ふかん》したような淡々とした声には悟りきった者のみがもつ静けさがあって、過ぎ去った時間の長さを感じさせる。

ユーシスの話に不安を抱いたように、卵がせわしく点滅するように輝いた。すぐにその変化に気づいて、ユーシスは「大丈夫だ」と安心させるように笑いかける。

「きみが知っている頃より、僕もだいぶ老獪《ろうかい》になった。あとしばらくは挑戦者の若造になど負けやしない。きみが『待っていて』といったのだから、それまで元気でいなくてはね。卵から孵ったきみは、きっと前にも増して美しいだろう。僕はその姿をひとめでいいから見たくて——だから、約束は守るよ……守る」

違う。会話ができないわけではない。いくら言葉が通じなくても、ふたりはもっと深い部分でつながっている……。

息苦しさが伝染してくるのは、ユーシスが必ず妖精王に会えると信じているからだった。同時に、二度と会えないのかもしれないという畏れも伝わってくる。

希望と絶望のあいだを行き来する五百年はあまりにも長すぎる。想像するだけで気が遠くなりそうで、律也は心の底が引きつれるように痛んだ。

卵に切々と訴えかけるユーシスの姿——だが、律也にはまだ顔も知らぬ妖精王が必死に手を伸ばしてそれに応えている姿が見えるようだった。七色の美しい輝きがせつない。

「——長々と年寄りの昔話を聞かせてすまないね。きみたちが不審に思うといけないから、どうせなら全部知っておいてもらったほうがいいと思ったんだ」

櫂が「いや——」と応えるのに続いて、律也も「いいえ」とかぶりを振った。

それ以上はなにも口にすることができなかった。律也が思いつくような安易な希望や慰めの言葉なら、きっと五百年のあいだにユーシスも何度も考えただろうに決まっているから。

それにしても卵は間違いなく生きているのに、どうして孵らないのか。もしかしたら霊的なエネルギーが枯渇しているのが原因なのではなかろうか。

アニーも律也のもとにきた当初は石からでてこられない状態だったが、〈浄化者〉の生気と血のおかげで甦ったのだ。ひょっとしたら、妖精王の卵にも効果があるかもしれない……。

「ユーシス様、卵に——俺の血を与えてみてもいいでしょうか」

差し出がましいのは百も承知だったが、律也は思い切って提案してみた。もしもユーシスと妖精王が再び会えるのなら——自分にできることならなんでもしたかった。

「アニーが石からでてくるときにそうしたら元気になったんです。妖精王の卵が語り部の石と同じ反応を示すとは限らないし、俺の血に意味はないのかもしれないけど」

「それは——僕から頼みたいくらいだが」

ユーシスの顔がとまどいながらも即座に歓喜に染まるのがわかって、律也はわずかに尻込《しりご》みしたくなった。先ほどまで達観した表情を浮かべていたユーシスが、これほど単純に喜んでくれるとは思わなかったからだ。

長の伴侶としても軽率な発言だっただろうかと、律也はおそるおそる櫂の表情をうかがう。

「櫂……いいかな？　その……」

「むしろ俺からも頼む。友好的な〈グラ〉の妖精王の卵を救う可能性があるかもしれないんだ。異存があるはずがない」

擢は快く了承してくれた。

律也は早速借りたナイフで自らの腕を傷つけ、したたり落ちる鮮血を妖精王の卵に浴びせかける。

傷の痛みに顔をしかめていると、擢が律也の腕を引いて傷口を舐めてくれた。ヴァンパイアの唾液のおかげで痛みがすっと引いていく。

卵は即座に血を吸収し、その殻が鮮やかな虹色に輝きだした。どくん、どくん、とまるで命の鼓動のように光が点滅した。なんとも美しい光――。

どこからともなく風が起こり、神樹の枝葉がざわざわと揺れる。妖精の実も共鳴したように虹色に光り輝いた。明らかにいままでとは反応が違っていて、もしや奇跡が起きるのではないかと思われた。

律也は固唾を呑んで見守ったが、やがて虹色の光はすうっと静かに消えてしまった。卵は「ありがとう」というように再びゆっくりと輝いた。期待していたようなことはなにも起こらなかった。風はふっとおさまり、森はまた元の静けさを取り戻す。

律也は拳《こぶし》をぎゅっと握りしめて、全身の震えを堪《こら》えるのが精一杯だった。

「……ごめんなさい」

頭を下げる律也を見て、ユーシスは驚いたように目を瞠った。

「なぜきみが謝るんだ。……顔をあげて」

「――つまらないことをいって、期待をさせました。俺の血にそんな大層な力なんてあるわけがないのに」

先ほどの「もしかしたら」と喜びに満ちた表情を思い出したら、ユーシスの顔がまともに見られなかった。

自分が口をだしても仕方ない領域だとわかっていたのに、つい出しゃばった真似《まね》をしてしまった。ユーシスと妖精王を会わせてあげたい一心だったとはいえ、愚かにも失望を深くしただけだった。

「いいんだよ。期待したのは事実だけど――きみが謝ることじゃない。むしろ一瞬でも望みを抱かせてくれた。この数百年はその可能性すらもなかった。なにもしてあげられないまま、僕は卵に独り言のように語りかけるしかなくてね」

気遣われてしまうと、なおさらなにもできなかった無力感に目の奥が熱くなる。律也が唇を嚙みしめながら顔をあげると、ユーシスは目許を和ませた。

「大丈夫。待つのは慣れてるんだ。これが僕の長すぎる時間を生きる理由だから。ほら、卵もきみに感謝してる。……いいよね？　もう少しこうやって僕と一緒に過ごそう――」

同意を求めるように声をかけられて卵は頷くようにぽわんと光り、次にほんのりとやわらかな光を浮かべて「ありがとう」といっているように見えた。大丈夫、あなたはよくやってくれた——と。

たとえ律也が勝手に解釈しているだけだとしても、卵の輝きには言葉に勝る癒《いや》しがあった。隠された道の奥を支配する清らかすぎる空気が、悪《あ》しきものを寄せ付けぬ清浄な森そのものが、妖精王の意思なのだ。

この心地よい空間にふれていたら、ユーシスが卵が孵るのを待ってしまうのも無理はなかった。きっと望みがなくても、いつまでも卵のそばから離れられないだろう。卵の姿でも彼は充分に応えてくれているし、これほどやさしく温かい光を目にしていたら、あきらめきれるわけがない。

だからこそよけいに——その絆が美しく、痛ましいようにも思えて……。

「——律」

櫂が律也の肩をなぐさめるように抱き寄せてくれた。ぬくもりにほっとしたら、再び眦《まなじり》に熱いものがこみあげてきてしまった。律也が動くよりも早く、櫂がそれを指先でぬぐってくれる。

「——きみたちには心から感謝してるよ。ありがとう」

律也と櫂を見つめるユーシスの目は微笑ましげだった。

「僕はずっと卵が孵るのを待つだけだった。だけど……きみたちを見ていたら、新しい風がどんなふうに吹くのか知りたくなったよ。どうやらいまはのんびりともしていられない時代になったようだからね。老いぼれではあるけれど、僕にできることなら、なんでも協力しよう」

ユーシスは覚悟を決めたように卵のそばから離れて一歩前に進みでると、櫂に向かって手を差しだす。

「櫂――白い翼をもつきみにこんなことをいうのはおこがましいかもしれないが、僕は年だけはとってるから、なにかあったときにはきみの後ろ盾になろう。他の氏族の長は皆きみよりも年長ばかりだ。年をくっているだけあって、腹に一物あったり、癖の強い長もいるから揉めることもあるだろうが、年の功で僕ならばおさめられる場面もあるだろう」

願ってもない申し出に、櫂は「ありがたい」と即答して、ユーシスの手を握り返す。

「こちらから頼みたいと思っていたことだ。俺は覚醒してからまだ年数もそれほど経っていない。あなたから見れば若輩に過ぎないだろうが」

「もともと〈グラ〉と〈スペルビア〉は友好関係にあるのだから当然だ。それに、白い翼をもつ者がそんなに謙遜《けんそん》することはない。きみは存在するだけで他のヴァンパイアにとっては畏れ多く眩い力をもつのだから。……かつてのカインがそうだったように。カインには以前助けてもらった。今度は僕がきみを助ける番なのだろう。僕が長生きした理由のもうひとつはそれなのかもしれない」

固い握手を交わすふたりを目にして、律也は胸が熱くなった。新たな脅威が出現したとしても、こうしてさらに強固になる絆もあるのだ。

再度ものいわぬ卵に視線を移す。これでもしも妖精王の卵に変化があったなら最高の結末だったのに――。

「ユーシス様はこれから……」

口にだしてしまってから、途中であわてて言葉を呑み込んだ。卵が孵らなかったらどうするのですか、〈グラ〉はどうなるのですか――とはさすがにこの場面では問えなかった。しかしすでに考えただけで伝わってしまったらしい。

「なにも変わらない。妖精王の卵を守るのが〈グラ〉の長の役目だ。僕はこのまま彼を待つよ」

そういって軽やかに笑うが、ふとしたときに覗く決意のこもった悲愴《ひそう》ともいえる表情――それは卵にも見えているのだろうか。もし見えていないのなら哀《かな》しいし、見えていたとしても、なお切ない。

ユーシスはこれからも声も聞こえず、姿も見えないひとを愛し続けるのだろうか。

擢がそっと抱き寄せてくれたので、律也はあたたかい体温に再び目を潤《うる》ませた。愛するひとがそばにいてくれるのはとても幸せなことなのだ。

櫂とユーシスの会談で、アドリアンやラルフと四氏族のあいだで話し合いをしていくことが正式に決定した。

アドリアンの城の事件、そして今回の〈グラ〉の事件と続き、「術師狩り」の恨みなどではなく、なんらかの意図をもって徒党を組んでいる術師たちがいることが確実となったからだ。もし、ほんとうに「闇の術師のギルド」なるものがあるのなら、七氏族全体を敵に回しているわけで、氏族同士で協力しあわなければならない。

その夜、櫂は早い時間に部屋に戻ってきて、ユーシスと話し合った内容の詳細を教えてくれた。四氏族での会合を開くとなったら、また忙しくなりそうだった。

「〈グラ〉の滞在はいつまで？」

「とりあえず事件はひと段落したから、近いうちに発とう。やらなければならないことがある」

律也の浮かない表情を見て、櫂は「どうした？」と顔を覗き込んでくる。

「妖精王の卵はあのままなんだろうかと思って。どうにもならないのかな、それこそ術師に頼むとか」

「俺たちには話してくれたが、外部の者に卵の真実を伝えるわけにはいかないだろう。妖精王の卵は神聖なものだ。ユーシスは術師の力でどうこうしようとは考えていないはずだ」〈変異の術〉を施されたルネたちや「つくられた貴種」となった青年のことを考えたら、たしかに呪術の力に頼るべきことではないのだろう。

律也は寝台に並んで腰掛けている櫂の手をそっと握った。

「……律？」

「――俺は、櫂がそばにいてくれてよかった……ほんとにそう思ったんだ……」

愛しているひとの姿も見えず声も聞けず、ふれることもできないなんて――どんなに辛いだろう。

もし律也が〈破壊者〉になってしまったら、櫂のそばにいられない。櫂だけではない、夜の種族にマイナスの力を与えてしまうのだから、大切なひとは皆遠くなる。

こうして体温を感じることもできなくなって……〈破壊者〉となってアニーと放浪して、最後にはたったひとりになってしまったクリストフの運命の哀しさがあらためて切々と迫ってくる。

「大丈夫だ、俺はきみのそばから離れない。律は俺の命よりも大切だ。それに――俺だけじゃない。きみを大事に思っているひとたちはたくさんいるから。妖精王の卵の件は、やれるだけのことはやった。きみがそんなに悔やんでも、きっと妖精王もユーシスも喜ばない」

櫂のいうとおりかもしれなかった。あとは自分にできるとしたら、これ以上周囲に負担をかけたり、煩わせないことだけだった。律也は姿勢を正して頷く。

「そうだね。誰よりもつらいのはユーシスや妖精王なのに、俺がどういっても仕方なかった。……ありがとう、櫂――その、あのとき勝手に妖精王の卵に血を与えるといってしまって……他氏族のことなのに、相談もしなくてごめん」

「謝られる覚えはない。お礼をいわなければならないのは俺のほうだ。きみが妖精王の卵を救おうとしたから、ユーシスは俺に協力を申し出てくれた」

良い結果につながったと評価してくれたが、櫂はきちんと釘《くぎ》をさすのも忘れなかった。

「……だが――今回はよかったが、いくら誰かを助けたくても、あまり無茶なことはしてほしくないとも思うが」

「そうだよね。あのときはとにかく卵をどうにかしたくて」

「それが律のいいところだ。――俺の好きな律だ」

真正面から褒められるのは慣れていないので、律也は照れて返答に困ってしまう。

みっともなく火照る頬を見られたくなくてテーブルのほうに顔を向けると、先ほど妖精たちが「ユーシスからお礼の気持ち」といって運んできた花籠が見えた。籠には色鮮やかな花々や食べごろに熟れた果物がぎっしりと詰められている。

「そうだ……ユーシスが果物くれたんだ。櫂、食べる？」

「彼はほんとうにそういった気遣いがこまめだな」

アニーも山盛りのケーキをもらっていたっけ——と思い出しながら、律也は立ち上がっていってテーブルから詰めあわせの籠をもってきた。果物だけではなく小さなボトルも入っている。

「なんだろう、これ……お酒？」

律也がボトルをとりだして首をかしげていると、「どれ——」と覗き込んできた櫂が妙な顔つきになって黙り込んだ。

「果物と一緒に入れてきたから、とっておきの果実酒かなんかなのかな」

匂いを嗅ごうとして蓋を開けようとしたところ、そっと手を押しとどめられた。

「やめておいたほうがいい」

「なぜ？　せっかくくれたのに」

「……それは妖精の琥珀色の酒だ」

「え」と律也は固まる。先日の自らの痴態《ちたい》が頭のなかによぎって即座に耳が熱くなった。

「な、なんでこんなもの……このあいだ文句いったはずなのに」

「だからお礼のつもりなんだろう。……よかった」

「なにがよかったんだ？　櫂はやっぱりこの酒を喜んで……え、エロ……」

動揺しまくる律也を見て、櫂は「違う違う」と噴きだした。

「……俺がよかったといったのは、ユーシスがその酒を仕込んでくるくらいの元気があってよかったという意味だ。ひとに悪戯をしかける気持ちがあるのだから大丈夫だろう」

「ああ……」

誤解したのが恥ずかしくなって、律也は「そっちか」と呟く。

櫂の指摘通り、自分はもう平気だと伝える意味もあったのかもしれない。卵になにもできなかったことで、律也がこれ以上悔やまないようにと……。

ボトルを凝視しているうちに、ユーシスの心遣いを無駄にしてはならないような気がした。

「……櫂、今夜これ飲もうか？」

律也が真剣な眼差しで申し出ると、櫂はきょとんと目を瞠ったあと、おかしそうに口許をゆるめた。

「無理しなくてもいい。そんな睨むみたいな必死な目をして、『腹切ろうか』みたいな覚悟でいわれても」

「だって櫂はこれ、好きなんだろ？　このあいだ、とてもうれしそうだった。目がいつになくキラキラしてたし」

「……そういわれると語弊がある気がするが」

櫂はかすかに眉をひそめてから、再び唇に笑みをのぼらせた。

「――男として嫌いなわけがない。かわいい律が見られるから。……でも、そんなものを飲まなくても、律は充分にかわいい」

「………」

微塵の照れもなくそんなことをいわれたら、律也としてはもう酒を飲んで正気を失ったほうが楽だった。

真っ赤になる律也を見て、櫂はおかしそうに口許を押さえたが、からかうことはなかった。やさしげに目を細める。

「それに……朝まで激しく睦みあうのも悪くはないけれど、今夜きみを抱いたあとはぬくもりを感じながらゆっくりと眠りたい気分だ。きみとこうして話をして、ふれあえるのは大切だとあらためて気づいたから」

櫂もユーシスと妖精王の関係を知って、いろいろ思うところがあるのかもしれない。律也の不安も感じとってくれているから、先ほど「俺はきみのそばから離れない」といってくれたのだろう。なにもいわなくても通じあっている気がして、ますますいとしい気持ちがつのる。

「じゃあ……このお酒は――また今度でいいかな」

正直なところ飲まずにすんで助かったと思いながら、律也は籠のなかに酒の瓶を戻す。櫂がおかしそうに笑って腕を伸ばしてきた。

「――おいで」

抱き寄せられて、あたたかな腕のなかにつつまれる。唇を食まれると、薔薇の芳香がからだのなかに広がっていく。もともと酒など飲まなくても、この香りだけで酔うには充分だった。

「……あ……」

濃厚な夜の季節の櫂の匂いに抱かれながら、深いくちづけを交わす。

騒動が続いていて、櫂が部屋に戻ってくるのは毎晩遅かったし、先日は一晩待っていても戻ってこなかったこともあって、律也も人肌が恋しかった。自分でさえそうなのだから、櫂はおそらく自制していただけで欲しくてたまらなかったに違いない。

寝台に重なりあうようにして倒れ込んだ瞬間から、求めてやまない想いと熱があふれてくる。律也の寝間着を脱がせると、櫂はむきだしになった肌をいとしそうに撫でた。抑えきれない興奮した息が漏れるさまが、どこか色っぽい。

唇をついばまれながら、胸もとをいじられると、すぐに下半身へと疼《うず》きが伝わった。指先でやわらかく揉まれているうちに乳首が芯《しん》をもつ。

櫂の頭が胸へと下りていって、舌先でそれをつついた。ねっとりと舐められるうちに恥ずかしい熱が高まっていく。

「や……だ、そこばっかり……」

「――すごく美味しそうだ」

小さなピンク色のそこが舌でねぶられて、硬度を増す。さらにその尖り具合を楽しむように舌のうえで転がされて、吸いつかれる。

「や……耀」

胸を愛撫《あいぶ》されているだけなのに、呼吸するたびに薔薇の匂いが律也の体内に満ちていき、さらに全身を火照らせる。

妖精の秘蔵酒の力など借りなくても、今夜はとくに耀の体臭や体液からの催淫の力が強いようだった。それとも律也が欲しいばかりに自ら酔ってしまっているのか。

乳首を舐められながら腰の後ろをさぐられると、待ち構えたように反応してしまうのがわかってからだが震える。

「……欲しがってる」

「や――ちが……」

否定しようとする律也に、耀が顔を近づけて表情を覗き込む。間近から見つめられると吸い込まれてしまいそうな、夜空のごとく綺麗な黒い瞳――。

「どうして？　欲しがるのは恥ずかしいことじゃない。俺はいつでも律が欲しいし、律もそうだったらうれしいけど」

「……だ、だって……」

「俺が欲しくないのか」

美しい夜の化身のような男に麗しく甘い眼差しを向けられて、否といえるわけがなかった。

「ずるい、そんな聞きかた……」

いったんは文句を口にしかけたものの、素直な気持ちを伝えたくなって、律也はしばしの逡巡《しゅんじゅん》ののち、「欲しい……」と唇の端から声を絞りだした。

「よかった——」

櫂はうれしそうに眦をさげる。誘惑するのに長けているヴァンパイアであるのに、わずかに照れくさそうな表情を覗かせるのは櫂が昔のままの感情を残している証拠だった。

人間であった櫂と、ヴァンパイアである櫂と——そのせめぎ合いで揺らいでいる彼は時に苦しげにも見えるけれども、同時にひどく魅力的だった。

櫂が自らの着ているものを脱ぎ捨て、しなやかな筋肉に覆《おお》われた裸体があらわになった。頭のてっぺんから足のつま先まで、まるで一流の芸術家が彫り上げた彫像のように美しい肉体だった。

律也はぼんやりと見上げていたが、櫂の男の部分が自らを欲して反応しているのを目にして頬を染める。

櫂は表情だけ見ているると興奮しているのがわかりにくいのだが、その箇所だけはまぎれもない熱情を表現している。凶暴ともいえる雄々《おお》しさがいまだに怖いときもあって……。

目をそらす律也を見て、櫂は困ったように微笑んだ。

「まったく……いつまでたっても律はかわいくて、俺を惑わす」

「な……なにが……」

「いいかげん慣れてくれないと、俺はきみにいやらしいこともできない」

「いまだってさんざんイヤラシイことしてるくせに？」

律也が反論すると、櫂は「しっ」というように唇に指を押し当てたあと、耳もとをくすぐるようなキスを落とす。

「律がいやらしいと思ってることなんて、俺にとっては全然いやらしくもない」

これでもかなり頑張っているほうだと思うのだが、世の中にはもっといやらしいことがあるのだろうか――と動揺する律也に、櫂は「ふ……」とおかしそうな笑いを漏らした。

口を開きかけたところ、櫂は再び指で唇をふさいできて「もう黙って」と囁く。

指の代わりに、キスで封じられる唇が甘い。

首すじからくちづけをくりかえされ、下肢に手を伸ばされて――櫂の舌や指がふれた部分から全身が蕩けていく。

「や――櫂」

開かされた足のあいだに顔を埋《うず》められて、律也は「いや」と首を横に振った。勃起《ぼっき》したものが生温かい感触につつまれる。粘膜から媚薬《びやく》成分のある唾液《だえき》が染み込んできて、強烈な快感が背すじを突き抜けた。

「……あ、は……」

櫂の頭を引きはがそうとしたが、堪えきれずにほどなく達してまった。荒い息を吐きながら、彼の髪にからんだ指が震えて力が抜けていく。

いつもながら早すぎて恥ずかしかったけれども、櫂は気にしたふうもなく丁寧に律也の白濁を舐めとった。血と同じく〈浄化者〉の体液もヴァンパイアには力を与えるらしく、その目が妖《あや》しく赤く光っている。

「律はどこもかしこもほんとうに美味しい」

甘い囁きはさらに律也の頬を火照らせて、抗《あらが》おうにもからだに力が入らない。

櫂が律也の腰をあげさせて、後ろの蕾《つぼみ》に舌を這わせた。

舌と指で慣らされて、淫らに震えはじめるそこが櫂の目に映っていることを想像するだけで眩暈《めまい》がする。

「や——見ないで、櫂……」

「見てない」

返事とは裏腹に、目をつむっていても熱い視線を感じた。

櫂の欲情した眼差し——憂いがちな瞳が、制御しきれない熱に浮かされている。その視線に犯されるだけで、甘美な熱が全身を巡る。

普段から冷静でヴァンパイアのくせに禁欲的にすら見える耀が、昂奮《こうふん》して求めてくるのは律也だけ——。性的な快感だけではなく、愛される悦《よろこ》びにからだが満たされていく。

やがて腰をかかえあげられ、窄《すぼ》まりに硬い肉が押しあてられた。時間をかけて慣された部分が大きなものでゆっくりと貫かれる。

「ん——」

幾度となく交りあっていても、律也のそこは初めて男を受け入れたようにきつく締めつけるらしく、耀は眉根を寄せて甘く苦しげな息を漏らした。その狭さに彼の雄身が悦んでさらに質量を増す。

「律……」

満足げな吐息混じりのキスが降ってくる。

さらに逞《たくま》しい楔《くさび》が深いところまで埋め込められて、逃れようとしてからだを動かすと、腰をがっしり押さえつけられた。耀はしばらく動かないままでいてくれたが、からだの奥が催淫効果のおかげで疼いて、律也のほうがもどかしさに腰を揺らしてしまう。

「耀……耀……」

涙目になって訴える律也を、耀は食い入るように見ていた。欲情に彩られた美貌は背すじがぞくりとくるほど蠱惑《こわく》的だ。

「なに——？」

「——う、動いて。お願い……」

艶《つや》っぽい眼差しに滲む欲望が意地悪な色合いを帯びた。

「どう動けばいい？」

「や——そんなこと聞くなんて……」

「律の好きなようにしてあげたいから」

「……擢のしたいようにして……」

かすれた声で懇願すると、擢は「わかった」と微笑んで、ようやく律也の足を再びかかえなおして腰を動かしてくれた。

からだの内部で擢の昂りが存在感を増して、律也は焦《じ》らされていたものが与えられた充足感に甘い声を漏らす。

「律——ここがいい？　ちゃんと教えて」

角度を変えて突かれても、応えられずに「ん」と唇を噛みしめる。返事がなくてもからだの反応でわかるのか、擢は感じる箇所ばかりを攻めてくる。

揺さぶられるうちに、律也のものは再び芯をもっていた。

「いや——」というか細い声をふさぐようにキスしながら、擢は逞しい性器でやわらかい粘膜を穿つ。彼のそれが満足するまでからだを押しつけあって、ひとつの意思をもっているよ

うに動いた。

「あ……や……駄目。櫂——か……」

「律——」

後ろからの刺激で律也のものが再び弾《はじ》けたあと、櫂はひときわ荒々しく腰を振り、一番深いところを精で濡らす。

さらに余韻を楽しむように腰をゆるやかに動かされて、キスをくりかえしながら互いの呼吸をつなぐ。濃い薔薇の香りに酩酊するように全身の力が抜けていった。

ぐったりとなった首すじに、櫂が唇を這わせてくる。やさしい愛撫のあとに、やわらかな肌に牙が食い込む鋭い痛み。

「あ——」

吸血行為は性的快感をともなうため、二度続けて絶頂を味わわされているようなものだった。律也の血をすすりながら、櫂も興奮しているらしく、射精したばかりのものがいまにも弾けそうに硬くなっていた。

首すじに嚙みついたまま、櫂は再び律也のなかに雄身を突き入れる。首すじと下半身の両方を牙で甘く引き裂かれているうちに、頭のなかが熱く白む。

互いの熱が鎮まるまで貪りあうように抱きあってから、再び甘く蕩《とろ》けた声を吸いとるようなくちづけを交わしあう。火照った肌のぬくもりが離れがたくて、何度も顔をぶつけるみたいにキスをくりかえした。

あらためて噛みしめる、ふれあえる悦び——こうしてふたりでひとつにつながったままでいたい。もう離れたくない。寝台のうえで交わりあったまま果てたい。そんなふうにすら思う。

幼い頃から、櫂の姿だけを追ってきた。たとえなにがあろうとも、櫂と離れるなんて、律也には考えられなくて——。

櫂は律也の顔を愛しそうに見つめて、額をこつんとつけてきた。

「……律——きみがこうして俺のそばにいてくれて——俺はほんとうに幸せだ。一度はきみに人間としての生を捨ててほしくなくてあきらめようと思ったが、きみはついてきてくれた」

初めて契った日の朝も、櫂は律也に同じことをいった。『幸せだ』——と。

律也はその言葉を聞いた途端、涙がこぼれたことを思い出した。櫂に幸せだといってもらえることが自分にとっての至福だったから。いまも櫂がそう思ってくれているのなら……。

「櫂はひどい。俺はあきらめようと思ったことなんてないのに」

「そうだな。——全部律のおかげだ」

人間としての時間を取り戻したら破壊者にならなくてもすむとユーシスにいわれたことが頭の片隅をよぎる。

櫂と離れてしまったら——？　永遠の契約を破ったとして、律也は櫂に追われる立場になる。ユーシスは櫂が律也を狩るぐらいなら、自分が塵となってしまうだろうと語っていた。律也もそうなるかもしれないと思っている。それで——？　櫂を失って、律也だけが人界でひとりで生きてどうなるのだろう。

「俺は……櫂を絶対にあきらめるなんてできない」

いくらユーシスや東條に問われて自らの心を見つめなおしてみても、律也の答えはつねにひとつしかない。

いいかえれば、律也がもっているものはそれだけ——櫂への想いだけを抱えて、時を超えて生きると誓ったのだから。櫂をあきらめるのは、律也自身が死ぬのにも等しかった。

「大丈夫だ。俺ももうあきらめない。もし律が挫《くじ》けたとしても、今度は俺があきらめないと誓おう」

交わされるくちづけは、いままでで一番甘くて——新たなる厳粛な誓いが込められていた。

薔薇の芳香につつまれながら、律也は「いいにおい」と櫂のシャツの裾を引っ張っていた幼い自分を思いだす。あの頃となにも変わっていない。でも櫂や大切なひとたちのおかげで、自身も櫂への想いも成長して強くなっているのだと信じたい。

そうしてやはり唯一といえる結論に辿りつくのだ。律也にとっては不変のもの。櫂さえいてくれれば、どんなことでも乗り越えられる——と。

その夜は櫂のぬくもりに抱かれて深い眠りに落ちた。だが、明け方近くになって、律也はふとなにかに呼ばれたような気がして目を覚ました。

「――櫂？」

櫂が呼んだのかと思ったが、彼は寝息をたてて眠っていた。律也がそっと起き上がっても、目を覚ます気配がない。

夢だろうか……。

落ち着かない気分で身を起こしたままでいると、今度ははっきりと聞こえてきた。

『律也――聞こえますか』

夢幻の世界から誘うような美しい声――相手が部屋のなかからではなく、どこか離れた場所から呼びかけているのだとわかった。

櫂の寝顔を確認したが、律也だけに聞こえているのか、やはり起きそうもない。

声の主からは凜《りん》とした気品が感じとれた。これと似た空気を知っている……。そう考えた瞬間、律也の頭のなかに〈神樹の森〉の光景が広がった。

「……妖精王、ですか？」

確信をもって問いかけると、相手の安堵《あんど》したような吐息が聞こえてきた。

『そうです。あなたが血を与えてくれたおかげで、少々時間はかかりましたが、こうして外界へ声を発することができました。いま、わたしは森から呼びかけています』

てっきり無駄に終わったと思っていたのに、律也が卵にかけた血はゆっくりと効力を発したらしい。

「もしかしたら」と期待して喜びに満ちていたユーシスの顔が浮かんで、律也はいてもたってもいられなくなった。

「すぐにユーシス様に伝えてきます。待ってください。いますぐに……」

律也が立ち上がろうとすると、『いいえ』と妖精王は制止した。

『まずあなたに話があるのです。わたしのほうからあなたのもとへ出向きたいが、あいにく〈神樹の森〉を離れるほどの力はない。申し訳ないが、あなたから森にきてくれませんか』

「い……いまからですか?」

さすがにまだ夜も明けていないのに外に出るのはためらわれた。擢を起こそうかと考えたが、それを悟ったように妖精王の声が響く。

『あなただけに話したいので、彼には眠ってもらっています。先ほど妖精たちが睡眠の粉をかがせてしまったので』

ベッドの端から妖精たちがちょこんと首をだして、「ごめんなさい」というように頭をさげるのを見て、律也は唖然とした。

『申し訳ないですが……わたしもいつまでこうしてあなたに話しかけていられるのかわからないのです。時間がないので、理解してください。外は暗いですが、その子たちが先導して守ってくれます』

妖精王の命を受けて、妖精たちはいつになく凜々しい顔を見せて「さあ、おともします」といわんばかりに律也の前へと進んできた。

妖精王の声にも、妖精たちにも禍々しさは感じとれない。〈浄化者〉の力のせいなのか、律也はそういった気配にだけは敏感なのだ。語り部の石のペンダントだけは手にとってベッドを抜けだし、素早く身支度を整えた。

部屋を出る前に、眠っている櫂を振り返る。

『大丈夫です。心配しなくても、あなたを決して危ない目には遭わせません。この〈グラ〉の地なら、わたしにもそのぐらいの力は残っている。信用なさい』

ユーシスや妖精たちと同じように、妖精王も心を読むようだった。

警戒しながらもいわれるとおりにしたのは、妖精王の声が森の空気と同じように癒されるものだったのに加えて、「これは必要なことだ」という確信が心の底にあったからだった。妖精王に会うのは、自らの役目なのだと――。

外に出ると、まるで時間が止まっているようだった。なぜなら城の警備兵たちが人形のように棒立ちになっていたからだ。律也たちが通り過ぎても、瞬《まばた》きひとつしない。妖精たちに不思議な薬でもかがされているのか、妖精王の魔法の力のせいなのか。

律也は誰にも咎められることなく、妖精たちに導かれて〈神樹の森〉へと辿り着いた。森にきてしまえば、律也を脅かすものはなにもない。

森の樹木は幻想的に光り輝き、律也を歓迎するように葉がゆらめいていた。森に棲《す》んでいる妖精たちが集まってきて、律也の周囲を舞うように飛んでいた。

ユーシスがいなければ隠された道の向こうには行けないはずだが、その夜は神樹のある場所に通じる道がすでに開いていた。「こっちこっち」というように妖精たちに手招きされて、律也はごくりと息を呑みながら前へと進む。

胸もとのペンダントを握りしめて、先ほどから「アニー」と呼びかけているが、アニーすらも薬を使われて眠っているように反応がなかった。

少し怖くなったが、律也がためらわずに歩を進めたのは森の気配がとてもやさしいからだった。ここには悪しき者たちは入り込めない。闇の呪術で草木が枯らされても、森の力で一晩で修復されてしまうのだから。

「——よくきてくれました」

巨大な神樹の洞のなかに、虹色に輝く不思議な卵はいつもと同じように置かれていた。そしてその前に、七色のオーラを身にまとう美しい青年が立っていた。

背は高いがほっそりとしていて華奢《きゃしゃ》で、精緻《せいち》に整った美貌はこの世のものとは思えぬ清らかさに満ちていた。白銀の長い髪は背にゆるやかな線を描いて波打ち、ほんのりと発光しているように見えた。どちらかというと女性的といってもいいのに、その表情はあくまで気高く、王者らしい威厳に満ちていた。しなやかだけれども強く、どこまでも澄みきった存在。

青年姿の妖精王は律也にゆったりと微笑みかけた。

「ありがとう。あなたのおかげで、いっときだけだとしても、再びこうして外の空気を感じることができました。卵のなかからでも、すべては見えるのですが」

ユーシスのいうとおり、姿かたちが美しいだけではなくて、妖精王の霊的な存在感はあまりにも圧倒的だった。ひとの形をしているだけで、まるきり世界が違う——大いなる力の塊。自分にもそういうことがわかるようになったのだと驚きつつ、律也はしばし茫然と妖精王を見つめた。

「どうしました?」と首をかしげられて、律也ははっと我に返って「いいえ」とかぶりを振る。

動揺しているのが伝わったのか、妖精王は「ふふ」とおかしそうに笑った。偉大な存在であるのに、ユーシスから聞いていたとおり、話をするときには彼の表情には親しみやすさが滲む。気品のある青年の姿であるけれども、可愛らしい、と表現してもいい。

これがユーシスの愛している妖精王——。

律也はふと神樹の洞のなかの卵を見た。先ほどから気になっていたのだが、妖精王が目の前にいるというのに、卵は傷ひとつなく綺麗なままなのだ。ふといやな予感がした。

「……いっときだけ、とは？　どういうことですか？　さっきも時間がないとか」

「この姿は幻影なのです。限りなく実体のように見せていますが、わたしの本体はまだ卵のなかにある。あなたの血のおかげで、こうして幻を見せているが、いつまで続くかはわからない」

では、卵から孵ったわけではないのか。

自分が血を与えても、根本的な解決にはならなかった……？

無力感に襲われそうになる律也に、妖精王が「あなたのせいではない」となだめるような眼差しを向けてきた。この森の植物や空気と同じく癒しでつつみこむような——。

「わたしはもう卵から孵ることはない。こうしてあなたに直接話せる機会もないのかもしれない。だから急ぐのです」

妖精王の卵は孵らない——。

突きつけられた厳しい現実を認めたくなくて、律也は「なぜ……」と声を漏らすしかなかった。

「ユーシスが話したとおりです。わたしは彼と関係をもった。旧《ふる》い肉体は捨て去りましたが、新たに受肉しようとしても、その穢れがとれない。……いや、穢れとは思っていないから、いいのです。わたしはこうして卵のままでも、神樹とともに妖精たちと〈グラ〉の地を守護していく」

「なぜ……無理なんですか。だって、あなたはいまこうして俺の目の前にいて……」

「もともと次元が違うのです。わたしの存在は森や——そう、この妖精を生みだす神樹のほうがまだ近い。たまたま人型をしていただけで……その器が、肉体から卵に変わっただけのこと。たいしたことではない」

「ユーシス様に伝えたのですか」

真っ先に気になったのはその点だった。もしも彼が知ったら……。

妖精王は目を伏せた。

「彼にはいわないでほしい。だから、あなたひとりを呼んだのです。妖精王の卵が孵らないと知ったら、彼は自分を責めるでしょう。それは避けたいのです」

妖精王はユーシスを気遣っている。ユーシスはもしかしたら卵が孵らない理由をつくったことで恨まれているのではないかと心配していたが、どうやら杞憂《きゆう》らしかった。

律也の考えていることが伝わったのか、「恨むなどと」と妖精王はおかしそうに笑った。

「わたしはこの樹木に近いといったけれども……樹木だって、自らに栄養を与えてくれる大地や、枝でさえずる小鳥や木陰でくつろぐ者にそれなりの愛着をもつものです。わたしは彼を恨んでなどいないし、そもそも彼に傷つけられるような存在でもない。むしろわたしのほうが彼を傷つけてしまった」

「あなたが……？」

妖精王は「こちらへ」と手を差し伸べた。律也がおそるおそる近づくと、やんわりと手を握ってくる。やわらかな肌はほんのりとあたたかく、幻影とは思えなかった。

「語るよりも早い。見せましょう」

妖精王がそういうなり、律也の頭のなかに膨大な映像のイメージが流れ込んでくる。それは妖精王とユーシスにかかわる記憶だった。言葉ではなく、一瞬にして伝わってくるもの。妖精たちが見たままの情報をやりとりして共有するという方法のようだった。

かつてユーシスは美しい妖精王に恋をして、前長を代替わりさせた。妖精王は狂王と呼ばれた前長を退けたユーシスを祝福したものの、恋愛という観念すらもたないため、「わたしのことは愛してはならない」と恋心を受け入れることはなかった……。

そこまではユーシスから話に聞いたとおりだった。だが、彼が語っていないこともあった。なぜ、〈グラ〉の氏族に妖精の血が混じっているのか——その理由だ。

事実を伝える映像が流れ込んできたとき、律也はさすがに生理的に受け付けられなくて口許をゆがめた。グロテスクなものにはかなり耐性があるほうなのだが……。

妖精王は申し訳なさそうに律也の手を離した。

「……これは見せるよりも、言葉で伝えるだけのほうがよかったですね」

律也は「……はい」と力なく頷く。映像は途中で途切れたが、おおよその事情を理解するには充分だった。

〈グラ〉の氏族に妖精の血が混じっているといわれる理由——それは古代に遡《さかのぼ》る。

妖精はもともと交接によって繁殖するわけではない。受肉していて身体的には可能とはいえ、妖精王とも肉体的に交わることは許されない。

しかし、妖精王は〈グラ〉の長が所有しているといわれる。その意味は、妖精王が代々〈グラ〉の長に自分の肉を与えているからだった。妖精王のからだは普通の肉体とは違い、たとえば指などを切り落としてもすぐに再生するのだという。

つまり肉の一部を食させることを契りの儀式の代わりとしていたのだ。妖精王の肉は蜜のように甘く、ヴァンパイアは虜《とりこ》になるのだという。それは血よりも美味で、夜の種族にとっては極上の麻薬のような効果があるらしかった。特殊な養分は〈グラ〉の氏族の血肉に深く染《し》み込み、他の氏族にはない特長を生みだす。種族として正反対ともいえる両者が共存していくための術だった。

狂王と呼ばれた先代の長は、その味に耽溺《たんでき》するあまり、おかしくなってしまったらしい。時々、先祖返りの「真の悪食」がでるといわれるのはそのためだった。抗いがたい蜜の味への誘惑で、妖精王の肉以外をも求めるようになってしまうのだ。

狂王は妖精王を食べようとしたのではなく、すでに食べていた——その事実を知って、律也はさすがに気分が悪くなりそうだった。

「なぜ〈グラ〉の長にそんなことをさせるのですか。ヴァンパイアだから血を吸わせるとかでもいいような気がするけれども」

「古《いにしえ》の契約だからです。彼らがわたしだけの肉で満足するように」

伝承として話を聞かされたように、その昔、〈グラ〉の氏族が妖精を食していたのは事実で、その蛮行をやめさせるために、妖精王は〈グラ〉の長と自らの肉を食べさせる代わりに妖精たちには手をださせないと契約を結んだのだという。

〈グラ〉の氏族がヴァンパイアとしては珍しくものを食するのは、残酷な歴史の名残なのだった。

そして長が代理の王として妖精王の卵を大切に守るのも、かつての罪の償いという図式なのだ。現在では長になった者と、妖精王しか知らない秘密……。

「――ユーシスはこの件だけはあなたたちに話しませんでしたね。彼らしい」

妖精王が伝えてくれた記憶の映像には、忌まわしき事実を伝えられて驚くユーシスの姿もあった。妖精王が途中で映像を送るのをやめてしまったので、その先はどうなったのかは知らない。

「……ユーシス様も……長になってからあなたを食べたんですか」

「いいえ。彼は食さなかった。代わりに愛したいといった」

妖精王はふと当時のことを思い出すように目を細めた。

「愛したいといったのです。だから、わたしはもう拒めなかった。もともと長になる野心などなかった彼を、わたしが引っぱりだした。かつてのユーシスは眩い金色の髪をしていて、ヴァンパイアにもかかわらずこの森で生まれた妖精たちのように清らかで美しい若者だった。なのに、わたしが地獄を見せた」

ユーシスに「利用したのか」と責められたことは、妖精王にはかなりこたえているようだった。

狂王との決闘を終えたあと、真っ白になってしまったというユーシスの髪。それを「痛ましい」と呟きながら、彼を抱きしめたという妖精王。

「彼の輝きを奪ったのです。それに比べたら、わたしなど――肉の器はなくしてしまったけど、たいしたことではない。妖精たちも、わたしが卵のままでもまったく気にしない。どのような姿であろうとも、目に見えるかたちなど無意味なことです。わたしの守護の力は感じとれるから……。でも、彼にその理屈は通じないでしょう」

妖精王は存在的には神樹に近くて恋愛の概念はないというが、ほんとうだろうか。ユーシスも相手に自分と同じような恋心がないのはわかっているようなくちぶりだったけれども、律也には疑問だった。

なぜならば妖精王がユーシスを大切に想っていることは言葉の端々から滲みでているからだ。それは妖精たちを守護するような慈しみの感情にすぎないのだろうか。

「いま、あなたにユーシスとの記憶を見せたように、妖精たちからは様々な情報が送られてきます。わたしは卵のなかにいても、〈グラ〉の地のことならたいていはわかる。境界線の薔薇や、この森が枯れた理由も知っています。だからあなたを呼んだのです」

いままで解けなかった謎——闇の呪術が使われたのはわかっているが、誰がどういう目的でそんなことをしたのかは見当もつかなかった。薔薇や草木を枯らして、なんの意味があるのか。

「薔薇はヴァンパイアたちにとっては霊性の強い生気の象徴。それを枯らすのは宣戦布告のようなものです。〈グラ〉の地の境界線が選ばれたのは、〈神樹の森〉があるからでしょう。つまりわたしがいるから……夜の種族の世界に在りながら、わたしは天の力——七色の光に属するもの。それを脅かそうとする者がいるのです」

「七色の光……」

律也は湖沼地帯で出会った七色の鱗をもつ人魚を思い出した。あれは天の力をもつ者だったのか。

「夜の種族の世界に混乱をもたらそうと企んでいる者がいる。そのために、わたしが邪魔になると考えたのでしょう。卵から孵っていないのでなんとかなると思ったのか、まずは試しに境界線の薔薇を狙《ねら》った。次に〈神樹の森〉を枯らそうとしたけれども、いくら彼らが闇の呪術を使おうとも、この森はわたしが何度でも復活させる。卵のままでも、そのぐらいの力はある。だから、彼らも今回はいったん退いたようです」

「ノラたちは……闇の術師のギルドは存在するんですか」

「目的は不明ですが、悪しき者たちが集っているのは事実です。ノラたちはほんの末端で利用された者にすぎない。〈神樹の森〉からは、〈グラ〉以外は見通せないので、闇の術師たちの全容についてはわたしもはっきりとは断言できないのですが……でも、あなたにこれだけは伝えておかなければならない」

妖精王はいったん言葉を切ると、少し躊躇うような表情を見せてから、口許を引き締めた。

「――〈破壊者〉がいるかもしれません。もしくはマイナスの気をコントロールできる〈浄化者〉が相手の陣営には加わっている。薔薇や草木を枯らしたのは、マイナスの気を呪術に応用したものです。本来、夜の種族たちの生気を奪うものですが、それが自然の植物までに影響を及ぼすように呪術で増幅されている。境界線の薔薇の地に住んでいた妖精たちが大きな暗い穴に吸い込まれて消滅していくのをわたしは見ました。あれには間違いなく強力なマイナスの気の気配があった。……正確には、送られてきた妖精たちの記憶を見たのですが」

妖精たちが境界線の薔薇の地で訴えていたことを思い出す。「とても綺麗。だけど、怖い穴があった。この土地の仲間たち、みんな散っていった」――あの言葉の真の意味を知って、律也は背すじをぞくりと震わせる。

〈破壊者〉――もしくはマイナスの気を操れる〈浄化者〉がいる。それも夜の種族の世界を混乱に陥れようとしている者のなかに？

本来ならば、自分と同じ〈浄化者〉がいるかもしれないと知って喜べる場面なのに、その誰かはすでに律也たちに仇《あだ》なす者として存在しているのだ。東條が「知らないほうがいいかもしれないよ」といった意味は……。

「わたしは〈神樹の森〉ならば枯れた草木を甦《よみがえ》らせたように対抗できるが、遠く離れていたらあなたに危機が訪れてもたいして力になれないかもしれない。だから、あなたには充分に注意してほしいのです。彼らが何者で、最終的にどういう目的なのかはわからないが、間違いなくあなたにも目をつけてくるでしょう。〈浄化者〉も天の力に属するものだから。アドリアンの城の事件も、今回のことも前触れにすぎないのかもしれない」

妖精王は確信をもって告げているように聞こえた。

得体の知れない脅威。けれども、律也は櫂のそばを決して離れないと決めたのだから怖気《おじけ》づくわけにはいかなかった。

「……わかりました。教えてくださって、ありがとうございます。俺にはよくわからないことも多いけど、大切なひとたちがいます。そのひとたちを守りたい」

毅然《きぜん》といいきる律也に、妖精王はややいいにくそうに切りだした。

「律也……。櫂を眠らせて、あなただけを呼びだしたのは、ユーシスと同じことを聞きたかったからでもあるのです。あなたはヴァンパイアの伴侶の契約を破る気はないですか。ひとつの時代に、力のある〈浄化者〉が対立してふたりいるかもしれない……。それはあまり歓迎される事態ではない」

思ってもみなかったことを問われて、律也はとまどう。

「俺はいないほうがいいってことですか」

「正直なところ、わたしにもわからない。わたしにはまだ天の力は宿っているが、ユーシスとの件で、天の意志は読めなくなっている。だから、夜の種族の世界がどうこうというよりも、これは単純にあなたが心配だからたずねているのです。ここ数百年、後悔にばかり捕らわれていたユーシスの気持ちを前向きに変えてくれてあなただから」

「…………」

妖精王が真摯《しんし》に律也の行く末を気にかけてくれているのだと伝わってきた。もしかしたらいま大きな岐路《きろ》に立たされているのかもしれない。だが、どういうわけか律也に迷いはないのだ。心の視界は澄みきっていて、大切なものをまっすぐに選びとれる。いつだって見えているものはたったひとつだから。

「俺は——櫂のそばを離れるつもりはないんです。忠告は感謝します」

妖精王は微笑みながら頷いた。

「……わかりました。もうわたしにはなにもいうことはない」

あっさりと引き下がられたことに、却って拍子抜けしてしまった。目をぱちくりとさせる律也を見て、妖精王はくすりと笑いを漏らす。

「あなたたちを離れさせるというよりも、その覚悟が聞きたかったのです。わたしもできる限りのことはしましょう。ユーシスも珍しくやる気になっているようですから。こうして顔を合わせて話す機会はないかもしれませんが、つねに見守っています。あなたは自分のいいと思うように行動なさい。応援します」

「……なぜ、そんなに俺に良くしてくれるのですか」

妖精王が自然の樹木と似たような存在だというのなら、誰に対しても平等ではないのか。どうして律也の事情にそれほど関わるのか。

「先ほどいったように、ユーシスにひとつの転機を与えてくれたお礼です。それに……たとえ駄目だと思っていても、情動に従うことはある。あなたのケースがそれだと限りませんが、なにがどうあろうとも櫂のそばにいたいというのは理解できます。ほかの選択肢など見えなくなる。わたしもかつて肉の器があったときにそういう体験をしました」

妖精王はかすかに自嘲《じちょう》するように唇の端をあげた。どの体験をいっているのか。駄目だとわかっているのに、禁を犯してまで契ったのは……。

「さあ……夜が明ける前に部屋におかえりなさい。眠り薬も切れて、櫂が目覚める。わたしも卵のなかに戻りましょう」

妖精王が神樹の洞の卵のもとへと歩きだすのを見て、律也は「待ってください」と引きとめた。

「ユーシス様は？　彼には会わないんですか」

妖精王は一瞬動揺したように立ち止まり、「忘れていました」と呟くようにいった。

「……わたしにこうして会ったことは——彼に伝えないと約束してください。あなたに話しやすいように、幻の姿をつくっただけですから。あなたの血のおかげですが、いつ姿を保てなくなるのかもわからない」

ユーシスはあれほど妖精王の姿を再び目にするのを熱望しているのに——？

ふたりの問題に立ち入るべきではなかったが、卵に話しかけるユーシスの姿が目に焼きついていて、律也は食い下がらずにはいられなかった。

「どうしてですか。それでもかまわないじゃないですか。ユーシス様が毎日あなたのもとに通ってきていたのを知ってるでしょう？　彼の言葉もすべて聞こえていたはずだ。だったら……彼が一日でもいいから会いたいと思ってるのはわかるじゃないですか。実体じゃなくても、彼は気にしない。なぜ……」

訴える声が途切れたのは、妖精王の表情に深い悲しみが浮かんだからだった。超自然的な存在であるのに、幻とはいえ人型をとっている彼は反応がひどく人間的だった。

「……知っています。彼は律儀に毎日やってきた。わたしの声など聞こえないはずなのに、ずっとやさしく楽しげに話しかけてくれた。本来闘争的な性格ではない彼が長の座に無理をしてとどまっているのも、わたしがいつか卵から孵るのを待つためだということも、すべてわかっています」

「だったら……どうして会いたくないんですか」

「会いたくない――と思うのですか」

妖精王は苦しげに口許をゆがめた。

「会いたくないわけがない。だけど、この姿で会ったなら、彼にもう卵が二度と孵らないことを知られてしまう。孵るのか孵らないのか、曖昧なままならいつかは……と希望をもてるでしょうが、確定されたら絶望してしまう。せっかく彼が若いあなたたちのために助力しようとやる気になっているのです。ようやく新しい生き甲斐《がい》を見つけたところなのに、その邪魔はできない。彼はヴァンパイアのくせに、わたしたちにとても近く、心を読む。ほかの者なら、わたしの考えを読ませないこともできる。でも、わたしは彼だけは欺けないのです。この姿を見せて、卵が孵らないと知られてしまうのは残酷でしょう」

「…………」

会えない理由――会いたくないわけじゃない。ほんとうは会いたくてたまらないのだ。ただユーシスをこれ以上傷つけたくないために……。

「わたしもこの数百年、再び受肉できるのではないかと期待を抱き続けてきました。でも、さすがにもう無理です。それに、彼がわたしを待っていてくれるのも、そう長い時間は残されていない。彼は長く生きすぎました。もうすぐ若い候補者に倒される日がくる。これだけ待ってくれたのだから、最後に絶望を味わわせたくない。心穏やかなまま散らせてあげたいのです」

妖精王は恋愛の概念はないといったけれども、それは嘘だと思った。

彼はユーシスを愛している。

互いにこれほど会いたいと願っているのに、叶わないなんて――。

胸が絞られるように痛んだが、相手を思いやるがゆえの行動だとわかるだけに、律也にはもはや口を挟む余地はなかった。

どうにかならないのだろうか。このふたりが再び会えるように……。

ふと、胸もとのペンダントが熱くなっているのに気づいた。取りだしてみると、石の中心がいつもの赤い光ではなく、虹色に輝いている。

〈七色の欠片〉――その存在を思い出した瞬間、どこからか例の人魚のうたうような声が頭のなかに響いてきた。かつての〈浄化者〉、クリストフの生まれ変わった姿……。

(それが正しいと思うなら使いなさい)

律也は妖精王の背後にある――神樹の洞にある卵を見やった。石の光と共鳴するかのように、卵の表面もきらきらと輝いている。

もしかしたらラルフの目を癒したように、奇跡を起こしてくれるのだろうか……。

律也は深呼吸をしてから卵のそばへと歩み寄った。ペンダントの石を指でこすると、ふわりと〈七色の欠片〉がでてくる。人魚からもらったときには鱗《うろこ》だったのに、律也が手にすると薔薇の花びらになった不思議な欠片。

「……あなたはそれをもっているのですか」

〈七色の欠片〉を目にして、妖精王は顔色を変えた。

「ご存じなんですか」

「天の力に属するものですから。御使いから与えられたのでしょう。あなたが危機のときに役立つものです」

「これを与えれば、卵に変化が現れるかもしれません」

妖精王は複雑な顔を見せた。

「——わたしに与えていいのですか。いつ必要になるかわからないのに」

「いまが必要なときです。……俺にはわかります」

律也はすでに自分にできることはなんでもしようと決めていた。卵に〈七色の欠片〉を近づけると、吸い込まれるように消えていく。

刹那《せつな》、卵の表面がいままでとは比べものにならないほど強烈な虹色の光を発した。閃光《せんこう》が眩くて、目をあけていられなかった。

神樹がよりいっそう光り輝いて辺りを照らし、朝が訪れたのかと錯覚するほどだった。一瞬ののち、夜の暗闇が戻り、卵はやわらかい虹色の光をまとっていた。

どくん、どくん、と卵のなかでなにかが胎動しているのがわかった。先日、血を与えたときにはすぐにその命の息吹は消えてしまったが、今度は力強く光が点滅しつづけている。

妖精王は自らの卵を感慨深げに眺めた。

「――ありがとう。〈七色の欠片〉はわたしの肉の器をつくりはじめてくれたようです。こんな例は初めてなので、あと数年か数十年か、ひょっとしたら数百年かかるかわかりませんが、再びこの地に受肉した姿で現れることができる」

「数年か……数百年……かかるのですか」

「でも、穢れが浄化されたのですから。いままでのように、あてもなく待つ時間ではありません。もしかしたら明日にも孵るかもしれない」

ユーシスが信じていたように、いつかは妖精王の卵は孵る――。それは明日かもしれないし、数百年先かもしれない。

神樹の枝葉がお礼をいうように軽やかな風に揺れていた。王の生まれ変わりが約束されて、木に成っている妖精の実も祝福するように輝いている。

たしかに喜ばしくはあったが、もしかしたらユーシスは卵が孵るのを見るのは叶わないかもしれない。あと数百年――それほどの時間は彼には残されていないだろう。それも自然の理《ことわり》だといわれてしまえばそれまでだけれども……。

「妖精王……ユーシス様に会ってください。もう卵が孵らない事実を見破られる心配もないでしょう」
どうしようもないとわかっていても、情動に突き動かされることはある。自ら口にしたよ
うにそれがわかっているのか、妖精王は再び苦しげに眉根を寄せた。
「……わたしは彼の想いに二度と応えられない。それでもですか」
「それでもです。いま、幻でもいいからユーシス様に会ってください。だって……ずっとあ
なたに会いたいと待っているんです」
もはや望むかたちでは結ばれないのかもしれない。どうしようもないからこそ、せめてふ
たりには顔を合わせてほしかった。ユーシスもそれを切望しているはずだ。それ以上は願う
はずもない。そして間違いなく妖精王も……。
妖精王は小さく息をつくと、木々の枝に止まっていた妖精を呼んでユーシスを呼んでくる
ようにと伝えた。
「いいのですか、これで」
独り言のように呟く。
「……無駄なことです。それがわかっているのに、わたしは愚かなことをしている」
それはあなたがユーシスを愛してるから——律也はそう考えたが、口にはしなかった。わ
ざわざ指摘しなくても、彼自身もすでに知っているに違いなかった。

「律也——あなたは自分の大切なひとのそばにいてください」

立ち去ろうとする背中に、妖精王が声をかけてきた。律也は頷いて歩きだす。

妖精王の心を映すように、森がざわざわと揺れていた。軽やかな風が吹いて、夜の闇のなかで光る樹木たちはさらに輝きを増す。

妖精たちに先導されて隠された道を歩いていると、ユーシスが駆けてきた。いつも優雅にかまえている彼が懸命に走ってくる姿を見て、律也は胸の底がほのかに熱くなる。

「律也……妖精たちがおかしなことをいうんだ。王が待ってるって……僕はからかわれているのか」

律也の前で足を止めて息を切らしながら、ユーシスは困惑したように訴える。あまりにも待つ時間が長すぎて、期待が外れたらどうしようかと考えているのかもしれない。夢に見ていたものがほんとうに得られると知ったとき、ひとは歓喜の前に怖気づくものだ。

律也は「いいえ」と表情をゆるめた。

「待っています」

その答えを聞くやいなや、ユーシスは再び走りだした。道の先に妖精王が立っている姿が見えたからだろう。

ユーシスは妖精王のもとへと駆け寄ると、硬直したように立ちつくした。時間が止まってしまったかのように、しばし無言でふたりは見つめあう。

やがて全身の力が抜けたように、ユーシスはその場に崩れ落ちた。抱きしめたいが、自らの犯した罪を考えると、妖精王にふれていいのか判断がつきかねるようだった。

まだ夢をみているようで実感がわかないのかもしれない。もしふれたら、夢が覚めてしまうのではないかと――。

妖精王は微笑みながら静かにユーシスの前に膝をつくと、そっと彼の頭に手を伸ばした。

かつて自らを救うために白くなってしまった髪に……。

「久しぶりです――愛しいひと」

妖精王がはっきりとそう告げるのが律也の耳にも届いた。

ユーシスは茫然としたように妖精王を見つめ、彼の背に腕を回して抱き寄せる。〈神樹の森〉の清らかな光に照らされて、ふたりの姿がゆっくりと重なりあう。

これが穢れだというのなら、この世に美しいものなどひとつもない。

ふたりの抱擁《ほうよう》を見届けてから、律也は踵を返して歩きだした。自らも大切なひとのそばに戻るために。

妖精たちが肩に乗ってきて、「ありがとう」といっているようだった。〈神樹の森〉を出てからも、彼らはうれしそうに飛び回って、歩く足元を照らしてくれた。自らの王たちの幸せそうな姿を見て、お祭り気分のようだった。

城に戻って寝室に入ると、櫂はまだ目を覚ますことなく眠っていた。〈神樹の森〉で見た

夢のように美しい光景を頭のなかに甦らせながら、律也は静かにベッドへと近づく。

身をかがめて、櫂の寝顔をしばらく見つめていた。起こしてしまわないように、唇に一瞬だけふれるようなキスを落とす。

——どうか愛しいひとのそばにずっといられますようにと願いを込めながら。

清らかなるもの

森に生きるすべての生命の鼓動が聞こえる。

自分にとってはどれも等しく、どれが大切で、どれが大切ではないかの区別はない。

なにもかもが身近で、同時に距離があって――この世界が生まれたときから存在する神樹《しんじゅ》のようにただ変わることなく、あらゆる事象を受け止めていくのが己の役割だと思っていた。

ユーシスの腕に抱きしめられながら、妖精王はこの身が幻影などではなく、実体ならばよかったと考える自分にとまどった。

ひとの形をとっているだけで思考まで影響を受けて左右されるのか。五百年前にも同じように動揺を覚えたことを思い出す。ユーシスと出会ったとき、そして彼と褥《しとね》をともにしたとき……。


五百年も昔の出来事なのに、いまでもはっきりと覚えている。

元々妖精たちから「すごく仲良しのヴァンパイアがいる」と話に聞いて、ユーシスのことは知っていた。

妖精の場合は具体的に言葉で詳しく説明するのではなく、体験そのものを映像のようなイメージで伝えてくる。場面だけでなく、そのときに覚えた喜びやかなしみの感情すらも――

だから〈神樹の森〉で出会う前から妖精たちといつも楽しそうに戯《たわむ》れているユーシスには旧知の仲であるかのような親しみをもっていた。

さして特別なことではない。妖精王は〈グラ〉の地に生きる者すべてにそうだったから。

「——僕はあなたをどうお呼びすればいいですか。妖精王のお名前は？」

出会った最初の日、ユーシスは〈神樹の森〉を散策しながらそうたずねてきた。妖精たちが「王に会ってほしいから」と連れてきたのだ。

「残念ながらわたしに名前はありません。妖精王という存在は唯一無二のものですから。ほかにいないから、区別する必要がないのです」

質問自体は珍しくなかった。ほとんどの者はその回答で納得する。ユーシスも「なるほど」と頷いたが、そのあとに「残念だな」と呟いた。

「残念？」

「……さっきお会いしてから、あなたならどんな美しい名前が似合うんだろうと考えていたんです。呼べないのは残念だ」

「————」

そんな台詞《せりふ》をいわれたのは初めてで、妖精王はさすがにどう返答していいのかわからずに目を見開いた。

周囲を飛んでいた妖精たちが笑いながら茶々を入れてくる。

「ユーシス、変なことといって、王様を口説こうとしても駄目」

「そういうつもりではないよ」

ユーシスはすぐに否定したが、内心焦っているのが伝わってきて、妖精王は思わず笑いを漏《も》らさずにはいられなかった。

「そう——駄目ですよ、わたしを口説いても」

ユーシスはひたすら恐縮していた。他愛のないやりとりだったが、ほかの者と違う——そう認識したきっかけだった。

ヴァンパイアは誘惑するのに長《た》けている種族だ。だが、同時に霊的な存在でもあるので、妖精王が自分たちとは次元が違う存在だと即座に感じとり、個人的に親しく交流しようという者はまずいない。美しい青年姿も単なる器にすぎず、本体は大いなる力の塊だとわかっているから。

しかし、ユーシスは顔を合わせればつねに抑えきれないひそやかな熱が込められたような眼差しを向けてきた。それを感じとるたびに、妖精王は心のなかで、もしくは実際に口にだして「駄目ですよ」とくりかえしてきた。

「わたしを愛してはならない」

そういいつづけてきたのに、あの日——結局、清らかでいなければならない肉の器を穢《けが》してユーシスと契《ちぎ》った。彼は無理矢理迫ったせいで追いつめてしまったと考えているようだが、それは違う。拒み続けることは可能だったのに、そうしなかっただけだ。

「――あなたは僕を利用したのか……！」

ただその一言を否定したくて、妖精王はユーシスの部屋へと行った。彼が求めている行為を知っていても、生涯無縁のはずだった。許されない禁忌《きんき》――。だが、寝台に寝ている彼から腕を引き寄せられても抵抗はしなかった。

それまで真の意味で誰ともふれあったことはなかった。ユーシスと肌を合わせて、初めて他者のぬくもりを知った。くちづけが甘いことも、からだの奥に甘い疼《うず》きが走り、蜜のような快楽があふれる場所があることも――。

穏やかな若者だと思っていたユーシスの肉の熱さに驚いたが、決して不快な経験ではなかった。

息もできないようなキスやからだを引き裂くような情熱の証から、彼の思いの丈が伝わってきた。そして耳もとをくすぐるように幾度となく囁かれた言葉――「愛している」と。

交りあった熱はいつまでも消えず、ユーシスは終わったあともずっと妖精王を抱きしめていた。彼の喜びが伝わってきて、安らかな気持ちになると同時に胸が痛んだ。

なぜなら、この関係は実を結ばない。「わたしはそういう相手ではない」――ユーシスにさんざん訴えていた台詞を、今度は自分自身にいいきかせなければならなかった。

不毛な感情は、いったいどこに向かって芽吹くというのか。自身が妖精王である限り、花開くこともないのに……。

卵になるとき、「また会いましょう」といった気持ちに嘘はなかった。だが、途中からもう卵は孵《かえ》らないとあきらめていた。二度と人型になってユーシスに会うことはないのだと。会いたくても会えない。どうしようもないのだから、ずっと心の内に抱えていいのだと実にならない歪《いびつ》な種を自らに許してきた。

そして長い時間を経て再会した今宵――妖精王とユーシスの周囲は時が止まってしまったように静かだった。

先ほどまで辺りを飛び回っていた妖精たちも、いまは木々の葉の陰に隠れて、「王たちの邪魔をしないようにしなくちゃ」と息をひそめている。

この場所から離れている妖精たちの思念が夜のひんやりした風に乗るようにして伝わってきた。先ほど城へ戻った律也《りつや》を送りながら「ありがとう、ありがとう」と大合唱している様子が見えて、妖精王はユーシスの腕のなかで微笑《ほほえ》んだ。

「……なに？」

ユーシスが抱きしめる腕をゆるめて、妖精王の顔を覗き込んだ。妖精王は「いいえ」とかぶりを振った。

この身は自分であって、自分だけのものではない。妖精王という巨大な力をコントロールする意識の容《い》れ物にすぎない。

だが、いまだけは——その事実を忘れていたかった。

ふたりは顔を見合わせたが、なにかを語るよりも、互いの姿を目に焼きつけておきたくて、黙ったまま見つめあった。ユーシスが再び抱き寄せてきたので、妖精王は彼の腕のなかでゆっくりと目を閉じる。

卵が孵るときに、もうあなたはいないかもしれない。いや——卵は明日にでも孵るかもしれない。

そんなことを口にしてもしようがなかった。愚かだとしても、願わずにはいられない。せめて幻でもいいから、ずっとそばに——。

あとがき

はじめまして。こんにちは。杉原理生です。

このたびは拙作『妖精と夜の蜜』を手にとってくださって、ありがとうございました。

夜の種族のヴァンパイアを描いたお話で、『薔薇と接吻《キス》』からはじまるシリーズものとなっております。お話自体は一冊ごとに完結している形式なので、この本だけでも楽しんでいただけるかと思います。前後の関係など気になりましたら、他の作品もぜひお手にとっていただけるとうれしいです。

今回は七氏族のうちのひとつ〈グラ〉を舞台にしたお話となっております。以前にも名前だけは何度かでていたのですが、今回やっと具体的にどんな氏族なのか描くことができました。タイトルにもあるとおり妖精たちを登場させられたので楽しかったです。

さて、お世話になった方に御礼を。

イラストの高星麻子先生には、スケジュールの件でご迷惑をかけてしまって申し訳ありませんでした。新たな美形キャラ、ユーシスと妖精王を描いていただきました。両方とも中性的というか、線の細い青年として描写してしまったので、絵にするのは大変かもしれないと思っていたのですが、ふたりとも魅力的に麗しく描いてくださって感激です。妖精ちゃんとアニーが一枚におさまっているイラストもとても可愛らしく、ほかの絵もモノクロもカラーもどれも美しくてためいきがでました。お忙しいところ、ほんとうに素敵な絵をありがとうございました。

お世話になっている担当様、いつもご迷惑をかけてしまって申し訳ありません。この原稿についても当初の予定よりも大幅に遅れてしまい、お手数をおかけしました。今後ともどうぞよろしくお願いいたします。

そして最後になりましたが、読んでくださった皆様にも、あらためて御礼を申し上げます。

今回は櫂の氏族と仲のいい〈グラ〉と妖精王が登場して、シリーズ全体のストーリーの縦軸の部分が少し見えてきたかなという感じです。ユーシスと妖精王は攻受ともに美人さんという、局地的な需要しかなさそうな組み合わせですが、個人的には書けて満足です。あと、主役の櫂と律也はほんとうに書きやすいので、もう少しシリーズとして続けられたらいいなと考えております。

今回も好きなものばかりを詰めあわせたお話になりました。作者的には楽しんで書いておりますので、読んでくださった方にもしばし現《うつつ》を忘れて幻想的な世界に浸っていただければ幸いです。

杉原　理生

✦初出　妖精と夜の蜜……………書き下ろし
　　　　清らかなるもの…………書き下ろし

杉原理生先生、高星麻子先生へのお便り、本作品に関するご意見、ご感想などは
〒151-0051 東京都渋谷区千駄ヶ谷 4-9-7
幻冬舎コミックス　ルチル文庫「妖精と夜の蜜」係まで。

幻冬舎ルチル文庫

妖精と夜の蜜

2016年2月20日　　第1刷発行

✦著者	杉原理生　すぎはら りお
✦発行人	石原正康
✦発行元	株式会社 幻冬舎コミックス 〒151-0051 東京都渋谷区千駄ヶ谷 4-9-7 電話 03(5411)6431［編集］
✦発売元	株式会社 幻冬舎 〒151-0051 東京都渋谷区千駄ヶ谷 4-9-7 電話 03(5411)6222［営業］ 振替 00120-8-767643
✦印刷・製本所	中央精版印刷株式会社

✦検印廃止

ISBN978-4-344-83662-4　C0193　Printed in Japan